곽의진 역사장편소설

저 산의 길

장군 배중손

북치는마을

최후의 고려왕국 진도,
이끼 낀 돌담에서 찾아 낸 300일의 비밀

곽의진 역사장편소설

전사의 길

장군 배중손

북치믄마을

목차

1부 바람꽃 피어, 바람이 일다

바람꽃 피어, 바람이 일다 … 8
저, 무뢰한 형제를 보라 … 22
배중손, 강도로 진출하다 … 34
강도의 산야, 먹구름이 끼다 … 47
삼별초의 표적은 몽고다 … 60
배중손, 진도 천도를 준비하다 … 74
폭풍 몰아치기 전, 강도를 벗어나라 … 86

2부 전사戰士의 길, 남으로 향하다

전사戰士의 길, 남으로 향하다 … 99
바람이여, 진도 천도를 이끌어라 … 104
쿠빌라이, 삼별초 정벌작전과 백성들의 봉기 … 117
평화의 마을, 가을걷이하다 … 125
또 하나의 고려 왕국 진도 … 133
동백꽃보다 더 붉은 연정으로 … 142
몽고 약탈, 고려백성 허리 휘다 … 150
봉기의 함성, 정통고려왕국으로 달리다 … 158

세조 쿠빌라이, 분노하다 ··· 168

상엿집의 능구렁이 ··· 177

동백, 삼별초 병사되다 ··· 188

3부 전장에 핀 꽃, 동백

전장에 핀 꽃, 동백 ··· 203

용장산성의 평화, 희망을 품은 백성 ··· 215

고려식 군함을 만들라 ··· 228

여몽연합군 결성 진도 총 공격 ··· 238

적이다, 봉홧불을 올려라 ··· 242

4부 불타는 진도 궁성

불타는 진도 궁성 ··· 257

슬프다, 들판의 황제여 ··· 262

돈지벌에 억수 비가 내리다 ··· 266

그리운 님, 아름다운 그 노래는 어디갔는가 ··· 273

제주로 향하여 항몽을 계속하라 ··· 281

이 나라를 구하소서, 백성들을 구하소서 ··· 288

후기 _ 어디선가 들리는 함성 ··· 301

1부
바람꽃 피어, 바람이 일다

바람꽃 피어, 바람이 일다

　북쪽으로부터 바람이 몰아쳤다. 세찬 뒤바람이었다.
　섬을 뒤덮고 있던 암울한 구름이 뒤바람에 찢겼다. 바다 가운데서 회오리가 일었다. 바다가 뒤척였다. 찢긴 먹구름이 쏟아졌다. 세찬 빗줄기.
　파도가 일었다.
　파도는 무엇에 놀란 듯 날뛰는 수 백 마리의 고래처럼, 흰 포말을 토하면서 일제히 섬으로 몰렸다. 섬은 출렁거렸다. 곧 파도는 섬을 뒤덮었다. 뒷마당의 후박나무가 뿌리 채 흔들렸다.

　배중손은 벌떡 일어나 격자무늬 방문을 박찼다.
　고요했다. 바다 저편의 하늘 끝이 발그레 물들기 시작했다. 어느 때와 같이 새벽이 열리고 있었다.
　'꿈이라니······.'

배중손은 고개를 흔들었다. 섬에 비바람이 잦지만 그토록 세찬 북풍은 처음이었다. 불길한 예감이 안개처럼 전신을 휘감았다.

북으로부터 세찬 바람이 불어 올 징후였다.

배중손은 머리를 좌우로 가만가만 흔들며 방문 앞 기둥에 걸려 있는 화살 통을 어깨에 걸고 활과 화살을 손에 쥐었다. 안채에서 어머니의 움직임이 엿보였다.

배중손은 재빠르게 마당을 가로질러 마을 뒤편의 여귀산으로 뛰었다. 사냥감을 찾아 나선 것이었다.

때를 같이 여귀산 암자에 숨어 지내던 만전은 허기를 못 이겨 줄참나무 가지를 꺾어들고 산을 헤맸다. 토끼나 들쥐, 살쾡이가 눈에 뜨이면 때려잡을 생각이었다.

여귀산 중턱까지 올라섰다. 우거진 풀숲에서 무언가 움직임을 포착했다.

흑갈색의 큰 멧돼지였다. 그는 멧돼지의 느린 움직임에 덜컥 겁이 났다. 멧돼지가 턱을 끌어내리고 그를 쳐다보았다. 만전은 한자리에서 옴짝달싹 할 수 없었다. 얼음처럼 굳었다.

한 참 동안 그를 쏘아보고 있던 멧돼지가 만전을 향해서 어슬렁어슬렁 걸음을 옮겼다. 만전은 반대 방향으로 뛰었다. 멧돼지가 그를 쫓았다. 진땀이 났다. 나무 가지에 발이 걸려 넘어졌다.

"아이고오."

만전의 외마디였다.

"크어엉, 크엉 컬컬~"

외마디에 놀란 멧돼지는 만전보다 더 큰 소리를 지르며 두 발을 높이 들었다. 만전은 허억, 소리와 함께 턱까지 차오른 숨을 멈췄다. 옴싹달싹 못했다. 온몸이 떨리고 얼굴은 잿빛으로 변했다.

찰라, 휘이잉~ 소리와 함께 바람을 가르며 화살이 날아왔다.

바람을 가르며 빠르게 날아 온 화살은 멧돼지의 목덜미에 박혔다. 또 하나의 화살이 날아왔다. 어디선지 모르게 날아 온 화살은 멧돼지의 목에, 가슴에 명중했다. 뾰족한 이빨을 드러내며 만전을 덮치려던 멧돼지는 뒤뚱거리면서 고꾸라졌다. 놀란 만전은 눈알을 굴렸다. 덩치 큰 멧돼지는 뒷발로 땅을 차며 버둥거렸다.

그때 두건에 송골매의 깃털을 꽂은 청년이 나타났다. 허우대가 크고 듬직했다.

"다치지 않으셨습니까?"

청년의 목소리는 담대했다.

"젊은이가 활을 쏘았는가?"

만전은 청년을 바라보며 물었다. 15~16세쯤 되어 보였다.

"네."

"오호."

만전은 쓰러져있는 멧돼지와 청년을 번갈아 바라보며 입을 다물지 못했다.

"활 쏘는 솜씨가 보통을 넘는구나."

"마을 뒷산을 어슬렁거리는 호랑이가 있어서 오래전부터 익혔습니다."

청년은 멧돼지를 들척이며 말했다.

"그래. 젊은이는 어디 사는가?"

"아랫마을에 삽니다."

"이름을 알고 싶은데……"

"배중손이라고 합니다."

배중손이라고 자기를 소개한 청년은, 만전 앞에 고꾸라져 있는 멧돼지를 번쩍 들어서 어깨에 멨다.

"배중손이라……"

만전은 배중손의 이름을 되뇌었다.

아버지 최우는 용맹스럽고 잘생긴 자들을 곁에 두어 그 자신을 호위하는 무신으로 삼았다. 배중손이라 이름을 밝힌 그 젊은이는 기골이 장대, 용맹스러울 뿐 아니라, 담력이 보통을 넘었다. 순간, 동물적 감각이 발동했다. 배중손을 자신의 곁에 두고 싶었다.

아버지의 눈밖에 나있지만, 그래도 고려의 무장 최충헌의 손자이며 최우의 아들이지 않는가?

만전은 배중손의 위아래를 눈으로 훑으며 살폈다.

'혹, 마을 부잣집 노비인가, 아니면 평민인가?'

당당한 태도로 봐서 노비는 아닌 듯 했다. 만전은 부쩍 배중손이 맘에 들었다. 첫 눈에 반한 듯, 배중손이 욕심났다.

쌍봉사에 머물 때 여기저기서 모여든 무뢰한에 비할 바가 아니었다. 아직 성년이 아니지만 사내의 격도 갖추었을 뿐 아니라 이목구비 반듯한 외모였다.

"어르신은 어디서 오셨습니까?"

배중손은 멧돼지를 짊어지고 마을로 내려가는 쪽으로 길 잡으며 물었다.

"나? 나는 용장사에 묵고 있다."

"벽파쪽 용장사에 계시는구먼요? 시간이 괜찮으시면 우리 마을로 가서서 이놈 멧돼지 육회를 들고 가십시오."

"그리하여도 괜찮을까?"

만전은 솔깃했다. 숨어 다니느라 며칠 동안 곡기를 입에 넣어보지 못했다. 그러나 만전은 시장기보다 배중손에게 더 구미가 당겼다. 용맹스런 배중손을 자기 손에 넣으면 신변의 안전은 물론 그 자신도 담대해질 것이었다.

"아믄요. 오늘 이 멧돼지를 잡아서 마을 잔치가 벌어질 것입니다."

말하면서 배중손은 80kg은 됨직한 멧돼지를 짊어지고 산등성이를 쉽게 뛰어내렸다. 만전도 배중손의 뒤를 따랐다. 여귀산 아랫자락 대나무 숲에 숨은 듯 자리하고 있는 죽림사를 지나자 마을이 있었다.

"어찌 그리 잘 뛰느냐?"

평지로 내려섰을 때 만전이 한마디 던졌다.

"제 집 뒷산이지 않습니까?"

"오호라, 뒷산이어서…… 그런데 부모님은 무얼 하시는가?"

"농사 짓고 고기도 잡으십니다."

배중손은 돌담을 돌아 마당이 넓은 초가집으로 들어섰다. 배중손이 들어서자마자 멍석 위의 붉은 고추를 뒤적이던 어머니가 배중손을 꾸짖었다.

"너는 우리 집 장손인데 농사 일은 뒷전이고 첫 새벽부터 쏘다니기만 하냐?"

"엄니 그래도 수확이 있습니다. 이것 보십시오."

아들의 호기스런 목소리에 어머니는 허리를 펴고 돌아다보았다. 배중손이 멧돼지를 짊어지고 웃고 있었다. 집 뒤켠에서 사내 아이들이 뛰어나오며 소리 질렀다.

"형이 잡은 멧돼지여? 활로 잡았어?"

"오냐, 내가 잡았다. 참, 엄니 손님과 함께 왔습니다."

배중손은 그의 뒤쪽에 서 있는 만전을 어머니께 소개했다. 꾸중을 하던 어머니는 배중손의 뒤에 서 있는 만전을 보자 고개를 숙였다. 그때 배중손의 아버지가 마당으로 들어왔다. 지게에 한가득 콩대를 짊어지고 있었다.

"멧돼지 잡았냐? 잘했다. 이참엔 상당히 크구나."

아버지는 배중손을 대견해 했다.

"아버지 손님도 오셨습니다."

배중손이 만전을 돌아보며 말했다.

"실례합니다."

만전은 배중손의 아버지에게 고개를 숙여보였다.

"아, 어서 오시오."

"용맹스런 아드님을 두셨습니다."

"농사는 안 짓고 허구헌 날 산으로 들로 싸돌아다니지만 우리 중손이가 용맹하기는 허지요. 허허헛."

배중손의 아버지는 아들 자랑을 늘어놓으며 마당을 가로질러 안으로 깊이 들어갔다. 한 짐 콩대를 나무 창고에 부렸다.

"동네 분들~ 배씨네 앞마당으로 모두 모이소. 여귀산 멧돼지를 잡았습니다."

배중손은 높이 쌓여있는 장작더미 위에 올라가서 손나팔을 만들어 외쳤다. 배중손의 목소리는 우렁찼다.

만전은 강도에 있을 때, 아버지의 심복 김준이 수 백 명의 병사들을 모아놓고 호령할 때와 같은 우렁찬 목소리를 배중손에게서 들었다. 대장부의 목청이었다. 아무리 담이 크고 용맹한 자라해도 목소리의 색이 약하면 큰 인물이 못되는 것.

'장군감이로군.'

만전은 혼잣소리로 중얼거렸다. 보면 볼수록 배중손이 탐났다.

마을 사람들이 배씨네 앞마당에 모여들었다. 가을걷이 하느라 피로에 지친 농민들이었다. 그들은 배중손이 산에 올라가면 행여나, 기다리곤 했다.

"으따, 우리 마을 장사 중손이가 잡은 멧돼지 먹으면 힘이 불끈 솟아서 들일 잘 되것구나."

"큼직도 허다."

마을 어른들은 마당으로 들어서면서 우물가에 뻗어 있는 멧돼지를 보고 한마디씩 던졌다. 배중손은 그들을 돌아다보며 씨익 웃었다. 그의 손에는 날선 칼이 들려있었다.

"중손아. 거, 뜨끈뜨끈한 핏물 한 그릇 올려라."

웃마을 백부 뻘 되는 어른이 목청을 돋우어 말했다.

"예, 그리하겠습니다."

배중손은 멧돼지 등에 타고 앉았다.

"바가지 가지고 오시오."

배중손의 말이 끝나기도 전에 바가지를 들고 나오는 자가 있었다. 이달석이었다.

"으디서 이렇게 큰 놈을 잡았냐?"

이달석은 배중손의 등을 툭 치며 말했다.

"여귀산 중턱."

배중손은 그를 바라보며 웃었다. 이달석은 배중손과 어릴 적부터 단짝이었다.

배중손은 멧돼지의 모가지를 한 손으로 제키고 목울대 털을 깎았다. 이달석은 바가지를 모가지 아래쪽에 받치고 있었다. 배중손은 칼을 꼬나쥐고 멧돼지의 목을 푹 찔렀다. 피가 솟구쳤다. 이달석과 배중손의 얼굴에 피가 튀었다.

"얌마!"

이달석이 얼굴의 피를 손등으로 닦았다. 그러나 배중손은 얼굴에 묻은 피쯤 아랑곳하지 않고 멧돼지의 모가지를 꾸욱 눌렀다. 바가지에 피가 콸콸 쏟아졌다. 김이 올랐다. 이내 바가지에 피가 가득했다.

사람들이 그들 주위로 모여들었다. 아이들은 멀리 도망갔다. 이달석은 바가지에 가득 담긴 피를 사발로 떠서 어른들 먼저 드렸다. 만전은 멧돼지 피 나누어 먹는 풍습을 바라보고 있었다.

배중손이 손수 사발에 피를 담아 만전에게 건넸다. 만전은 받아들었다. 그러나 생전 처음 보는 것이라서 망설였다.

"숨 쉬지 말고 쭉 들이키십시오. 힘이 펄펄 납니다."

배중손이 말했다. 이달석은 배중손에게 만전이 누구냐는 듯 눈으로 물었다.

"오늘 산에서 만난 어른이시다. 인사드려라."

배중손의 말에 이달석은 만전에게 고개를 까닥했다.

만전은 입가에 웃음 짓는 것으로 인사를 받았다. 그리고 사발을 받아 피를 들이켰다. 턱 주위 수염에 핏방울이 묻었다. 만전은 손으로 쓰윽 문질렀다. 생각보다 고소했다.

배중손은 이달석의 도움을 받아 멧돼지의 머리를 잘라내고 통째 껍질을 벗겼다. 통으로 벗겨 낸 멧돼지의 껍질은 핏물을 씻어낸 후 돌담 위에 걸쳐 두었다. 가을 햇살은 멧돼지의 가죽을 잘 말려 줄 것이었다.

배중손은 멧돼지의 배를 능숙한 솜씨로 죽 갈랐다. 내장이 쏟아져 나왔다. 내장의 분량이 엄청났다. 배중손은 대창 소창을 제키고 그 안쪽의 간을 칼로 잘라냈다. 그는 간 덩어리를 들고 엇비슷하게 한 점 오렸다. 그것을 만전에게 건넸다. 핏물이 뚝뚝 떨어졌다. 만전은 고개를 돌렸다. 그러자 배중손은 히죽 웃으며 자신이 먼저 먹었다.

"이렇게 먹는 겁니다."

신선한 맛이 입 안 가득 고였다. 탄력 있는 간을 씹으며 또 한 점 베어서 만전에게 건넸다. 이번에 만전은 받았다. 입술 가장자리에 핏물을 흘리며 먹는 배중손을 보며 간을 입 안에 넣고 잘근잘근 씹었다. 달았다. 핏물 흐르는 생간은 달았다.

"벗은 안 주냐?"

이달석이 소리쳤다.

"여기도 생간 가지고 오니라."

마을 어른들도 멧돼지의 생간을 원했다.

"손님께 먼저 대접 하느라고요. 어르신들 멧돼지가 워낙 커서 간 덩어리도 엄청 큽니다. 곧 올리겠습니다."

배중손은 주저함 없이 말했다.

만전은 배중손의 일거수일투족을 주시했다. 그에게 혼을 쏙 빼앗겼다. 하나하나의 행동거지가 온전한 대장부의 모습이었다.

아버지 최우는 격구장에서 힘내기를 시켜 가장 용맹한 자를 뽑았다. 뽑은 자를 자신의 측근에 두며 신변을 지키는 사병으로 삼곤 했다. 배중손의 용맹은 그 병사들과 다를 바 없었다.

마당에 둘러 앉아 생고기를 썰어 소금에 찍어 먹으면서 만전은 그가 고려 도방의 권력자 최우의 아들이라고 말했다. 덧붙여 각 지방을 돌며 민간 감찰을 하고 있는 중이라고 했다.

"아이고오, 높은 분이시네요."

마을 사람들은 도방에서 나왔다는 것만으로 만전 앞에 머리를 조아렸다.

"이렇게 귀한 분이 저의 집에 오셨습니다, 그려."

배중손의 아버지도 허리를 꺾었다.

만전은 모처럼 환대를 받았다. 권력자의 아들이라니 사람들의 태도가 달랐다.

'그래, 이렇게 살아야 사는 맛이지……'

만전은 혼잣소리로 중얼거렸다. 그는 한껏 거들먹거리면서 마을에서 하룻밤을 묵었다. 모처럼 극진한 대우를 받으며 단잠에 빠졌다.

다음 날 조반상을 물린 뒤였다.

"댁의 자제를 도읍으로 데려 가고자 하오."

만전이 배중손의 아버지에게 말했다.

"아이고오. 그리하여 주시면 황송할 따름이옵니다. 중손이 생각은 어떤고?"

배중손의 아버지는 만전에게 머리를 조아리면서 배중손의 의견을 물었다.

"참말로 감사합니다. 감사합니다."

배중손은 신바람이 났다. 머릿속에서 만 가지 생각이 엉켰다. 과거와 현재, 또한 미래가 펼쳐져 보였다. 배중손은 아버지와 만전에게 큰절을 했다. 섬을 벗어나서 넓은 세계로 떠나고 싶었던 배중손이었다.

"그럼, 나를 따르라."

배중손은 그길로 곧 만전을 따라 용장사로 향했다.

그곳에서 배중손은 누구의 간섭 없이 스스로 터득한 칼 다루는 법과 말 타기를 연습했다. 긴 창을 손에서 떼지 않고 가지고 놀았다. 배중손은 활의 명사수, 칼과 창은 자유자재로 휘두르는 고단자가 되어갔다. 한편으로는 그를 따르던 졸개들을 불러들였다. 배중손을 따르는 졸개라지만 마을의 장사들이었다.

그들 중 돋보이는 자는 여귀산의 이달석, 첨찰산의 박칠복, 울돌목의 유정탁이었다. 배중손은 그들을 우두머리로 삼고 10여 명씩 3개조로 나누어 무술을 익히게 했다.

용장사를 거점으로 만전을 받들면서 완전한 조직이 만들어졌다.

만전은 배중손과 생활하는 동안 배중손의 됨됨이를 알았다. 싹수가 보였다.

 용맹할 뿐 아니라 덕목을 갖추고 있었다. 정도 많았다. 선조 할아버지로부터 배웠다며 글도 읽고 썼다.

 지금까지 만전 자신과 어울리면서 부하노릇을 하던 무뢰한들과는 사람됨이 달랐다. 만전은 배중손을 부리는 자이면서도 차츰 배중손에게 동화되어 갔다. 그런 자의 주인 노릇을 하려면 그 자신이 변해야 했다.

 아버지에 버림 받고 떠돌며 남의 것 빼앗아 생활했던 지난날이 있었다. 그것에 비하면 그를 따르는 부하가 몇 명인가. 그는 일순 자신의 격이 달라진 것을 느꼈다.

 만전은 그 나름으로 배중손에게 활쏘기를 배우고 산을 타는 법을 익혔다. 그런가 하면 배중손을 따라 산을 쏘다니며 토끼, 꿩 등의 산짐승을 사냥하기도 했다. 처음 접해 본 사냥이었다.

 그는 사냥으로 꿩 한 마리를 잡고 기고만장 날뛰었다.

 그가 쏜 화살이 푸드득 날던 까투리를 명중시켜 풀숲에 떨어뜨리는 맛, 그리고 풀숲으로 뛰어가서 까투리의 양 날개죽지를 잡아들었을 때, 아직 느껴지는 따뜻한 온도를 감지했을 때의 희열, 그것은 남의 계집들 다룰 때보다 그 재미가 월등했다.

 '이렇게 사는 게 사는 맛이지.'

 갑자기 죽은 형이 생각났다. 떳떳하고 보람된 삶을 누려보지 못하고 죽임을 당한 형이었다. 그러나 한편 생각하면 형이 죽었으므로 그 자신이 얻은 행운이었다.

 만약 형 만종이 살아 있다면 둘이 매번 나쁜 일에 손바닥을 마주 쳤을 것이었다. 밑바닥 생활을 계속하며 원망과 질시와 비굴만 가슴에 채웠을 것이 뻔했다.

만전은 지금까지의 삶과 다른 길로 가고 있었다. 최우의 눈에 들기 위해 안간힘을 쓰지 않아도 좋았고 도방의 여러 눈총에서도 벗어났다.

만전은 그를 따르는 수하들을 거느리고 산을 오르락 내리면서 섬에 사는 맛에 취했고, 배중손과 함께 대밭에 가서 시누대를 베어다가 활을 만들기도 했다.

"뒷산 대밭에 가시지요."

"무엇하러 가느냐?"

"화살 만들 시누대를 베러갑니다."

"그래? 화살을 만들 줄 아느냐?"

"그럼요."

"오호, 그래? 같이 가자."

만전은 배중손을 따라 뒷산으로 갔다. 시누대는 숲을 이루고 있었다. 시누대는 바다에서 올라 온 해풍에 낭창낭창 흔들렸다. 왕대나무가 주는 푸르름과 곧음도 좋지만 시누대가 품고 있는 성질, 나선형의 푸르른 잎과 낭창거림은 또 다른 멋을 풍겼다.

시누대를 길게 잘라서 대잎을 떼 내고 그늘에서 말린 후, 여러 번 잔불로 구워서 닦아둔다. 화살의 균형을 잡아주는 깃은 장끼털을 이용했다. 중요한 것은 강한 돌을 채석해서 숫돌에 갈고 또 갈아서 날선 촉을 만드는 일이다.

"정성이 깃들어야 좋은 활이 나옵니다."

활 만들 때 배중손의 집중력은 대단했다.

배중손이 활 만들기를 하고 있는 동안 만전은 묵묵히 바라보았다. 만전은 입을 꽉 다문 채 침묵했다.

침묵 중에 지나 온 날들이 긴 두루마리 그림으로 펼쳐져 보였다.

저, 무뢰한 형제를 보라

　최우는 별채 처마 밑에 서 있었다. 마당에는 만종, 만전 형제가 무릎을 꿇어 엎드려 있었다. 최우는 형제를 향해 흰자위가 드러나게 눈을 치떴다. 흰자위에 핏발이 서렸다.
　"이 두 놈을 한데 묶어서 바다 속에 처넣어라!"
　최우는 소리쳤다.
　날카로운 쇳소리에 안채에 누워있던 여자가 벌떡 일어났다. 귀가 솔깃, 열렸다.
　'먹혀들었구나.'
　여자의 입가에 절로 미소가 번졌다.
　간밤 최우의 겨드랑이 밑에 젖가슴을 부비며 아양 떨었던 그녀였다.
　"저어기…… 서련방의 몸에서 나온 아들들 행패가 심하다는 소문이 돌고 있으니, 도방의 체면이 어찌되오리까?"
　최우가 기방을 들락거리면서 품에 안았던 기생 서련방이 낳은 아들

만전과 만종의 행패를 고자질한 그녀였다.

'흐응, 간밤 내가 그를 흥겹게 했는가?'

그녀는 비단 보료 위에 누우며 젖가슴을 안고 몸을 비틀었다. 보드라운 몸뚱이와 살살 녹는 혀끝이면 최우쯤 녹이는 일, 아무 것도 아니었다. 여자는 뜻대로 진행되는 상황에 다시 입꼬리를 잡아 끌어당겨 웃었다.

"바다에 처"

최우의 두 번째 말이 끝나기 전에 땅 바닥에 무릎을 꿇어 엎드려 있던 만종과 만전 형제는 거친 동작으로 벌떡 일어섰다. 그들이 일어서는 기세에 흙이 패이고 먼지가 일었다.

둘은 바람을 등에 지고 날쌔게 달려 나갔다. 세찬 바람이 그들을 밀어주었다.

형제는 마방에 메여있는 말 위에 껑충 뛰어 올랐다. 곧, 우악스럽게 채찍을 휘둘렀다. 말은 앞발을 높이 들어 휘이잉~ 울부짖으며, 뒷발로 땅을 힘차게 걷어찼다. 흙이 솟구쳤다.

그들은 마당을 가로질러 앞으로 내달렸다. 흙먼지가 일었다.

최우와 대신들은 눈을 휘둥그레 뜨고 흙먼지를 일으키며 달리는 말꼬리를 바라보았다. 순식간에 일어난 일이었다.

"저, 저저 우라질 놈들!"

최우는 성이 머리끝까지 차올랐다. 뒷골이 땅겼다. 그는 목덜미를 잡았다. 최우 곁에 바짝 붙어 서 있던 늙은 낭장이 그의 목덜미를 두 손으로 받쳐주었다.

"저, 저놈들이 나타나면 누구든지 목을 쳐 버려라."

최우는 이를 으드득 갈며 도열해 있는 병사들을 둘러보았다. 병사들은 최우의 서슬 퍼런 명령에 고개를 떨어뜨리고 몸서리 쳤다.
형제는 기방에서 태어나 천덕꾸러기로 어린 시절을 지내다가, 어미 서련방이 병에 걸려 죽음 임박하자 최우한테 보내졌다.
최우는 마지못해 형제를 받아들였다.
문무내관들은 천민 기생의 서출이라고 달갑게 여기지 않았다. 형제는 주변 사람들이 업신여기는 것을 알아챘다. 행여 도방 마당에서 얼씬거리면 큰 기침을 했다. 형제는 흘끔거리며 그곳을 떠났다.
못난이 취급을 받으면 더욱 못난이 행세를 하는 것인가, 형제의 처지가 그랬다.
최우에게 두 아들은 수치였다. 눈엣 가시였다. 최우는 형제를 냉안시했다. 형제는 반감이 일었다. 못된 짓을 하는 것으로 최우의 관심을 끌고자 했다.
반항하기 시작했다. 하는 짓이 제멋대로였다. 특기는 궁녀들 겁간하기였다. 아비인 최우가 총애하는 궁녀에게 더 짓궂었다. 즐겼다. 기방에서 자랄 때 보고 들은 시정잡배들의 행동거지를 그대로 따라했다.
최우의 직속 대신들은 형제의 나쁜 짓을 최우에게 알리지 못했다. 최우의 아내가 여기저기서 얻어 들은 형제의 행패를, 코맹맹이 소리를 섞어 잠자리에서 일러바쳤다. 그녀는 형제의 행패가 도를 지나칠수록 실웃음을 웃었다. 그녀에게 아들이 있었다.
'형제가 망나니 짓을 하고 다니면 최우의 뒤를 누가 잇겠는가?'
그것이 그녀의 깊은 속셈이었다.

만종과 만전은 뒤도 돌아보지 않고 달리기만 했다. 잡히면 죽음이었다.

남녘으로 튀었다. 동가식서가숙 하며 남도 땅으로 숨어들었다.

그들은 지리산 단속사로 들어갔다. 노승과 동자승이 머물고 있었다.

"오늘부터 이 절은 내가 접수 한다. 다른 절을 찾아 떠나거라."

만종은 앞뒤 말을 자르고 일방적으로 통고했다. 노승은 어안이 벙벙했다. 동자승은 만종의 험악한 표정에 울상을 지으며 노승 뒤로 숨었다.

"떠날 거요? 말거요?"

만종은 단속사 마당 한쪽에 쌓아올린 돌탑 위에서 큰 돌을 집어 들고 노승을 쏘아보았다. 노승은 뒷걸음질 했다.

"가 갑니다. 가요."

노승은 새파란 만종에게 허리를 숙였다. 무턱대고 나가라고 하는 만종의 행패에 노승은 동자승을 데리고 단속사를 떠났다.

만종과 만전 형제는 단속사를 접수하고 하룻밤을 보냈다.

다음날 아침, 만종은 대웅전 마루에서 큰 대자로 누워 코를 골고 있는 만전을 발로 찼다. 만전은 벌떡 일어났다.

"너도 이 절을 떠나라."

"무어?"

"이 절은 내가 가질 것이니 너는 다른 절을 찾아 들어가라. 우리 세력을 넓히자면 그러는 수밖에 없다."

만전은 만종의 말에 고개를 주억거렸다.

"그럼 내 거처를 정한 다음."

만전은 만종을 단속사에 남기고 다시 말을 몰았다.

봄이런가, 연두빛 훈풍이 불었다.

한참을 달린 끝에 만전은 말에서 내려 느릿느릿 걸었다. 코를 벌름거리며 싱그러운 맛을 음미했다. 연두빛 싱그런 맛에 취해있던 만전은 갑자기 걸음을 멈추었다. 그는 오만상을 했다. 봄 냄새를 맡고 기어나온 꽃뱀이 두어 발 앞에 똬리를 틀고 있는 것이 아닌가. 만전은 뱀과 상극이었다. 뱀을 보면 늘 재수 없는 일이 일어났다. 꽃뱀은 만전을 빤히 쳐다보았다.

만전은 참나무 가지를 꺾었다. 참나무 가지를 들고 꽃뱀의 머리를 찍었다. 빗나갔다. 꽃뱀은 머리를 꼿꼿이 들고 만전에게 돌진했다. 만전은 말고삐를 놓아버리고 덤불 속으로 뛰었다. 뒤도 돌아보지 않았다. 얼마나 달렸을까?

"허어 그 놈, 미물이어도 생명인 것을 으째 죽이려 하는고."

만전의 뒤에서 누군가의 말소리가 들렸다. 만전은 걸음을 멈추고 뒤돌아 보았다. 저고리 앞섶을 가릴 만큼 긴 수염의 스님이 말고삐를 잡고 걸어왔다. 만전은 합장을 했다.

"이 말 주인이 너냐?"

"아, 네 네."

만전은 그 답지 않게 연신 고개를 조아렸다.

"미물이라도 자비의 마음을 품으면 두렵지 않은 것을, 으째 그리 이쁜 꽃뱀을 죽이려했는가?"

스님은 말고삐를 만전에게 건네며 꾸짖었다. 그러나 만전은 대꾸하지 않았다. 고개를 더 깊이 숙일 뿐이었다. 상황에 따라 수시로 변하는 만전이었다.

"보자허니 갈 곳이 없는 모양이구먼."

"아 아닙니다."

"잔 소리 말고 나를 따라 오너라."

스님은 앞서 걸었다. 만전은 스님의 말을 거절할 수 없었다. 그는 말 고삐를 잡고 스님의 뒤를 따랐다.

스님은 맑은 물이 흐르는 내를 건너고 몇 구비 산을 돌아 사찰로 가는 길로 접어들었다. 연초록의 잎들이 다투어 돋고 있는 오솔길을 돌았다. 거기 송광사가 있었다. 송광사에 큰 스님과 3명의 승려들이 있었다. 만전의 길잡이가 되어 준 스님이 큰 스님이었다.

만전은 큰 스님의 배려로 그곳에서 묶었다. 그는 송광사의 분위기를 살폈다.

송광사는 이미 승려들의 서열이 잡혀 있어서 그가 끼어 들 구석이 보이지 않았다.

송광사에서 며칠을 지낸 후, 만전은 이른 새벽 사찰을 빠져나왔다. 그는 송광사에서 멀지 않은 쌍봉사로 향했다. 쌍봉사는 텅 비어있었다.

쉽게 쌍봉사를 접수한 후, 만전은 지리산 아래쪽 단속사를 찾았다. 형 만종은 여자 보살들을 데리고 대웅전에서 술판을 벌이고 있었다.

"이제 오느냐?"

만종은 보살을 끼고 앉아서 만전을 대웅전으로 들어오라 고개짓 했다. 만전은 대웅전 대들보에 올라섰다.

"어찌되었느냐?"

"쌍봉사를 접수했습니다."

"그래? 잘했다. 이쪽으로 올라 와서 앉아라."

만종은 그의 앞자리에 자리를 내어 주며 끼고 있던 여자 보살을 동생 쪽으로 밀었다. 동생 만전에게 주는 선심이었다.

"실컷 먹고 놀아라. 우리가 할 일이 무어 있겠냐? 놀고먹는 것 뿐. 으흐흐흣"

만종은 만전을 바라보며 웃었다.

"사는 게 뭐 별거더냐? 이렁저렁 살다가 가는 게지."

만종은 모든 것을 놓아버린 듯 거침이 없었다.

만종, 만전이 단속사와 쌍봉사를 접수하자 지리산 아래 쪽 건달패들이 모여들었다. 전라도와 경상도 일대의 무뢰승들도 모여들었다. 형제는 그들을 모두 문도로 삼았다.

무뢰승들은 낮에는 마을을 돌아다니며 곡식과 재물을 약탈했고, 밤에는 부잣집을 찾아 도적질을 했다. 비가 오거나 바람이 불면 사찰 안에서, 그들은 술판을 벌였다.

만종과 만전의 행패는 걷잡을 수 없었다. 그들은 무엇도 개의치 않았다. 만종은 단속사에서, 만전은 쌍봉사에서 방탕스런 자유를 만끽했다.

서출이어서 따돌림 받는 분노가 불쑥불쑥 튀어 올랐다. 그때마다 망나니짓을 하지 않으면 울화통이 터졌다. 몸에 밴 나쁜 습성이었다.

그들은 의기투합, 남녘의 작은 암자를 돌아다녔다. 불전의 불상을 집어던졌다. 도량의 돌탑을 들어다가 개울에 징검다리를 만들기도 했다. 징검다리를 밟고 개울로 내려가서 꺽지를 맨손으로 잡았다. 형제는 사찰 마당에서 꺽지를 구워먹었다.

 못된 짓거리는 사찰에서만이 아니었다. 마을 주민들에게 시비를 걸어 행패를 부렸다. 어염집 여자들을 넘봤다. 그런 짓거리는 강도에 있는 최우의 귀에 들어가기를 바라는 것이었다. 최우의 관심이 그리운 형제였다.

 그런 중에 어느 날, 그들 형제는 순천 고을 부잣집 여식을 보쌈 했다. 만종은 보쌈한 여자를 들고 산속으로 달리다가 그 댁에서 풀어 놓은 노비들에게 둘러싸였다. 노비들은 낫과 곡괭이 등을 들고 그들 형제를 향해 달려들었다. 만종은 여자를 던져버리고 튀었다. 그 뒤를 만전이 따랐다. 잡히면 끝장이었다.

 산속에서 단련된 체력으로 숲속을 요리조리 피했다. 결국 노비들은 쫓기를 포기했다. 그러나 다음 날 방이 붙었다. 두 놈을 잡으면 상금을 내린다는 글이 씌여 있었다. 쌍봉사나 단속사로 갈 수 없었다. 그곳에는 상금을 노린 패거리들이 망을 보면서 진을 쳤다.

 형제는 육지에 머물 수 없었다. 잡히면 죽음을 면치 못할 것이었다. 바다 건너 진도의 용장사 깊은 계곡에 몸을 숨겼다. 그들을 찾는 발자국 소리가 잠잠해 지면 내려갈 생각이었다.

 밤에는 마을로 내려가서 먹을거리를 훔쳤다. 남의 집 닭을 훔쳐서 포식 한 후, 넙적바위 위에 큰 大 자로 누워 드렁, 드렁 코를 골며 잠들었다가 눈 뜨면 또 무엇인가를 찾았다. 버릇은 못 버렸다. 산나물을 뜯으러 산을 오르는 아녀자나 들에서 일을 하는 아녀자에게 몹쓸 짓을 일삼았다.

만종은 이리저리 눈동자를 굴리며 항시 여자들을 찾았다. 만전이 형을 말렸다.

"남편 있는 여자는 건드리지 마시오."

"그년들이 순순히 달려드는데 어쩌란 말이냐?"

만종은 객소리를 하며 듣지 않았다.

용장사 건너 마을에 잔치가 벌어졌다. 대갓집 결혼 잔치였다.

만종은 큰 잔치에 으레 귀한 쇠고기가 올라오는 것을 알고 있었다. 생고기 맛이 그리웠다. 만종은 육회 한 접시 훔쳐온다며 마을로 내려갔다. 만전은 조심하라고 일렀다. 만종은 대답 없이 산 아래로 달렸다. 잔치 집에서 흘러나오는 냄새만으로 신부 집은 쉽게 찾았다. 그는 초례청을 기웃거렸다. 맛있는 냄새가 진동했다.

마침 신랑신부가 맞절을 하기위해 마주 서있었다. 만종은 사람들 틈으로 신부의 얼굴을 보았다. 만종의 입이 헤 벌어졌다. 천상의 여자인 듯 예뻤다. 만종은 시장기가 싹 가셨다. 고팠다. 먹어야했다. 욕정이었다.

만종은 가을이 깊어지면서 노란 알맹이 주렁주렁 달고 있는 탱자나무 울타리 뒤에 몸을 숨겼다. 밤을 기다렸다. 쇠고기 뼈를 폭폭 고아 내장을 넣어 끓이는 탕 냄새와 들기름에 지짐이 부치는 냄새로 회가 동했지만 참았다.

그것보다는 신부의 통통한 볼이 생각났다. 신부의 볼그레한 볼을 한 입 깨물어 먹으면 빈속이 채워질 것이었다. 기다렸다. 만종은 탱자나무 밑에 쪼그리고 앉아 불이 꺼지기만을 기다렸다.

자시가 넘어 시끌짝 하던 초례청이 소리를 죽였다. 천지가 고요했다. 만종은 일어섰다. 오래도록 한 자리에 앉아 있어서 오금이 저렸다. 그는 무릎을 몇 번 구부렸다 폈다 했다. 거뜬했다. 발꿈치를 들고 대청마루를 지나 신부가 자는 방 앞으로 다가갔다. 신랑의 코고는 소리가 요란했다. 예쁜 신부 몇 번 빨아먹고 깊은 잠에 떨어진 것이었다.

만종은 방문을 잡아당겼다. 걸려있었다. 그는 다섯 손가락에 침을 묻혀 창호지를 찢었다. 찢어진 문 안으로 손을 집어넣어 고리를 벗겨냈다. 수월했다. 문을 열고 안으로 들어갔다.

양다리를 벌리고 잠든 신랑의 팔을 베고 있는 신부의 입을 손으로 틀어막고 덮고 있던 얇은 비단이불로 둘둘 말아 들쳐 업었다.

그는 사립문을 나서자 달렸다. 신부가 깨어나서 양다리를 허우적거렸다. 살걸음으로 달렸다. 만전이 있는 계곡으로 올라가기 전 아래쪽 덤불숲에 신부를 내려놓았다 그러자 차렵이불을 들치고 신부가 고개를 내밀었다. 만종은 그대로 신부를 덮쳤다. 짬을 주지 않아야 했다. 얼결에 해치웠다.

만종은 그의 몸속에서 모든 것이 다 빠져나가는 기분을 맛봤다. 몽땅 쏟아버려서 뱃속은 헛헛한데도 포만감이 차올랐다. 졸음이 쏟아졌다. 만종은 질펀한 욕정 뒤끝의 피로감으로 이내 코를 골며 잠에 떨어졌다.

죽은 듯, 숨소리도 내지 못하던 신부는 차렵이불을 걷어내고 일어났다. 입을 벌리고 숨을 쉬는 만종의 얼굴을 보다가 신부는 눈을 질끈 감았다. 한 마리 커다란 괴물이었다.

신부는 속 치맛자락을 찢어서 길게 매듭을 맺었다. 신부는 만종이 잠들어 있는 옆의 큰 소나무 나뭇가지에 매듭지어진 줄을 던졌다. 던지기 몇 번만에 나뭇가지에 줄이 걸렸다. 신부는 잘려나간 나무의 밑둥치에 올라가서 비단 줄로 목을 맸다. 줄을 조였다. 조인 후 온 힘을 다해서 몸을 흔들었다. 아랫입술을 질끈 깨물었다. 허벅지를 타고 여자의 처녀성이 흘렀다. 숨이 끊어졌다.

새벽이슬이 내리고 있었다.

묘시, 동이 트기 직전 신랑은 자리끼를 찾으면서 옆자리를 더듬었다. 허망했다. 신부가 없다. 촛불을 켰다. 불빛이 흐렸지만 요 위에 찍힌 큰 발자국을 보았다.

"신부가 없어졌오, 신부가."

이상한 예감에 신랑은 소리쳤다. 누군가에게 잡혀갔다. 들짐승이 아닌, 사람이었다. 소동이 벌어졌다. 여기저기 웅성거렸다.

"어떤 놈이 이불 채 업어 갔네."

신랑은 집 뒷산으로 달렸다. 용장사 뒤쪽에 이상한 놈들이 있어서 먹을거리를 훔쳐간다는 소문을 듣고 있었다.

신랑은 한참 만에 걸음을 멈췄다. 소나무 가지에 무언가 대롱대롱 매달려 있었다. 신랑은 산중턱을 뛰어올라갔다.

신부는 목을 매고 축 늘어져 있었다. 소나무 아래, 바지춤을 반쯤 내리고 잠에 떨어져 있는 사내를 보았다. 피가 거꾸로 솟구쳤다. 죽음으로 저항했을 아내를 올려다보았다.

잠에 떨어져 있는 사내의 불두덩을 크나큰 돌로 내리쳤다. 비명을 지르며 사내가 일어났다. 뒤쫓아 온 머슴들이 칡넝쿨을 걷어 만종을 묶은 후, 마을로 끌고 내려왔다. 사람들이 모여들었다. 누구랄 것도 없이 마을 사람들은 몽둥이를 들고 만종을 내려쳤다. 만종은 만신창이가 된 채 실신했다. 가마니에 돌을 가득 담아서 실신한 사내의 몸뚱이에 매달았다.

 마을 사람들은 떼거지로 돌가마니를 매단 만종을 끌고 벽파나루로 갔다. 나루가 보이는 언덕으로 올라갔다. 그리고 물살이 빠른 여울목에 던져 넣었다. 큰 물너울을 만들면서 만종은 바다 깊이 내려갔다. 돌가마니를 끌고.

 그것이 만종의 일생이었다. 아비에게 버림받고 진창 속에서 허우적이던 만종은 죽었다.

 아랫마을로 내려 간 형이 올라오지 않자 만전은 산 아래로 내려갔고, 형 만종의 마지막을 목격했다. 만전은 산속으로 숨어들었다. 그는 큰 바위 아래 웅크리고 앉아 생각했다. 용장사로는 들어 갈 수 없었다.

 그는 여귀산으로 숨어들었다. 여귀산에서 용맹한 기상의 배중손을 만난 것이었다.

배중손, 강도로 진출하다

"부르셨습니까?"

"만종과 만전을 찾아라."

최우는 김준을 불러 명했다.

형제를 묶어서 바다에 처 넣으라고 했던 최우였다. 그 자리에서 말을 타고 급히 도망가지 않았다면 만종, 만전 형제는 벌써 고기밥이 되고 말았을 것이다.

처음 계획대로라면 후계자로 김준을 꼽고 있었다.

그런데 죽음이 그의 몸에 찰싹 붙어있는 상태에서 최우는 계획을 바꾸는 것이었다.

김준이 그가 신뢰하는 충복이었지만 고려세력의 최상에 서 있는 도방의 실권을 노비 출신 김준에게 넘길 수 없었다.

'어떻게 하여 뺏은 권력이었던가?'

못난 놈들이지만 피붙이를 찾아 후계자로 삼겠다는 속셈이었다.

아무한테나 던져버리고 갈 수 없었다. 아까웠다. 비록 창기의 몸에서 태어 난 서출이지만 유일한 아들이었다. 실권을 아들에게 물려주어서 최씨가의 대를 이어야 한다. 이것이 최우의 욕심이었다.

최우의 명을 받은 김준은 전라도 땅으로 말을 달렸다.

'그 부랑아들을 찾아오라고? 그 망나니들에게 도방을 맡긴다고?'

김준은 못마땅했지만 지리산을 넘어 화순 송광사에 당도했다. 만종 형제를 찾는 김준에게 늙은 보살은 말했다.

"몹쓸 짓만 하고 다니더니…… 사람들이 두들겨 패서 돌가마니를 달아서 바다에 빠트렸다고 합니다."

"형제가 다 죽었어요?"

늙은 보살의 말은 뜻밖이었다. 김준은 다그쳐 물었다.

"동생은 도망 다니고 있답디다……."

"만전은 살았다구요?"

죽었다는 말에 귀가 번쩍 열렸던 김준은 만전이 살았다는 말에 실망했다.

"쩌그 어디냐허면 바다 건너 섬 용장사로 들어가서…… 어느 골짝으로 숨어 다닌다는 말을 주지승헌테 들었구먼요."

늙은 보살은 만전이 진도 용장사 근처를 떠돌며 야생의 생활을 하고 있다고 덧붙였다.

"……"

김준 일행은 송광사에서 발길을 돌려 해남 땅으로 말을 달렸다.

그는 땅 끝에 서서 건너편 섬을 바라보았다.

진도였다.

'만전이 저 섬에 있다고……'

김준은 화살촉 같은 날선 생각이 뇌리를 스쳤다.

'늙은이의 권력 욕심이라니…… 둘 다 바다에 빠져 죽었다고 고할까?'

김준은 개경에서 따라 온 병사를 바라보았다.

'이 놈만 없으면.'

개인의 이득을 위해서라면 인의를 무시하고 무력이나 권모로써 다스리는 것이 고려 패도 정치의 본색이었다. 그런 본색을 가장 가까이에서 지켜 본 김준이니만큼 그도 예외는 아니었다. 본대로 행동하는 것, 환경은 무엇도 지배한다.

강도에서 함께 온 병사만 죽여 버리면 그만일 터였다. 재빠르게 움직이는 김준 생각 속으로 병사가 불쑥 말했다.

"장군님, 저기 낚시를 하는 병사가 있는데요."

병사는 손으로 바다 가운데를 가리켰다. 김준은 난삽하고 빠르게 나쁜 쪽으로 흐르던 생각을 끊어냈다.

"허, 그렇구나."

바라보니 낚싯배가 한 척 떠 있었다. 중랑장 병사 복장이었다.

몽고의 말발굽이 고려를 짓밟고 있는 터에 계급이 있는 병사 놈이 한가로이 낚시하고 있는 것은 직무유기였다. 김준은 목소리를 높여 낚싯배를 불렀다.

"거기 한가로이 낚시하는 자 누구냐?"

낚시꾼은 낚시 바늘에 미끼를 끼어 넣으면서 묵묵부답이었다. 김준은 목청을 높였다.

"네 이놈, 고려의 병사 아니더냐?"

"나? 나를 불렀소?"

낚시 바늘을 만지작이던 병사가 언덕배기 나루터 쪽으로 고개를 돌렸다.

"너는 고려 병사 아니더냐?"

김준은 핏대를 세워 재차 다그쳤다.

"그렇소마는?"

낚시를 즐기던 병사는 웬 참견이냐는 듯 되물었다. 무례했다.

"상장군 김준 장군이옵니다."

옆에 서 있던 병사가 소리쳤다.

"네? 김준 상장군이십니까?"

낚시를 만지작 이던 놈이 화들짝 놀랐다. 그는 허리를 꺾었다.

"흐음. 이쪽으로 오너라."

김준은 큰 기침으로 위엄을 보였다.

"곧 명 따르겠습니다."

그는 낚시를 걷어 올리고 급히 노를 저었다.

노 젓는 중랑장의 팔뚝 근육은 장정 몇 놈 잡을 수 있을 것 같았다. 키는 작았지만 탄탄한 체격의 임연이었다.

중랑장 임연은 경상도 남해 막사에서 그곳 전라도까지 넘어오는 몽고군을 막는다는 임무를 띠고 나와 있었다. 몽고군은 아직 해남까지 내려오지 않았다. 그는 몽고군이 지레 겁을 먹고 내려오지 못한다며, 낚시질로 시간을 까먹고 있었다.

임연은 힘껏 노를 저어 순식간에 나루터에 배를 댔다. 그는 배의 난간에서 훌쩍 뛰어 내려서 말을 타고 서 있는 김준 앞에 무릎을 꿇었다.

"너는 누구냐?"

김준이 말 위에서 그를 내려다보며 말했다.

"저는 임연이란 자로 남해에서 이쪽으로 파병 나와 있던 차, 시간이 너무 무료해서……"

"무료해서!"

김준은 핏발이 섰다. 임연은 김준의 불같은 호령에 납작 엎드렸다.

"병사가 무료해서 낚시질을 한다?"

김준은 눈살을 찌푸렸다.

"주, 죽을 죄를 지었습니다."

"고개를 들라."

김준은 연신 머리를 조아리는 임연을 뜯어보았다. 짙은 눈썹이 인상적이었다. 무사의 기질이 보였다.

"일어서라."

김준이 명했다. 김준의 명에 임연은 튕기듯이 일어섰다. 그리고 불쑥 말했다.

"장군님, 장군님을 뫼시고 싶습니다."

"무어?"

"평소 장군님 뵙기를 원했습니다."

"나를 따라 강도로 가고 싶다는 말이더냐?"

"그러하옵니다."

임연은 변방에서 좀도둑 몽고군 따위를 상대하는 자신에 대해 회의를 느끼고 있던 참이었다. 중앙부처에서 활동하고 싶었다. 그래서 승진의 기회를 잡고 싶었다.

"저를 데리고 가 주십시오."

임연은 김준이 망설이지 다시 머리를 조아렸다.

"으흠……"

김준은 고개를 끄덕였다.

"그래, 내 이번에 너를 데리고 가마."

"감사합니다, 장군님."

"오늘은 진도 용장사로 가자. 거기서 또 한사람 데리고 올라가야 하느니."

"넵. 모시겠습니다."

임연은 김준이 올라타기 쉽게 배의 밧줄을 잡아당겨 주었다. 김준은 배에 올라탔다. 김준을 따라 온 병사는 김준의 말고삐를 잡고 있었다.

"내가 섬에서 나 올 때까지 막사에서 기다려라."

김준은 병사에게 말하고 배의 선미에 섰다. 임연이 노를 저을 저으면서 물었다.

"진도는 무슨 일이십니까?"

"용장사에 머물고 있는 만전을 데리러 간다."

"아, 그 자라면……"

"아느냐?"

"알다마다 입니까? 그 자는 지금은 용장사에 없습니다."

"그럼 어디에?"

"여귀산 중턱 굴속에서 사냥으로 살아가고 있습니다."

"혼자냐?"

"아닙니다. 만전이 어디서 만났는지 용맹스럽기가 하늘을 찌르는 젊은이와 함께 생활합니다. 수십 명의 수하도 거느리고 있습니다."

"용맹한 젊은이……"

그들이 말을 주고받는 사이 배는 순풍에 흘러흘러 벽파포구로 가고 있었다.

김준은 노를 저을 때마다 갈라지는 물살을 바라보았다. 배가 지나면 갈라졌던 물살은 곧 한데 섞이며 본디대로 돌아갔다.

김준은 몇 가지 생각들이 머리 속을 훼치고 다녔다. 김준은 엷은 미소를 입꼬리에 그었다.

'권력이라……'

당장은 만전을 찾아서 강도로 올라가겠지만, 최우가 죽은 후에 허접스런 만전 따위 제치고 그 자신이 권력을 잡을 수 있다는 생각, 못 잡을 것도 없다는 야망을 품었다.

'물살은 잠시 일렁이며 파고를 일으켰다가 이내 원상으로 돌아간다. 무지랭이 만전을 없애고……'

최우가 죽고 나면 한 차례 소동을 일으켜 만전을 없애고 그 자신이 도방을 송두리째 맡을 것인 즉, 용맹스런 심복 몇 명을 곁에 두어야했다. 김준은 힘껏 노를 젓고 있는 임연을 새삼 돌아다보았다. 스스로 자청하여 자신을 따르겠다고 머리를 조아리는 임연이야 말로 적격이었다. 한편으로는 쫓겨난 만전이 어떤 생활을 하고 있는지 궁금했다. 속마음으로는 망나니짓을 계속하고 있었으면 하고 바랬다.

김준과 임연은 배에서 내려 여귀산으로 향했다.

여귀산 아래 턱엔 대나무 숲으로 이루어졌고 중턱부터는 늘푸른 나무와 줄참나무로 꽉 차있었다. 숲속 깊숙이 숨겨져 있었지만, 만전이 있는 소굴을 찾기는 쉬웠다. 마침 토굴 쪽에서 연기가 피어오르고 있었다.

"저깁니다."

임연이 말했다. 김준은 임연이 가리키는 곳을 바라보았다.

웃 저고리를 벗어던진 배중손과 만전이 모닥불 앞에 앉아 꿩을 굽고 있었다. 꿩 굽는 냄새가 김준의 발걸음을 채근했다. 그들은 가까이 다가가도 인기척을 알아차리지 못했다. 배중손은 잘 익은 꿩의 다리를 찢어서 만전에게 건넸다. 그때였다.

"여보시오."

임연이 불렀다.

"누, 누구요?"

만전은 깜짝 놀랐다. 경계의 눈빛으로 그들을 바라보았다. 배중손은 만전 앞에 가로 막아서며 그들을 노려봤다.

"김준 상장군이시다."

임연이 말했다. 만전은 김준을 바라보았다. 김준이라면 잘 알고 있다.

"어쩐 일이시오?"

만전이 김준에게 물었다.

"곧장 강도로 돌아가야 합니다."

"나를 찾더이까?"

"모시고 오라는 분부 받았소."

"늙은이가 천륜은 아는 가보군."

강도의 사람을 보자 만전은 예전 무례한 언행이 튀어나왔다.

"당장 올라갑시다."

"물에 처 넣으라고 할 땐 언제고, 이제 망령이 들었나?"

"……"

여전히 무례한 말투의 만전을 보며 김준은 입꼬리를 살짝 올려 비웃었다.

"갑시다. 허나 꿩고기는 뜯고 갑시다."

만전은 꿩다리를 누런 이로 찢었다. 배중손이 김준에게도 꿩고기를 권했다. 불에 구운 꿩고기가 먹고 싶었다. 그러나 김준은 고개를 흔들었다. 맛있어 보이는 꿩고기 한 점에 체면을 구기기 싫었다.

"그럼, 잠시 기다리시오. 그리고 나는 이놈을 데려가야 하겠소."

만전은 배중손을 가리켰다. 김준은 고개를 끄덕였다.

"좋다. 내일 아침 이곳을 빠져나가 강도로 가야 한다."

김준은 임연과 배중손을 바라보며 그렇게 말했다.

"강도라면, 저 위쪽에 있는 섬 말입니까?"

배중손이 물었다.

"오냐."

"그렇다면 해남으로 가서 육로로 올라가는 것보다 뱃길을 따라 곧장 강도로 가는 것이 좋습니다."

배중손이 말했다.

"그렇게 갈 수 있단 말이냐?"

김준은 배중손에게 되물었다.

"네. 물때 잘 맞추면 육지로 올라가서 산 넘고 강 건너고 들길 지나서 가는 것보다 훨씬 빠릅니다. 강도는 우리 진도처럼 섬이니 배로 가면 바로 연결될 것 아닙니까?"

그럴 듯했다. 김준은 고개를 크게 주억거렸다.

"네 놈 말이 맞다."

만전은 어깨가 으쓱했다.

"그러나 배가 없질 않느냐."

김준이 묻자 임연은 답했다.

"우리가 올 때 타고 왔던 배로 충분합니다. 물 때만 잘 맞추면."

"그래?"

"물 때 잘 맞추어서 돛을 올리기도 하고 내리기도 하면서 조절하면 가능합니다."

배중손이 덧붙였다. 김준은 배중손의 당당한 어투에 믿음이 갔다.

만전은 배중손을, 김준은 임연을, 각자의 심복을 데리고 강도로 향했다.

서해안을 따라 가는 중에 군산, 서산 등을 경유하면서 식량도 보충하고 식수도 보충했다. 대체로 날씨가 쾌청하여 뱃길 가는 동안 별 탈 없이 한 달 여 만에 강도에 도착했다.

강도에 도착한 후, 김준은 임연과 배중손을 삼별초군에 합세시켰다. 그리고 만전을 데리고 최우의 거처로 갔다.

최우의 병세는 악화되어 있었다. 최우는 김준 일행이 들어서자 침상에서 일어나서 비스듬히 기대앉았다. 노상 꼿꼿한 자세만을 보아왔던 만전은 최우의 불편한 자세를 보며 병세가 심각함을 느꼈다.

"왔느냐?"

최우는 만전을 바라보았다. 만전은 고개를 들어 천정을 바라보았다.

"고생했구나. 너무 서운해 하지 마라. 큰일에 쓸려고 훈련시킨 것이다."

최우는 넌지시 달래는 폼이었지만 속 마음이 빤히 보였다. 만전은 고개를 삐딱하게 기울이고 최우를 슬쩍 바라보았다. 늙고 병든 늑대의 형색이었다.

"김준의 가르침을 받아라."

최우는 김준에게 눈으로 말했다. 부탁한다는 의미였다.

'염려 마시오.'

김준은 고개를 숙여보였다.

만전을 강도로 불러들이고 달포 쯤 후, 최우가 죽었다.

죽기 직전 최우는 군사권을 행하는 실질적인 실권을 만전에게 물려주었다. 이름도 최항이라 바꾸어 부르도록 했다. 자신의 아들로 인정한다는 증표였다.

'만전이 아니라, 최항이라…… 최항.'

만전은 자신의 이름을 곱씹었다. 좋은 것 같기도 하지만 별다른 느낌이 없었다.

최우의 부탁을 받은 김준은 먼저 도방의 여러 벼슬아치들을 최항과 인사시켰다. 그리고 예법과 지식 등을 지도할 수 있는 서너 명의 학자들을 연계해 주었다.

　최항은 김준의 가르침을 받으며 권력자로서의 행동에 바른 자세를 취하는 듯 했다. 그러나 도방 주위 사람들이 사신을 대하는 태도가 예전과 진배없다는 것을 느꼈다.

　"거 공부는 무슨 공부요. 또한 예법을 가르치려 한다면 내 나이를 뚝 잘라서 반 토막 내시오. 머리 큰 짐승을 가르치려들다니 원…… 허허어허 그러지 말고 약주나 한 잔씩 하십시다."

　최항은 너털웃음을 터트리며 술상을 들이라고 말했다. 학자라는 자들은 최항의 말에 서로 쳐다보며 비웃음을 흘렸다. 그러나 비웃음은 긴 수염 속에 감추었다.

　최항이 학자에게 술과 여자를 취하는 법을 가르쳤다. 그들은 만나기만 하면 시간 가는 줄 모르고 밤을 새기도 했다.

　술에 취하면 최항은 본색을 드러냈다.

　그는 천민출신 서출이라고 핍박을 했던 사람들을 하나하나 잡아들이라 명하여, 그 자리에서 죽였다. 최항의 술판이 벌어지면 주변의 풀잎까지 벌벌 떨었다.

　계모의 부친과 아들을 죽이고 계모도 내쫓았다. 일가친척은 물론, 계모의 이웃 사촌까지도 죽이고 나서야 직성이 풀렸다.

　그들 형제를 업신여겼던 대신들도 이유도 모른 채 목을 내놓았다. 밤새 안녕이었다.

　김준은 도방의 주인으로 행세 못하는 최항의 행동거지를 은근히 즐기면서 그 자신이 도방의 주인인양 행동하기 시작했다. 그의 심복이 되겠노라 자청한 임연과 밀착해 수시로 도방을 넘봤다. 권력은 언제라도 움직인다.

어느 날 최항은 배중손과 임연을 불렀다. 진도에서는 노상 곁에 있던 최항이, 높은 자리에 앉으면서부터 얼굴 보기가 어려웠는데 배중손으로서는 뜻밖이었다.

"배중손에게 삼별초 우두머리 자리를 내 주어라."

최항은 임연에게 부탁했다. 김준의 배려로 이미 삼별초 장군의 자리에 앉아 있던 임연에게 배중손을 부탁한 것이었다.

"네, 그리하겠습니다."

배중손은 삼별초군을 이끌고 있던 임연 부대의 소속으로, 그 부대의 대장으로 임명되었다.

상도의 산야, 먹구름이 끼다

김준은 최항을 보필하여 오른팔 역할을 하는 것처럼 보였다.

그러나 최항의 자리를 넘보고 있었다. 최항도 김준의 속마음을 눈치챘다.

최항은 노상 불안했다.

그를 서출이라고 홀대했던 자들을 제거하면서 예전 버릇으로 돌아간 후, 불안감은 더욱 깊어갔다.

그 불안감은 배중손과 임연에게 마음을 기울이게 했다. 특히 배중손에게 기대는 마음이 더했다. 진도 산속에서 멧돼지를 만났을 때, 그를 구해준 은인이 아닌가. 배중손이라면 김준으로부터 그를 보호해주리라 믿었다.

그 무렵 강도의 들판에 검은 구름이 휘돌고 있었다. 언제라도 거친 풍랑이 강도의 모두를 휩쓸어 가버릴 듯 불길한 기운이 무겁게 내려

앉아 있었다. 검은 구름은 최항의 괄괄했던 기운을 짓눌렀다.

그 때문인가, 최항은 엄청난 식욕을 과시했다. 과식증후였다.

"먹을 것이 없구나!"

그의 앞엔 인절미, 닭찜, 수정과, 약주, 쇠갈비 탕 등이 놓여있었지만 최항은 고래고래 소리 지르며 노상 먹을 것을 찾았다.

"무엇을 더 드리오리까?"

궁녀가 물었다.

"그것을 나더러 말하라고? 내가 먹고 싶은 것쯤 네년이 알아야하지 않느냐?"

최항은 큰 소리로 덧붙였다.

"여봐라, 이년의 목을 쳐서 시궁창에 던져버려라."

최항의 말이 떨어지자 궁녀는 병사에게 끌려 나갔다. 궁녀는 별채 뜨락으로 끌려 나가자마자 곧 비명을 질렀다.

"아악!"

최항의 얼굴엔 썩은 미소가 번졌다.

그날, 해질녘이었다. 최항은 갑자기 복통을 호소하며 측간을 들락거렸다. 물똥이 사방으로 튀었다. 물똥을 쏟아내기 며칠 후, 그는 비실거리며 일어서질 못했다.

"뱃속이 뒤집어지지 않으면 사람이 아니지. 걸신 들린 사람처럼 아무 거나 먹어대더니……"

최항의 진맥을 짚은 내의원은 고개를 흔들면서 탕약을 조제 했다.

내의원의 진맥대로 탕약을 달여 올렸으나 차도가 없었다. 과식으로 인한 급성 장염이었다. 왕성하던 식욕은 어디로 갔는지, 산해진미를 멀리했다. 하루하루 병색이 짙어갔다.
"가, 가까이 오너라."
그런 어느 날 최항은 가래기 낀 목소리로 배중손을 불렀다.
"네."
배중손은 침상 가까이 한 발 앞으로 다가간다. 곁에 있던 최항의 아들 최의는 근심어린 표정이었다. 최항은 배중손을 바라보았다.
"예전에 나를 도왔듯이 내 아들을 도와주어라."
최항의 말투는 느렸다.
"……"
배중손은 대답하지 않았다.
최의가 침상 쪽으로 다가 앉아 눈물을 참느라 양미간을 찌푸리고 있었다. 최항은 손을 내밀어 아들의 손을 잡았다. 최항은 한참동안이나 아들의 손을 잡고 있다가, 그 손을 배중손의 손에 쥐어주었다.
최항은 배중손과 아들의 손을 잡고 가만가만 고개를 주억거렸다. 말하지 않더라도 배중손을 잘 따르라는 것과 아들을 잘 보살펴달라는 부탁이었다.
"네, 아버님."
"넵."
최항은 두 사람의 대답을 듣고 마음을 놓은 듯 한숨을 내쉬었다. 잠시 침묵이 흘렀다.
최항은 지난날이 떠올랐다.
만전이라는 이름으로 남녘 땅을 헤집고 다니던 세월이 뭉게구름으로 피어올랐다. 그의 얼굴에 잔잔한 미소가 피었다. 최항은 그 시절이 더 행복이었음을 알았다.

최우의 부름으로 강도에 올라와서 만나는 모든 사람들은 그에게 적이었다. 좋은 인성으로 백성을 다스리고 싶은 생각도 했었다. 그러나 강도의 사람들은 예전의 만전으로 대할 뿐 그에게 진정한 마음을 주지 않았다.

앞에서 굽실거리다가 뒤로 돌아서면 '저런 망나니에게 권력을 쥐어주다니 쯧쯧. 최우가 죽을 나이에 망령을 부린 것이지, 쯧쯧……' 했었다.

강도로 와서 권력을 쥐었을 때 하늘을 찌를 듯한 기분은 잠시 떠 있는 물거품이었다. 이내 사그라졌다.

최항은 새처럼 자유로웠던 떠돌이 생활을 그리워했다. 특히 진도섬에서 배중손을 만나면서 몇 십 명의 부하들을 거느렸을 때가 그의 일생 중 최고였다는 생각이 들었다.

최항은 흐린 미소를 띤 채 배중손의 손을 찾았다. 배중손이 손을 내밀어 먼저 최항의 손을 잡아주었다. 온기가 모두 빠져나간 최항의 손은 찼다. 배중손은 잡은 손에 힘을 주었다. 온기를 전해주고 싶었다. 최항은 힘없이 눈꺼풀을 닫았다.

최항이 죽었다.

최항의 뒤를 이어 최의가 도방의 최고자리에 앉아 권력자가 되었다.

그러나 최의의 권력은 가소로웠다. 누구도 최의를 인정치 않았다. 그 틈을 타서 김준은 급히 야욕을 드러냈다.

최의가 도방을 맡은 지 몇 개월 후, 김준은 최의를 죽이기로 작정했다.

우선 배중손을 최의 곁에서 떨어뜨려 놔야 했다. 김준은 임연에게 삼별초 특수 훈련을 명했다. 삼별초 전병사들에게 마니산 꼭대기까지 오르는 강훈련이었다.

거개의 삼별초 병사들이 마니산으로 훈련을 떠난 후 강도의 궁성은 텅 비었다.

최의는 빈궁과 뜨락을 거닐고 있었다. 작은 연못을 느린 걸음으로 거닐고 있을 때 화살이 날아왔다. 연못가를 훑고 지나는 한 자락 바람소리가 들렸다. 바람소리를 내며 날아 온 화살은 최의의 심장에 꽂혔다. 최의는 사슴에 꽂힌 화살을 손으로 잡으며 비틀거렸다. 그 사이 또 하나의 화살이 날아들었다. 나란히 걷고 있던 빈궁이 놀라 뒷걸음질 했다. 뒷걸음질하는 빈궁의 등에 화살이 꽂혔다. 최의와 빈궁은 고통으로 오만상을 지으며 서로 부둥켜안았다. 부둥켜안은 채 수련이 피어 있는 연못 속에 빠졌다. 여린 수련이 그들의 몸을 받아 않았지만 수련마저 짓이겼다.

검은 두건을 쓴 자들이 어디선가 급히 뛰어나와 연못 속을 들여다보았다. 짓이겨진 10여 송이의 수련이 물너울에 흔들리고 있었다. 두건을 쓴 사내들은 고개를 주억거리며 그곳을 떠났다. 그들은 높은 담을 넘어서 김준의 처소가 있는 방향으로 뛰어갔다.

김준은 최의의 살인 지시를 숨기려들지 않았다. 누구라도 김준이 그럴 것이라 짐작하고 있었다.

최의의 죽음으로 고려 무신 최씨가(家)의 맥이 끊겼다.

마니산 정상에서 삼별초군 훈련에 임하고 있던 임연에게 최의의 죽음이 전달되었다. 임연은 순간 숨이 턱에 차올랐다. 두려웠던 사실이 눈 앞의 현실로 다가왔다.

'부하되기를 자청했는데……'

임연은 마니산 중턱 훈련장에서 병사들에게 창던지기를 훈련시키고 있던 배중손을 불렀다. 그리고 최의의 죽음을 알렸다.

배중손은 아연실색, 멍하니 임연을 바라보고 있었다.

"놀라는구나. 그러나 나는 짐작하고 있던 터다."

임연은 담담히 말했다.

"예견하셨다면 막았어야 되지 않습니까?"

배중손은 임연에게 다그치듯 물었다.

"너는 아직 권력자들의 욕심을 모르고 있다……"

"그, 그렇더라도……"

배중손의 심기는 몹시 괴로웠다. 죽음 직전에 그를 불러 아들을 부탁하며 손을 잡던 최항의 체온이 자신의 손에 전달되었다. 배중손은 고개를 흔들었다.

배중손은 외포리 바닷가에 서서 저 멀리 시선을 던졌다.

진도에서 최항을 따라 강도로 왔던 배중손은 삼별초의 병사라는 자부심으로 훈련에 임했었다. 그런데 권력자들의 살벌한 기 싸움에 심신이 혼란스러웠다.

믿고 따라왔던 최항이 병들어 죽으면서 아들 최의를 부탁 받았는데, 최의는 김준에 의해 죽은 것이었다.

무신들과 무신 사이, 왕과 무신들 사이, 그들은 서로 불신의 늪에서 허우적이며 서로를 경계하고 있었다. 누구든지 권력자를 죽이고 실권을 빼앗는 것이 능사인가?

배중손 곁으로 임연이 다가왔다.

"여기서 무엇 하느냐?"

"권력무상을 생각하고 있었습니다."

"그래······"

"고향으로 돌아가고 싶은 생각도 간절합니다."

배중손은 진심이었다. 갑자기 회한이 밀려왔다.

"아니다. 우리 할 일이 있다."

임연은 배중손의 등을 두들기며 말했다.

"권력을 얻기 위해 인명을 함부로 해치는 일이요?"

배중손은 바다를 향했던 몸을 휙 돌려 임연을 바라보았다. 배중손의 눈 속에 복잡한 의미가 담겨 있었다.

"너의 심정을 알겠다. 나도 너와 같은 심정이다. 개인의 권력을 위하여 목숨을 함부로 빼앗는 것은 도리가 아니다."

"그래서 고향으로 돌아가 멧돼지나 잡으며 살고 싶습니다."

배중손에겐, 고향으로 돌아가고 싶을 만큼 충격이 컸다.

"하나만 생각하는구나. 지금 우리 고려는 무신과 왕권이 난립하여 싸움질을 한다. 그러니 몽고가 고려를 얕잡아보고 고려를 통째 먹으려하고 있다."

"······"

배중손은 다시 바다를 향해 멀리 시선을 고정시켰다.

"지금은 고려를 짓밟고 있는 몽고 놈들을 생각하자. 그들이 고려의 숨통을 꽉 쥐고 백성들을 핍박한다. 이제부터 우리 삼별초군은 몽고를 겨냥해야 한다."

"몽고놈들……"

배중손은 혼잣소리로 어금니를 앙다물었다. 진도에서 산천을 뛰어다닐 때와 달리, 강도로 온 직후 몽고의 고려 침략 부당성을 절실히 깨닫고 있던 참이었다.

"최씨일가가 무너진 것은 차라리 잘된 일이다. 이제 삼별초군은 고려 백성의 편에 서서 고려를 몽고로부터 지켜내야 한다."

"몽고로부터."

배중손은 '몽고'라는 단어를 강한 어투로 씹었다.

"그렇다. 몽고가 우리의 적이다. 나라 안에서 권력 다툼은 이제 없다."

배중손은 임연의 말을 듣자 귀가 번쩍 열렸다.

"우리끼리 싸우는 것은 없습니다요?"

배중손은 임연에게 다짐했다. 몽고의 무력 침략에 대하여 저항해야 함을 알고 있었다.

"이제 우리 삼별초는 개인의 군대가 아니고 항몽을 위한 힘센 군대가 되어야 하느니……"

"맞습니다. 그렇습니다."

배중손은 고향으로 가고 싶다는 생각이 순식간에 가셨다. 무인으로서 해야 할 일이 있었다.

임연과 배중손은 외포리 앞바다에서 '항몽'으로 마음을 합쳤다.

최씨일가의 맥을 끊어버린 김준은 무인의 실권자가 되어 권력이 치솟았고, 권력의 힘으로 치부에 급급했으며 오만방자, 왕을 능가하는 권력을 휘둘렀다.

고려 제24대왕 원종에게 김준은 두려움의 대상이었다.

언젠가는 원종을 치고 그의 자리를 빼앗을 것이라 생각했다. 최씨 일가의 무인정권 시절에는 그래도 왕의 자리까지 넘보지는 않았었다.

이제 김준이 득세하는 무인 시대에 원종은 왕족이 살 길을 모색했다. 원종이 손을 내밀 곳은 몽고의 쿠빌라이였다. 적에게 도움을 청하려 했다. 집안 도적 잡으려고 외세의 힘을 끌어 들이자는 것이었다.

원종은 김준과 틈이 생긴 임연을 이용하기로 했다.

그리하여 원종은 궁 안 은밀한 장소로 임연을 불렀다.

"김준의 세력을 막을 방법은 없겠소?"

원종은 작은 소리로 물었다. 원종의 질문에는 이미 답을 정하고 있었다. 임연도 그 답을 알고 있었다.

"피를 보는 수밖에 없습니다."

"그리해 줄 수 있겠소?"

"명, 받들겠습니다."

원종과 임연의 생각은 단순했다. 그것을 음모라고 할 수도 없었다. 임연은 조용히 물러났다. 원종의 묵인 아래 김준을 죽이는 것이었다.

김준 살인 작전이 은밀히 행해졌다.

임연은 거사를 치르기로 한 날 새벽, 다시 외포리 바닷가에 서 있었다. 배중손에게는 아무 말도 하지 않았다. 김준을 없애기로 했다는 것을 알리면 배중손은 또 혼란스러워 할 것이었다.

바람이 거칠었다. 포구가의 갈대들이 크게 흔들렸다. 그것은 수 천의 갈매기 날개짓이었다. 은회색의 고운 빗살이 한꺼번에 휘날렸다. 강도의 피 냄새를 맡고 피 냄새나는 쪽으로 날아가는 갈매기 날갯짓.

임연은 겨울을 재촉하는 거친 바람 앞에 가슴을 쫙 폈다. 무언가를 할 수 있는 용기, 밀어붙일 수 있는 뚝심을 그의 안에서 찾아내야 했다.

'몽고가 고려를 삼키려는 급박한 상황에 처해 있는데 개인의 이득을 취하는 자는 용서할 수 없다. 존경했었는데……'

임연은 김준을 죽여야 하는 정당성을 되씹었다.

한때 따랐던 김준을 죽이려고 하는 혼란스런 생각의 갈피를 잡자는 것이었다. 그러고 나니 마음이 한결 편했다. 임연은 외포리 포구를 떠나 성안으로 들어왔다.

그날 해질녘, 임연은 훈련 중인 삼별초 군사 두 명을 불렀다.

"거사를 치루어야겠다."

임연은 비장한 어투로 말머리를 꺼냈다.

"오늘 밤 자시에 도방에서 나오는 자를 죽여라."

"누구입니까요?"

"묻지 말고 그의 심장에 화살을 꽂아라."

"넵."

그날은 김준이 새로 정분 난 궁녀를 찾아가는 날이었다.

임연은 도방에서 김준이 나오는 시간을 일러주며 그 자를 치라고 명했다. 그들은 김준이 지날 길목을 지키고 있었다.

김준이 도방을 나와서 연못 쪽으로 걸어가고 있었다. 최의가 빈궁과 그 길을 산책할 때 김준의 지시로 최의의 목숨을 빼앗았던 그 길이었다.

한 밤 중, 느닷없는 두견이 울었다. 김준은 이상한 예감에 칼을 뺐다. 그 순간 찬 공기를 가르고 화살이 날아 왔다. 가슴에 명중했다. 김준은 허공으로 칼을 휘둘렀다. 또 하나의 화살이 날아왔다. 보이지 않는 화살은 밤을 가르고 날아가는 소리만 들렸다. 김준은 쓰러졌다. 누군가 쓰러진 김준의 가슴에 칼을 꽂았다. 확인 사살이었다.

"누 누구······"

김준은 누가 감히 나를 죽이느냐? 라고 묻고 있었다.

노비 출신으로 고려 도방의 주인이 되기까지 파란만장했던 김준의 마지막이었다.

'김준이 죽었다.'

김준의 죽음은 강도 성안밖에 쫙 퍼졌다. 원종이 지시했다는 소문이었다.

원종은 웃었다.

'으흠, 내가 죽였다고? 그래. 그 무인 놈들 내가 다 죽일 수 있다.'

그 자리에 있던 벼슬아치들도 웃었다. 이제 왕권을 넘볼 놈이 없어졌다는 안도감이었다. 몽고만 잘 달래면 목숨 부지하고 잘 살 수 있을 것이란 생각들이었다. 임연의 공이 컸다.

원종은 임연을 불렀다. 임연은 배중손과 함께 자리했다.

"이제 몽고와 타협하며 평화로운 세상을 만들어 가야한다."

원종이 임연에게 그의 생각을 주입시키려 했다.

"몽고와 타협하다니요. 몽고를 고려에서 내몰아야 합니다."

임연은 원종의 말을 바로 잡아 주었다.

"몽고와 타협하지 않으면 백성이 모두 죽임을 당할 것이다."

"그럼, 몽고에 고려를 내주자는 말씀입니까?"

"내주는 것이 아니라, 함께 평화를 찾자는 것이란 말이다."

"그 말씀은 고려 백성에게 모두 몽고의 신하가 되라는 말 아닙니까?"

임연은 원종의 말에 어안이 벙벙했다. 배중손도 자신의 귀를 의심했다.

이건 아니었다. 임연은 김준을 제거하고 원종의 뜻을 받들면서 몽고와 항거할 것을 심중에 심었었다. 그렇기 때문에 삼별초군을 정비하여 훈련에 박차를 가 했었다.

몽고와 화친하자고 하는 원종의 의중을 알 수 없었다. 원종을 설득하여 고려 조정을 바로 잡아야 했다.

임연은 강도로 오기 전 남도 진주에서 백성을 수탈하는 몽고의 괴수들과 싸웠었다. 그때부터 임연은 피를 흘리고 목숨을 잃는 한이 있더라도 몽고에 굴복하는 것은 고려인의 수치라는 생각이 강했다.

함께 자리했던 배중손도 고려의 왕이 스스로 자청해서 오랑캐의 신하노릇을 하겠다는 것에 반항의 뜨거운 덩어리가 울컥 올라왔다.

'고려의 왕이 어찌……'

백성의 안위를 위하여 외세의 적을 몰아내는 것이 왕의 명분일 터, 원종의 속셈은 몽고의 신하로 들어가자는 것이 아닌가. 배중손은 임연의 옆 얼굴을 바라보았다. 임연의 표정이 굳어 있었다. 원종과 뜻이 다르다는 의미였다. 배중손은 저도 모르게 고개를 좌우로 흔들었다.

삼별초의 군사로서 몽고와 싸워 몽고를 고려 땅에서 쫓아내겠다는 꿈에 부풀어 있던 배중손이었다.

원종에게 고려는 없고, 고려인만 살아서 몽고에 빌붙어 살자는 것이었다.

'우리의 적은 몽고인데, 왜 마음을 합치지 못하는 것일까?'

배중손은 시간이 흐르면서 강도의 판세를 알았다. 배중손은 고개를 흔들었다. 그의 적은 오직 몽고였다.

'삼별초 전사들이여, 우리의 적은 몽고다. 몽고를 고려 땅에서 쫓아내는 것이다.'

삼별초 병사가 되어 함께 외친 삼별초의 구호였다. 그런 의지로 훈련에 임하고 있던 배중손이었다. 배중손은 다시 임연을 바라보았다. 임연의 표정에서 원종에 대한 적개심이 느껴졌다.

임연은 배중손과 함께 물러났다.

"몽고의 밥이 되자고? 어림없지."

임연이 화가 치미는지 원종 앞을 물러나며 불쑥 뱉었다.

"그렇습니다. 오랑캐를 쫓아내야지요."

배중손이 거들었다.

뜨락에 비친 달빛이 교교했다. 그들은 달빛 그림자를 밟으며 천천히 걸었다.

삼별초의 표적은 몽고다

원종은 노심초사였다.

행여 임연이 또 몽고의 비위를 거스르는 정책을 펼까 두려웠다.

원종의 바램은 몽고의 수하로 있더라도 왕실의 안일을 유지하려는 생각뿐이었다.

임연과 원종 사이에 눈에 보이는 틈이 생기기 시작했다.

원종은 몽고라면 무슨 말이던지 절레절레 고개를 흔들어버리는 임연의 세력이 점점 더 커지기 전에, 이번에는 임연을 제거해야 한다는 생각이 들었다.

원종은 측근들을 불러 머리를 맞댔다.

"임연이 몽고의 비위를 거스를까 걱정이오."

"그러하옵니다. 그의 기세를 꺾어 버려야 할 터인데요."

"은밀히 몽고에 사람을 보내서 쿠빌라이에게 도움을 청해야 할 것 같습니다."

"쉿, 조심. 누군가 듣고 있는 것 같소."

원종은 그동안 겪은 도방의 무신들에 대한 불신으로 꽉 차 있었다. 최씨 마지막 정권인 최의를 죽인 김쥰도 임연과 모의하여 무너뜨리기는 했지만, 다시 임연이 두려운 원종이었다. 무신들은 하나같이 권력을 행사하며 결국에는 왕권까지 빼앗으려 했다.

원종은 믿을 건 몽고의 쿠빌라이 뿐이라고 마음 굳혔다.

원종의 그런 속셈을 임연도 눈치 챘다.

임연은 결단을 내렸다. 원종이 몽고와 화친의 뜻을 임연에게 내비친 이틀 후였다. 배중손 등 몇 몇 삼별초 장수들이 임연의 거처에 모였다.

"이제 우리 삼별초 군단의 조직을 보강하여 힘을 보여야 할 때다."

임연은 말했다. 그리고 배중손, 노영희, 김통정, 유존혁 등에게 장군의 칭호를 내렸다. 그 중에서도 최고 지휘자 상장군에 배중손을 임명했다.

"장군들은 배중손을 상장군으로 뜻을 합하여 외세의 적과 대항할 준비를 하고 병사들의 힘을 기르도록 하라."

임연이 말했다.

"넵. 배중손 장군을 상장군으로 모시고 뜻 받들겠습니다."

김통정과 유존혁, 노영희는 배중손의 상장군 임명에 동의했다. 배중손은 수락의 뜻을 담아 고개를 숙여 보였다. 실제 최항의 뒷배경이 아니었더라도, 고향의 뒷산을 단숨에 뛰어 넘던 배중손의 용맹과 기개는 삼별초 군단에서 단연 두각을 나타냈다.

배중손은 삼별초 병사로 합세한 후, 지난 일들이 뇌리를 스쳤다.

처음 바람을 타고 창공을 휘휘 나르는 기분이었다.

구장에서 말을 타고 활쏘기를 하는 대회가 열렸다. 배중손은 단연 돋보였다. 그는 안장에 앉아서 활을 쏘는 것이 아니었다. 배중손은 달리는 말의 안장 위에 올라서서 목표를 향해 돌진하며 활시위를 당겼다. 과녁에 명중이었다. 그의 활솜씨는 날아다니는 참새를 잡을 만큼 빨랐다. 칼 쓰는 솜씨 또한 비상했다. 멧돼지 목을 비트는 힘으로 큰 칼을 휘두르면 아름드리 소나무가 단박에 동강났다.

배중손은 삼별초 병사 훈련 1달여 만에 활쏘기 일인자로 올라섰고 큰 칼을 다루는 솜씨 또한 많은 병사들 가운데서도 단연 선두였다.

그는 마음 속 깊은 곳에 큰 꿈을 심었다. 꿈을 품에 안으니 그 꿈을 이루기 위하여 밤낮으로 무예를 익혔다. 모두가 잠든 밤에 바람을 가르는 소리를 내며 칼을 휘두르고 활을 쏘았다.

배중손은 이상을 향해 매일 달리고 있었다. 진도 섬 농부의 아들로 태어난 그가, 고려궁의 병사가 되어 활쏘기, 칼 다루기, 말 타기 등의 훈련을 받고 있는 것은 꿈이 아닐 수 없었다.

임연은 배중손의 용맹성을 단박에 알아봤다. 배중손을 무인 최고 사령관 상장군으로 임명하는 것에 누구도 의의를 달지 않았다.

"자, 삼별초의 장군들이여. 우리의 목표는 침략자 몽고를 이 땅 고려에서 몰아내는 것이다."

"몽고타도!"

그들은 칼을 위로 올려서 부딪혔다. 4개의 칼끝이 서로 맞물리며 챙강 소리를 냈다. 불끈 쥔 왼손은 4개의 칼 아래 주먹으로 맞부딪혔다. 큰 힘이 서로의 칼 끝에 전해졌고 주먹끼리 열을 보냈다.

"삼별초의 적은 몽고다. 또한 고려 백성의 피를 빨아서 몽고에 바치려는 자들을 적으로 간주한다."

배중손이 밀했다.

"삼별초의 적은 몽고다."

"삼별초의 적은 몽고다."

장군들과 함께 임연도 뒷말을 복창했다.

배중손은 두 주먹을 불끈 쥐었다. 무능한 왕이 다스리는 고려가 아닌 국방력을 높여 몽고를 몰아내고 자주고려를 고수하는 것이다.

온 백성이 항몽의 대열에 서야 했다.

임연은 결심이 섰다. 이장용을 비롯한 문관 벼슬아치들과 배중손 이하 삼별초 장군들을 그의 사저로 불렀다.

"왕은 쿠빌라이를 떠받들고 반몽의 발언을 하는 자들을 엄벌에 처하고 있소이다. 이대로 가다가는 고려의 앞날이 뻔하오."

임연은 좌중을 둘러보았다.

임연이 꺼낸 서두는 반역의 의미였다. 무서운 말이었다. 그것을 알기 때문에 누구도 섣불리 말을 하지 않았다. 임연이 다시 말을 이었다.

"백성을 구출하는 길은, 몽고에 화친을 강하게 밀어붙이는 왕을 권좌에서 물러나게 해야 하는데, 그대들 생각은 어떠하신가?"

임연은 대신들을 둘러보며 말을 이었다.

"원종은 이미 몽고에 빌붙어 있소이다. 나라가 그들의 손아귀에 야금야금 들어갔단 말입니다. 그런데도 원종은 몽고에 붙어 제발 목숨만 살려달라고 애걸하는 꼴이니 이 일을 어찌하면 좋겠소?"

"항몽 만이 이 땅을 지킬 수 있습니다."

누구도 입을 열지 않았는데 배중손이 임연의 말을 받았다.

"그렇소이다. 말을 키워 몽고에 바치고, 고려의 값나가는 금은보화는 물론 여자들까지 공물로 바치면서 몽고에 아부하는 원종은 우리 고려 왕이 아닙니다. 그래서 말인데, 원종을 폐하고 다른 왕을 내세우고자 하오."

임연은 조용조용 자기의 의견을 말했다. 대신들은 침울한 표정으로 묵묵부답이었다. 임연은 한사람씩 이름을 불러 물었다. 먼저 문하시중 이장용이었다.

"이장용 대감의 생각을 들어봅시다."

호명 당한 이장용이 마지못한 듯 한마디 했다.

"자진해서 왕위에서 물러나 앉게 하는 것이 어떠 하오리까?"

이장용의 말끝에 수석 정사 유천우가 말했다.

"신중을 기해야 할 것이오."

"왕세자가 몽고에 가 있으니 돌아오면 의논해도 되지 않겠소이까?"

대신들은 누구도 선뜻 어찌어찌 하자는 말을 입 밖에 내지 않았다. 조심스럽게 접근해야 하는 첨예한 문제임에 틀림없었다.

결국 결론을 내리지 못하고 있는데 가까이에서 군마의 소리가 들렸다. 회의가 중지되었고 모두 흩어졌다.

대신들이 돌아 간 후 임연은 고민에 휩싸였다.

섣불리 말을 꺼낸 것이 큰 화근이 될 것 같은 불안한 예감이 그를 짓눌렀다. 여러 대신들도 몽고에 아첨하는 왕에게 반기를 들고 있을 것이란 생각으로 공개적으로 회의를 주도했던 일을 후회했다. 임연은 번민이 깊었다. 밤잠을 설쳤다.

  몽고의 야욕과 고려조정의 유약함으로 정국이 오락가락 한 터에 대신들의 마음을 쉽게 자기 편으로 만들려고 한 것은 잘못이었다

  임연은 며칠 뒤 삼별초를 구정에 모이도록 명했다. 구정 안은 병사들로 가득 메워졌다. 임연은 갑옷 정장 모습으로 그들 앞에 나타났다. 병사들의 표정 또한 비장했다. 당장이라도 전투에 임할 자세였다.

  임연은 높은 단상에 올라갔다.

  "삼별초는 고려의 병사요. 고려인의 기개로 몽고를 이 땅에서 몰아내야 하오."

  임연은 지금 이 시간부터 삼별초가 해야 할 일이 무엇인가, 그 명분을 말하면서 배중손을 단상으로 불렀다. 배중손은 단상에 올라 장병들을 향해 손을 높이 들어 외쳤다.

  "자주고려, 몽고타도!!"

  구정에 모여 있던 병사들은 모두 배중손을 따라 소리쳤다. 삼별초의 목적은 항몽이었다. 이장용을 비롯한 중신들이 그의 의견에 선뜻 따라주지 않았지만 삼별초 병사들은 한 마음으로 몽고 타도를 외쳤다. 임연은 자신감이 차 올랐다.

  몽고타도를 외친 다음 날, 임연은 원종의 아우 안경공 창을 새 왕으로 추대, 왕좌에 앉혔다. 반대하는 대신들도 있었지만 임연은 그들의 말을 묵살했다.

  원종의 거처에 병사들이 들이닥쳤다. 원종에겐 날벼락이었다. 원종은 병사들의 호위를 받으며 별궁으로 옮겨졌다. 빈궁과 궁녀들도

병사들에게 끌려갔다.

"이놈들 무슨 짓이냐!"

원종은 소리쳤다. 오장육부가 부글부글 끓었다.

임연이란 자의 음모를 눈치 채고 있었지만 재빨리 손쓰지 못한 것이 후회되었다.

원종은 가슴을 치면서 어금니를 바드득 갈았다. 옆방에서 빈궁과 궁녀들의 울음소리가 그치질 않았다.

"울음을 그쳐라!"

원종은 벌떡 일어서서 소리쳤다.

"이놈 임연을 가만 두지 않겠다."

원종은 이장용을 불렀다. 이장용은 신하로서 원종을 보필하지 못한 것에 대해 머리를 조아렸다.

"몽고에 도움을 청해야 하오. 쿠빌라이에게 고려의 실정을 알리는 서찰을 준비하고 사신으로 보낼 사람을 물색하시오."

"그리하겠습니다."

이장용은 원종의 의견에 동의했다. 임연이 원종을 폐위시키자는 의견을 내놓은 자리에 함께 했다는 것으로 자신을 자책하고 있었다.

원종이 몽고의 힘을 빌릴 생각에 가득 차 있을 때 새 왕으로 추대된 창은 임연의 지시에 따랐다. 임연은 새 왕 창을 앞세워 국사에 관한 전권을 장악했다.

그랬더라도 임연은 몽고가 두려웠다. 몽고의 신임을 얻고 있는 원종을 물리치고 창을 왕좌에 앉힌 것에 대한 두려움이었다. 임연은 선수를 치기로 마음먹었다. 임연은 거짓 서찰을 만들었다. 외형으로는 원종이 쓴 것처럼 꾸몄다.

신은 항상 황제의 은혜를 입어 솔선하여 보답코자 하였으나 지난해부터 병마가 생겨 여러 방면으로 약제를 써보았으나 효험이 없어 언제 쾌차할지 모르겠나이다.
원자도 그곳에 가 있어서 혹, 나쁜 일이 생기면 앞 일을 누구에게 부탁하겠나이까?
일찍이 신의 아버지는 신에게 위촉하기를 '만약 변고가 생기면 형의 뒤를 그 아우가 잇게 하여라.' 하였으므로 신의 아우인 창에게 국사를 맡겼나이다.

또 한 장의 서찰은, 새 왕 창이 쓴 것처럼 꾸몄다.

신의 형님께서 신병이 악화되어 언제 어떻게 될지 몰라 보위를 저에게 위촉하였나이다. 신은 굳이 사양하였으나 신의 형이 이르기를 '선왕이 말씀하시기를 보위를 아우에게 먼저 전함이 마땅하다 하였다. 너의 뜻은 알겠으나 선왕의 유언을 어찌 어길 수 있겠느냐?' 하므로 신은 차마 물리치기 어려워 계승 받게 되었사옵니다.

임연은 앞뒤 생각하지 않고 서둘러 거짓 서찰을 썼다. 그리고 두 통의 서찰을 중서사인 곽여필에게 내주었다. 그렇게 꾸민 서찰을 쿠빌라이에게 보내면 원종을 물리친 일이 무마 될 것이라 생각했다.
그러나 그것은 임연의 짧은 생각이었다. 곽여필이 들고 가는 서찰이 몽고 쿠빌라이에게 도착하기 전에 들통이 나고 말았다.
"임연이란 자가 원종을 폐위시키고 아우 창을 왕좌에 앉혔습니다."
관노의 말에 세자는 깜짝 놀랐다. 그가 몽고에 들어와 있는 사이 아버지 원종이 폐위되는 사건이 일어난 것이었다.
"무엇이라고? 그럴 리가 있느냐? 그럴 수가 있느냐?"

세자는 펄쩍 뛰었다. 믿기지 않았다.

"소인의 말이 믿기지 않으시면 몽고황제께 서찰을 들고 가는 곽여필이란 자를 잡아 심문해 보십시오."

세자는 관노의 말대로 쿠빌라이에게 가는 길목을 지키도록 했다. 길목 지키기 이틀 만에 서찰을 가슴에 품고 있는 곽여필을 잡았다.

곽여필은 세자에게 무릎을 꿇었다.

"용서해 주십시오."

그는 엎드려 순순히 서찰을 내어주었다.

"임연이 강제로 원종을 폐위시켜 옥좌에서 몰아냈습니다."

"임연, 이 자가!!"

세자는 어금니를 앙다물었다.

세자는 곧 말고삐를 쥐고 채찍을 가했다. 임연의 소행이 방자하기 짝이 없었다.

"황제께 이 사건을 알리고 도움을 청해야 합니다."

세자는 그 길로 쿠빌라이를 찾았다. 세자는 쿠빌라이 앞에 엎드려 원종 폐립 사건을 세세히 일러바쳤다. 그리고 아버지의 왕위를 복원시키고 몽고 병사들을 출병해 줄 것을 요청했다. 고려의 무인들을 장악하고 있는 임연을 치기위해서는 몽고군이 필요했다.

임연은 쿠빌라이에게 가짜 서찰을 가지고 떠난 곽여필을 기다리고, 또 기다렸다. 그러다가 한 달 여 후에 쿠빌라이의 조서를 받았다. 임연은 급히 서찰을 펼쳐 들었다. 첫 대목을 읽는 순간 임연은 바들바들 떨었다.

이 무례한 임연 듣거라. 원종이 왕위에 오른 후, 백성들로부터 잘못했다는 말을 듣지 못했다. 비록 잘못이 있었다 해도 몽고 조정에 먼저 알려서 짐의 처분을 기다리는 것이 옳은 일인 터다. 어찌 신하가 제멋대로 원종을 폐위하고 거짓 서찰을 만들어 보냈느냐? 나 세조 쿠빌라이를 속이려고 한 너 임연을 용서치 못하겠다. 왕이나 세자 가족에게 해를 가한다면 짐이 두고 보지 않을 것이다. 곧 너를 치러 군사들을 보내겠다.

쿠빌라이의 서찰은 고려 국왕의 지위를 몽고 승낙 없이는 누구도 좌지우지 할 수 없다고 못 박는 것이었다. 임연은 중간 대목까지 읽다가 서찰을 구겨버렸다.

'들켰구나. 마치 신하에게 말하 듯 강압적으로 고려의 국정을 간섭하고 있구나.'

임연은 쿠빌라이가 직접 쓴 서찰을 손에 구겨서 쥐고 깊은 한숨을 내쉬었다.

'왕 폐위 사건을 어찌 무마할 것인가.'

임연은 생각에 생각을 거듭하다가 결국 대장군 최동수를 몽고에 보내기로 했다.

그에게 원종이 병으로 인해서 그 아우 창에게 왕위를 넘겼다고 재차 강조하도록 명했다. 당장은 우기고 봐야 했다.

그러나 쿠빌라이는 원종 폐위 사건을 빌미 삼아 무력으로 고려내정을 간섭하겠다고 위협이었다. 쿠빌라이의 강경한 태도를 접하자 임연은 당황했다.

폐위 사건의 주동자가 그 자신일 뿐 더러 몽고가 쳐들어오면 거개의 대신들이 목숨 부지하기 위해 몽고에 붙어서 온갖 아첨으로 임연을 곤경에 빠뜨릴 것이 분명했다.

임연은 밥이 목구멍으로 들어가지 않아 식음을 전폐했다.

꿈에 쿠빌라이가 나타나 아무 말도 없이 그를 노려보곤 했다. 꿈에서 깨어나면 식은 땀이 줄줄 흘렀다. 임연은 며칠 동안 나쁜 꿈으로 시달리다가 자신의 사저로 배중손과 몇 장군을 불렀다. 그리고 구겨버렸던 쿠빌라이의 서찰을 내주었다. 배중손은 서찰을 펼쳐 읽었다. 서찰을 읽어내려 가는 동안 그의 낯빛은 붉그락푸르락 했다.

배중손은 이를 부드득 갈았다. 노영희가 덧붙였다.

"올 테면 오라지."

한발 늦게 이장용과 중신들이 들어왔다. 그들도 쿠빌라이의 서찰 내용을 들었다.

"어찌하면 좋으냐?"

임연은 쿠빌라이의 조서에 대한 답서 작성을 논의했다. 이장용과 중신들은 임연의 편에 서지 않고 소극적이었다. 맞 대항 한다는 의견과 신중하게 처신해야 한다는 의견이 엇갈렸다.

임연은 불과 며칠 사이 중병을 앓은 사람처럼 초췌하고 초라한 몰골이었다. 그러나 임연의 변화에 대하여 누구도 먼저 말을 꺼내지 않았다.

"나를 문초하겠다며 몽고에 입조하라 하니 어찌하면 좋겠소?"

임연의 물음에 모두 긴 한숨만 뱉어냈다.

"일단 원종을 복위 시키시오. 그리고 입조할 준비를 하시오."

이장용이 조심스럽게 말을 꺼냈다. 그의 말 끝에 중신들은 고개를 주억거렸다. 그러나 배중손과 노영희 등은 못마땅했다. 쿠빌라이의 말에 넙죽 엎드려 폐위시켰던 원종을 다시 복위시키는 일은 고려의 자존심 문제라는 것이었다.

"처음부터 잘못된 일입니다. 원종을 복위시키는 게 우선이오."

이장용의 조심스러운 의견과 달리, 뒤쪽에 앉아 있던 대신은 임연을 꾸짖는 투로 말했다. 임연은 별 수 없었다. 원종을 복위 시켜야 했다. 이장용 이하 중신들이 그것을 강력히 주장하는 터였다.

중신회의가 있고 사흘 후, 안경공 창을 폐위시키고 원종을 다시 왕위에 앉혔다. 쿠빌라이의 내정간섭으로 폐위 5개월 만에 원종은 다시 복위 되었다.

'임연, 이놈. 하룻강아지 범 무서운 줄 모르고 날 뛰다니.'

복위된 원종은 은혜에 답하고 싶어서 쿠빌라이에게 보내는 글을 썼다.

이 사람은 이번에도 큰 은혜를 입었습니다. 황제를 뵙고자 가는 길에 먼저 발 빠른 신하에게 서찰을 올립니다. 우리 고려의 불미스런 일에 대하여 황제의 총명한 생각을 고대하고 있습니다. 부디 옳고 그른 사단을 가려서 더욱 도움을 주시고 보호해 주시길 바라며 이 나라가 오래도록 태평성대를 누릴 수 있도록 해 주시기 바랍니다. 황제님을 존경하는 마음으로 글을 썼습니다. 만만세 건강하소서.

원종은 굴욕적인 서찰을 먼저 보내고 난 후, 닷새 후에, 그를 살려준 쿠빌라이를 만나기 위해 백여 명이 넘는 일행을 데리고 개경을 출발했다.

개경을 떠나는 날부터 매일 눈이 내렸다. 눈 덮인 들판을 지나 북으로 전진했다. 어느 지점부터 폭설로 인해 행차가 순조롭지 못했다. 그러나 하루 빨리 쿠빌라이를 뵙고 예를 갖추어야 하기 때문에 북으로 가는 행차에 박차를 가했다.

"이제부터 두 나라는 친하게 지내야 하오. 한 집안 처럼 화목을 유지해야 될 줄 아오."

원종은 오래 전에 쿠빌라이가 했던 말을 떠올렸다. 무신들 때문에 골머리를 앓고 있던 원종에게는 가슴을 울리는 감격적인 말이었다.

'눈길을 헤치고 말을 달려서 쿠빌라이를 만나야 한다.'

원종은 쿠빌라이를 만나기만 하면 어려운 일들이 풀릴 것이란 믿음을 가졌다. 그런 믿음 때문에 원종은 눈보라를 헤치면서 말을 달렸다. 폭설이 내렸다. 앞이 안 보였다. 더 이상 진행하기 어려웠다.

원종 일행은 도성으로 들어가기 직전 작은 마을에서 눈이 그치기를 기다렸다. 원종 일행이 눈에 갇혀 있다는 소식을 접한 쿠빌라이는 원종이 눈에 갇혀있는 마을로 홍다구를 보냈다.

원종은 10여 년이 지난 후에 홍다구를 다시 만났다.

홍다구는 어깨죽지가 벌어지고 이마가 벗겨져 있었다. 머리는 몽고 풍습을 따랐다. 목소리는 차가웠다. 몽고인 모습이었다. 홍다구는 원종 앞에서 예를 갖추지 않았다. 고려인이었지만 지금은 쿠빌라이의 명령을 가지고 온 몽고 장수라는 태도였다.

"몽구트가 군사 2천을 끌고 고려로 갔소이다. 그러나 걱정하지 마시오. 왕을 폐위시키려 했던 임연을 칠 것이오."

홍다구는 쿠빌라이의 명령을 마치 자신이 명하는 투로 말했다.

"벌써 고려로 군사가 떠났다고?"

"그렇소."

원종은 맥이 빠졌다. 그가 쿠빌라이를 만나려고 들어가는 길에 쿠빌라이는 군사를 고려로 보냈다는 것이다. 임연 한 사람을 치기 위하여 몇 천 명의 군사가 고려로 갔다는 말이었다. 원종은 가슴이 답답했다. 임연 한 사람을 치기 위한 것이 아니라 고려를 치기 위한 것일 터였다. 아니면 원종과 고려 백성들을 겁주기 위한 것이었다.

홍다구는 군사 2천이라는 숫자에 내심 두려움에 떨고 있는 원종을 남기고 훌쩍 떠났다.

원종은 홍다구가 떠나고 객실에 앉아 있었다. 갈수록 막막하기만 했다. 객실 밖에 하염없이 눈이 내리고 있었다. 얼어버린 고려 백성들의 심정을 말하 듯 차고 시린 눈이었다.

배중손, 진도 천도를 준비하다

임연은 근심에 잠겼다. 하루하루가 불안했다.

쿠빌라이 앞에 엎드린 원종은 온갖 비방으로 임연을 욕되게 할 것이며 몽고의 군사를 강도로 보내어 임연과 그 일당들을 없애달라고 할 것이었다.

임연의 생각대로 몽고에 들어 간 원종이 몽고군을 이끌고 강도로 온다는 소문은 몽고의 먼지바람을 싣고 강도의 바다 위에 날아다녔다.

몽구트의 2천 군사는 2만 군사라고 부풀려졌다. 몽고군이 압록강을 건넜다는 소식이 먼저 들어왔다.

임연은 자리에 누웠다. 병이 도졌다. 임연은 병석에서도 몽고의 침략에 대비하여 어찌할 것인가 머리를 짰다. 두려우면 두려울수록 그의 대몽정책은 변하지 않았다.

이쯤에서 그 자신이 이끌고 있는 병사들까지 몽고에 굴복하면 고려는 허공 중에 산산이 흩어져 해체될 것이었다.

'나의 항몽은 끝나지 않았다.'

임연은 최씨정권이 강도 천도 후, 30여 년을 몽고와 대립으로 버틴 것처럼 몽고와 대적할 궁리를 했다. 육신은 점차 쇠했다.

임연은 배중손을 불렀다.

"긴히 의논할 일이 있다."

"네. 명하십시오."

"우리가 만나 뜻을 함께 한 세월이 얼마나 되었지?"

"20여 년이 다 되어갑니다."

"그래, 세월 참 빠르지······"

임연은 옛 일을 끄집어내며 본론을 뒤로 미루고 있었다. 배중손은 임연의 말을 기다렸다. 무엇일지라도 이 시점에서 중대한 의논이 있는 것이 분명했다.

"이미 결정한 바이지만······"

임연은 잠시 말을 끊었다가 숨을 몰아쉬고 다시 이었다.

"어디 불편하십니까?"

배중손이 임연의 안색을 살피며 물었다.

"아, 아니다."

임연은 다시 말을 끊었다. 배중손이 바라 본 임연의 표정은 저승사자를 만나고 있는 듯 어두운 표정이었다.

"고려는 현재 바람 앞의 촛불이다. 폐위되었다가 복위된 원종은 우리 무인들을 껄끄럽게 보고 있다. 걸핏하면 몽고로 사신을 보내 오랑캐 무리에게 우리의 실정을 알린다. 백성들을 모두 자신의 목숨과 맞

바꾸고 있단 말이다. 오랑캐에게 백성의 목숨을 던져주고 그는 살아남겠다는 것이다."

"네. 몽고의 침략이 있을 것이라 생각되옵니다."

"바로 그것이야. 강도에서 더 이상 버티지 못하고 몽고의 압력에 개경으로 환도해야 될 지경에 이르렀다."

"그렇습니다."

"그래서……"

임연은 말을 끊고 배중손에게 가까이 오라 손짓했다. 배중손은 한 발 앞서 임연 가까이 다가갔다.

"또 한 번의 천도를 결행해야 한다."

"천도라시면? 어디로 말씀입니까?"

"남쪽에 있는 섬 진도다. 최항이 머물면서 큰 농장을 소유하고 있었다지?"

"네, 그리 알고 있습니다."

"어느 쪽이냐?"

"벽파항 쪽, 용장사라는 큰 사찰이 있습니다. 그 동네입니다."

"그래. 그렇지."

"그 사찰 부근에 수 십 만평의 땅이 있습니다."

"그래서 말이다. 용장사 사찰을 끼고 용장산성을 방패막이 삼아 그곳을 도읍지로 정하면 좋을 것 같구나. 배 장군이 그곳 태생이니 지형적으로 잘 알고 있는 줄 아는데?"

"넵."

"미리 준비하여라."

배중손은 임연의 말뜻을 짐작했다. 그 자신도 삼별초 병사들과 함께 진도로 가야하지 않을까, 내심 생각하고 있던 터였다. 배중손은 깊은 생각에서 빠져나온 듯 임연을 바라보았다.

"소장도 그리 생각하고 있었습니다. 결단이 서면 서둘러 천도하시는 것이 옳은 줄 아옵니다."

"그리 쉬운 일은 아니지. 반대에 부딪힐 게 뻔하니……"

"그렇습니다. 그러나 이번에는 치밀하게 세워야 합니다. 지난 번 왕을 폐위 시킬 때처럼 시간을 끌고 여기저기 의논하다가는 또 낭패를 봅니다. 극비리에 빠른 결행을 해야 할 것입니다."

"그래서 말이다. 이번 일을 서둘러야 할 것이다."

"언젠가, 도선비기라는 낡은 책자를 얻어 읽는 중에 이런 말이 있었습니다."

"무엇이더냐?"

"고려는 육지로 가면 망하고 바다로 들어가면 흥할 지어다, 라고 써 있었습니다."

"분명 그리 써 있더냐?"

"네.

배중손은 도선비기를 뒤적이다가 '바다로 가야 흥한다' 라는 글귀에 꽂혔었다. 임연은 배중손의 말이 일리가 있다고 믿었다.

"그것이다. 바다로 가야 망하지 않는다. 육지는 아니다."

"나는 오늘 너에게 중임을 맡기겠다. 당장 진도로 내려가서 천도할 준비를 해야 한다. 용장사를 중심으로 그 일대를 정비하여 준비하여라."

"명령 받들어 시행에 옮기도록 하겠습니다."

임연은 도방의 보화창고를 열어 진도 천도 준비에 필요한 자금을 내주었다.

배중손은 임연의 거처를 나와서 말을 타고 강도 외포리항으로 향했다.

큰 일을 앞에 두고 그는 늘 외포리 앞바다에 서서 먼 바다를 바라보았다. 바다 앞에 서 있으면 생각의 갈피가 잡혔다.

그날도 배중손은 그 바다 앞에서 주어진 임무가 얼마나 중요한 것인지 곰곰 생각했다. 양 어깻죽지가 천근을 올려놓은 듯 무거웠다.

'꼭 이루리라.'

배중손은 어금니를 앙다물고 주먹을 불끈 쥐었다. 멀리 남쪽으로부터 빛이 올라왔다. 서기였다.

다음 날 새벽 배중손은 심복 세 명을 데리고 강도 외포리항에서 돛단배를 탔다. 바람을 타고 남으로 향했다. 진도에서부터 서해 뱃길을 따라 강도로 온 경험이 있었다.

배중손은 배의 선두에 서서 망망대해를 바라보았다. 그의 항해가 고려의 미래를 짊어지고 있음을 인지했다. 특별한 사명감이 차올랐다. 주어진 임무가 무엇을 의미하는가, 깊이 새겼다.

"으으아아~~~"

선두에 서서 멀리 시선을 던지고 있던 배중손은 갑자기 두 팔을 쫙 펴고 포효했다. 그 안에서 뜨거운 피가 솟구쳤다. 배중손의 포효는 스스로에게 하는 중대한 약속이었다. 함께 항해 길에 올랐던 심복들이 배중손은 임연의 말뜻을 짐작했다. 그 자신도 삼별초 병사들과 함께 진도로 가야하지 않을까, 내심 생각하고 있던 터였다. 배중손은 깊은 생각에서 빠져나온 듯 임연을 바라보았다.

"소장도 그리 생각하고 있었습니다. 결단이 서면 서둘러 천도하시는 것이 옳은 줄 아옵니다."

"그리 쉬운 일은 아니지. 반대에 부딪힐 게 뻔하니……"

"그렇습니다. 그러나 이번에는 치밀하게 세워야 합니다. 지난 번 왕을 폐위 시킬 때처럼 시간을 끌고 여기저기 의논하다가는 또 낭패를 봅니다. 극비리에 빠른 결행을 해야 할 것입니다."

"그래서 말이다. 이번 일을 서둘러야 할 것이다."

"언젠가, 도선비기라는 낡은 책자를 얻어 읽는 중에 이런 말이 있었습니다."

"무엇이더냐?"

"고려는 육지로 가면 망하고 바다로 들어가면 흥할 지어다, 라고 써 있었습니다."

"분명 그리 써 있더냐?"

"네.

배중손은 도선비기를 뒤적이다가 '바다로 가야 흥한다' 라는 글귀에 꽂혔었다. 임연은 배중손의 말이 일리가 있다고 믿었다.

"그것이다. 바다로 가야 망하지 않는다. 육지는 아니다."

"나는 오늘 너에게 중임을 맡기겠다. 당장 진도로 내려가서 천도할 준비를 해야 한다. 용장사를 중심으로 그 일대를 정비하여 준비하여라."

"명령 받들어 시행에 옮기도록 하겠습니다."

임연은 도방의 보화창고를 열어 진도 천도 준비에 필요한 자금을 내주었다.

배중손은 임연의 거처를 나와서 말을 타고 강도 외포리항으로 향했다.

큰 일을 앞에 두고 그는 늘 외포리 앞바다에 서서 먼 바다를 바라보았다. 바다 앞에 서 있으면 생각의 갈피가 잡혔다.

그날도 배중손은 그 바다 앞에서 주어진 임무가 얼마나 중요한 것인지 곰곰 생각했다. 양 어깻죽지가 천근을 올려놓은 듯 무거웠다.

'꼭 이루리라.'

배중손은 어금니를 앙다물고 주먹을 불끈 쥐었다. 멀리 남쪽으로부터 빛이 올라왔다. 서기였다.

다음 날 새벽 배중손은 심복 세 명을 데리고 강도 외포리항에서 돛단배를 탔다. 바람을 타고 남으로 향했다. 진도에서부터 서해 뱃길을 따라 강도로 온 경험이 있었다.

배중손은 배의 선두에 서서 망망대해를 바라보았다. 그의 항해가 고려의 미래를 짊어지고 있음을 인지했다. 특별한 사명감이 차올랐다. 주어진 임무가 무엇을 의미하는가, 깊이 새겼다.

"으으아아~~~"

선두에 서서 멀리 시선을 던지고 있던 배중손은 갑자기 두 팔을 좍 펴고 포효했다. 그 안에서 뜨거운 피가 솟구쳤다. 배중손의 포효는 스스로에게 하는 중대한 약속이었다. 함께 항해 길에 올랐던 심복들이 배중손이 서 있는 선두로 모였다. 그러나 바다를 향해 두 손을 펴고 곧은 자세로 서 있는 배중손의 모습을 보고 침묵이었다. 절실한 염원이 느껴졌다. 그들도 함께 침묵으로 힘을 모았다.

"가자, 우리에게 주어진 사명감은 이 나라를 구하는 것이다."

"넵. 장군님."

그로부터 한 달여 후, 진도 벽파에 정착했다.

해가 질 무렵 배중손은 벽파 주막으로 들어갔다. 주막엔 두엇 장정들이 술판을 벌이고 있었다. 배중손이 들어서자 까치머리 사내가 벌떡 일어났다.

"너는 중손이 아니냐?"

그러자 배중손 뒤에 서 있던 병사가 칼을 빼들고 사내의 앞을 막았다.

"그만, 내 벗들이다."

배중손이 말했다.

"장군님, 알겠습니다."

병사들이 배중손 앞에 머리를 숙이며 칼을 거두었다. 술판에 있던 까치머리는 배중손과 병사들을 번갈아 바라보았다.

"목이 컬컬하니 고향 약주 한 잔 하자."

배중손은 까치머리 손을 잡으며 말했다.

"자 장군?"

"그래 칠복아."

배중손은 그들이 자리하고 있던 술판으로 끼어 앉았다. 배중손은 사복병사들에게도 앉으라고 손짓했다. 칠복이는 어릴 때부터 들로 산으로 쏘다니면서 같이 사냥 하던 배중손이 고려 장군이 되었다는 말에 어안이 벙벙했다. 그러나 이내 그럴만한 일이라고 웃어젖히며 어울렸다. 몇 잔 술이 오간 뒤 배중손이 말했다.

"칠복아, 오늘 우리가 머리를 맞대고 중대한 의논이 있으니 여귀산파와 첨찰산파, 울돌목파를 용장사로 모이도록 하여라."

"모두 한데 모이라고?"

"그래."

"서로 힘겨루기를 하는 처지 아니냐? 그런데 한 자리에 모이라고? 과연 모일까?"

박칠복은 반문했다.

"첨찰산파 우두머리가 너지? 그러면 할 수 있다. 모두 몇 명쯤 되느냐?"

배중손은 칠복이의 능력을 인정했다.

"각파에 30여 명씩 이니께……"

"좋아. 다 모이면 100여 명은 되겠구나."

"그렇지, 아마. 세력 다툼을 할 땐 하더라도 중손이, 아니 배 장군이 모이라고 하면 다 모일 것이다. 흐흠."

박칠복이는 약주 잔을 탁자 위에 놓으며 자신 있게 말했다. 배중손이 도성으로 들어 간 후 소식이 궁금하더니 장군이 되어서 나타나지 않았는가. 박칠복은 으쓱했다.

"그럼, 달이 떠오르는 시각에 용장사 대웅전 앞에서 만나자."

배중손은 말하고 일어섰다. 병사들도 일어섰다.

"가자. 너희들은 나를 따라라. 용장사로 간다."

"넵. 장군님."

배중손은 빠른 걸음으로 용골 용장사로 향해 걸음을 옮겼다.

용장사는 예전 만전이 묵었던 사찰이었다. 그 사찰 뒤편으로는 큰 산성이 있다. 산성은 고려도읍 천도에 안성맞춤인 천혜의 요새였다. 배중손 일행은 용장사 대웅전에 올라 오체투지의 예로 절을 했다.

용장사 주지 묘곡은 배중손 일행을 반겨 맞았다.

"오실 줄 알고 있었습니다."

묘곡은 배중손 앞에 합장하며 말했다.

"스님께서 어찌?"

"요 며칠 면벽좌선으로 선에 들었는데 큰 장군이 용장사로 들어오시는 환상을 보았습니다. 바로 배중손 장군이십니다."

"그래요?"

배중손은 주지승 묘곡의 말에 미소를 띠었다. 묘곡의 선禪 과정에서 배중손의 미래가 예시되었다면 앞으로 해야 할 큰일에 묘곡이 한몫 해줄 것을 믿었다.

그날 산성 뒤편에서 달이 떠오를 무렵 장정들이 용장사 마당에 모여들었다.

여귀산파의 우두머리 이달석, 첨찰산파의 우두머리 박칠복, 울돌목파의 우두머리 유정탁 등이었다.

그들 우두머리들이 이끌고 있는 세 개의 파는 이파, 유파, 박파로 진도에서 힘을 내세우는 패거리들이었다. 진도에서는 정월 대보름날

힘겨루기를 해서 이기는 쪽이 그 한 해의 일을 건사하는 진도의 풍습이 있었다. 때문에 서로 파를 이끌고 있는 우두머리 장수들을 중심으로 뭉쳐있었다.

그들은 여귀산파에 속했던 배중손이 만전의 호위를 맡아 강도로 들어갈 때, 부러움으로 전송했었다.

배중손은 그들을 모아 놓고 진도 천도의 건에 대하여 운을 뗐다.

처음에는 반신반의하던 우두머리들과 패거리들이 구체적으로 삼별초 작전을 지시하자 몇몇은 고개를 갸우뚱했고, 대부분 고개를 끄덕이며 동의했다. 이미 고려를 침략하여 백성을 괴롭히는 몽고 오랑캐 족 행패를 알고 있었다.

이달석이는 무릎을 탁 쳤다.

"배중손 장군, 장군의 뜻에 따르겠소. 그리고 우리에게도 삼별초 병사의 자격을 주시오. 진도에서 천도 준비를 하는 삼별초 병사 말이오."

이달석의 말에 다들 동의했다. 배중손은 한 사람씩 호명했다.

"여귀산파 대장 이달석."

"네."

"첨찰산파 대장 박칠복."

"네."

"울돌목파 대장 유정탁."

"넵."

달빛이 내리비치는 용장사 마당에 배중손에게 대장 호칭을 받은 진도의 장정들이 큰 소리로 대답했다.

"여러분을 삼별초 대장으로 임명합니다."

배중손은 이어 뒤쪽으로 서 있는 장정들을 바라보며 덧붙였다.

"각자 본인들의 대장을 찾아 그 뒤쪽으로 가서 서시오. 여러 장수들을 삼별초 병사로 임명합니다."

배중손이 삼별초 병사라는 호칭으로 명하자 장정들은 각자의 대장 뒤편에 서며 와~ 하고 소리 질렀다. 용장산성이 쩡쩡 울렸다.

지금까지 각 구역의 패거리로 우두머리를 모시고 힘겨루기를 했던 그들은 나름 자긍심이 차올랐다.

배중손은 대장으로 임명한 이달석과 박칠복, 유정탁을 바라보았다. 이달석은 힘이 장사고 우직한 성품이었다. 유정탁은 바다의 성질을 잘 알고 있었다. 박칠복은 활을 잘 쏘았다. 그 세 명의 대장과 삼별초 병사들이 뜻을 합하면 배중손이 지시하는 일은 무엇이라도 할 수 있을 것이었다.

이제부터 그들은 진도에서 항몽 준비를 하는 삼별초 병사들인 것이다. 용장사 묘곡도 의병을 모아 힘을 보태겠다고 다짐했다.

달이 서녘으로 넘어갈 때까지 배중손을 위시한 대장들은 한마음으로 앞으로의 계획을 의논했다.

다음 날, 배중손은 각 파의 대장들을 데리고 산성에 올랐다. 토성이었다. 그 토성 위에 석성을 올려쌓으면 완전한 방어시설이 될 것이었다. 강도의 성보다 더 완벽하고 견고한 요새가 만들어 질 것이라 생각했다. 배중손과 이달석, 박칠복, 유정탁은 산성에 서서 바다 쪽으로 시선을 던졌다.

"이 자연 토성을 방패 삼아 아래쪽으로 궁궐을 짓는 것이오."

배중손은 바다를 가리키며 말했다.

"배장군. 그럼 우리 진도에 왕궁이 들어선단 말이요?"

여귀산과 이달석 대장이 물었다. 배중손은 손가락으로 자신의 입을 막았다. 극비에 행해져야 한다는 신호였다. 대장들은 서로를 바라보며 고개를 크게 주억거렸다.

배중손은 그들에게 몇 가지 중요한 일을 맡겼다. 용장사 옆으로 왕궁을 지을 수 있는 터를 다듬을 것. 용장토성 위에 석성을 높이 올려 쌓을 것. 첨찰산과 여귀산에서 아름드리 나무를 베어서 집 지을 목재를 만들어 놓을 것, 큰 산으로 올라가서 주춧돌을 굴려서 왕궁 지을 준비를 할 것 등, 한꺼번에 강도의 귀족과 백성들이 진도로 들어왔을 때 살기 편하도록 최소한의 작업을 지시했다.

배중손의 명을 받은 대장들은 신바람이 났다. 진도 안의 모든 백성을 동원해서라도 용장사 옆에 왕궁 터를 다지고 왕궁 건축의 목재를 마련하겠노라고 했다.

특히 이달석은 자신만만했다. 그의 집안은 대대로 물려받은 농토가 진도 땅 반은 되었다. 이달석의 농지를 벌어먹는 사람들만 동원해도 2~3년이면 배중손이 지시한 거사를 해치울 수 있을 것이었다.

"나는 오늘 밤 집에 다녀오겠소."

배중손은 이달석에게 말했다.

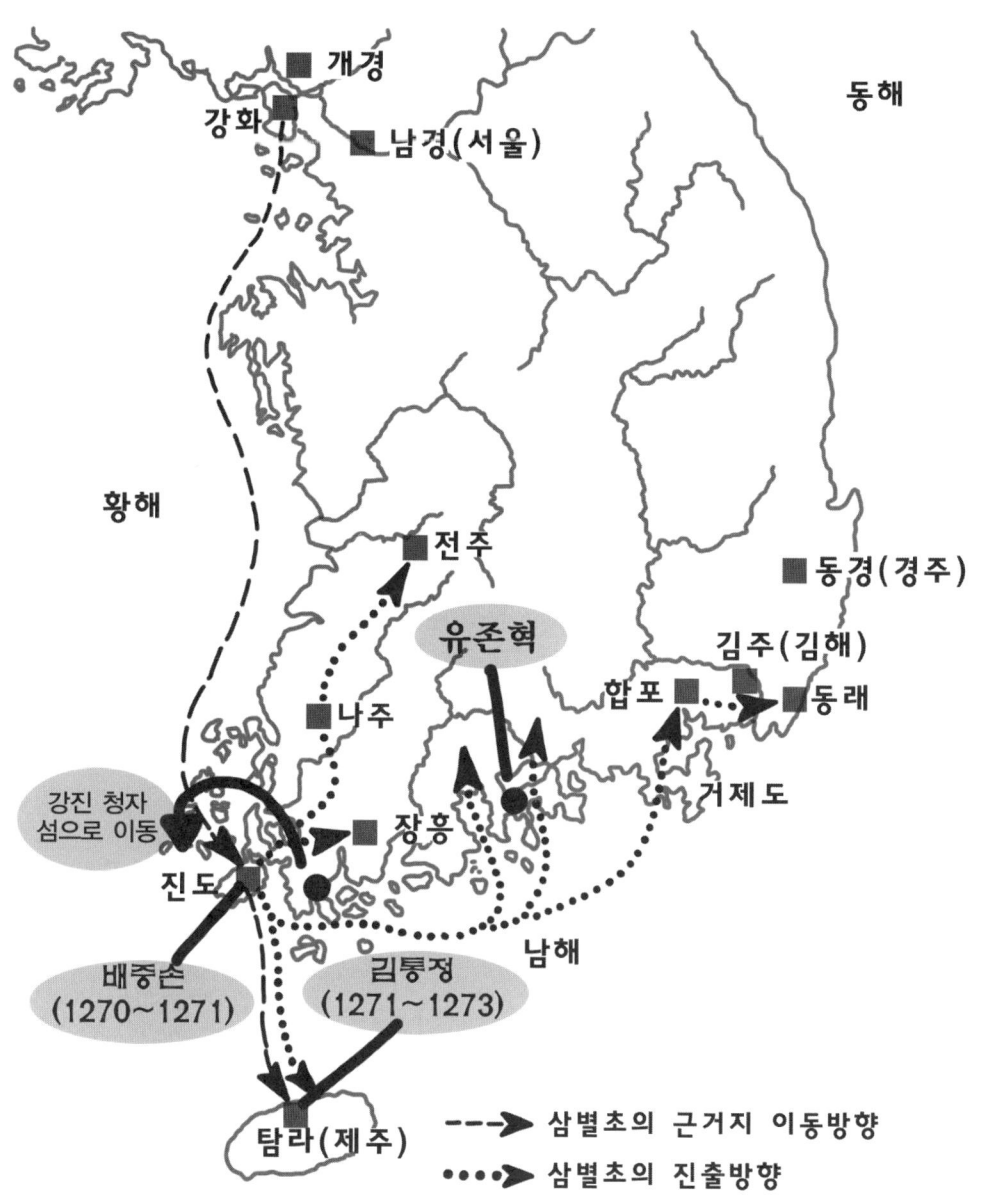

폭풍 몰아치기 전, 강도를 벗어나라

배중손은 강도에 돌아왔다.

노영희, 김통정, 유존혁이 배중손을 맞았다. 그들의 얼굴에 수심 가득했다. 배중손은 가슴이 철렁 내려앉았다. 필경 무슨 일이 있었던 게 분명했다.

"무슨 일이요?"

배중손은 조심스럽게 물었다.

"장군, 그분이 돌아가셨습니다."

유존혁이 처음 입을 열었다.

"누, 누가?"

"임연……"

"무어, 무엇이라구요?"

배중손은 놀랐다. 그 자리에 있던 모두는 한동안 침묵이었다.

"노독도 풀리지 않았을 터인데 나쁜 소식을 전해야 하니……"

김통정이 말했다.

"아 아니, 나에게 비밀지령을 내려놓으시고…… 어찌 이럴 수가……"

"배장군이 천도작전의 임무를 띠고 진도에 간 사이 몽고의 세조 쿠빌라이가 10만 대군을 이끌고 수륙양공 작전으로 쳐들어온다는 소문이 강도에 쫙 퍼졌소이다. 그러자 원종 폐위 사건으로 골머리를 앓고 있던 임연 별감께서 홧병이 도지셨소."

"폐위시켰던 원종을 복위시키고 왕으로 세웠던 창왕을 다시 폐위시키라는 굴욕을 몽고로부터 당했으니……"

"허수아비라고 원종을 비난했었는데…… 그 자신이 쿠빌라이의 명을 따랐으니. 쯧."

"울화병이 날 수 밖에요."

"흐유우……"

배중손은 장군들의 말을 들으며 한숨을 뱉었다. 배중손을 불러 극비리에 진도 천도 준비를 시켰던 임연의 모습이 떠올랐다.

"그 후, 임연의 둘째 아들 임유무가 도방을 맡았지만……"

김통정은 말을 끝내지 못하고 고개를 흔들었다. 노영희, 유존혁도 절레절레 고개를 저었다.

임유무는 도방을 맡은 지 얼마 후, 원종을 따르는 왕권파이며 몽고에 화친을 맺자고 주장하는 화친파 송승례에 급습 당했다. 임유무는 잠자리에 들기 직전 침실로 뛰어 든 송승례의 칼을 맞아 즉사했다. 그는 한마디 비명도 없었다. 귀신이 다녀갔는가, 였다.

임유무가 피살되고 다음 날 가족들이 수난을 당했다. 임유무의 어머니 이씨 부인을 비롯해서 4형제 모두 홍다구와 내통해 있던 친몽 첩자들에 의해 몽고로 끌려갔다. 임유무의 누나는 광속에서 목을 매달아 죽었다.

임연과 임유무의 수난을 떠올리며 삼별초 장군들은 한숨을 내쉬었다. 강도는 그야말로 바람 앞의 나뭇잎이었다. 항몽의 정신으로 삼별초군을 이끌던 도방의 지도자를 잃은 것이었다. 배중손이 진도 천도 준비 하러 간 한 달여 사이 강도에서는 믿기지 않는 일들이 일어났다.

장군들에게 근간의 이야기를 듣고 난 배중손은 비장한 눈빛으로 좌중을 둘러보며 말했다.

"한숨만 쉴 때가 아닙니다. 자아, 이제 우리가 고려를 지켜야 합니다. 우리에겐 삼별초 전사들이 있습니다."

"네. 그래서 긴장을 늦추지 않은 채, 배장군이 돌아오기를 기다리고 있었습니다."

"이제 배장군께서 지휘봉을 잡아 주십시요."

유존혁 장군이 말하자 모두는 동의했다.

그들은 혼란에 빠져있는 강도를 빠져나갈 궁리를 하면서 밤을 샜다.

그 해 가을.

원종은 쿠빌라이의 비위를 맞추기 위해 서둘러 개경으로 환도할 준비를 하고 있었다. 배중손은 쿠빌라이보다 원종이 더 원망스러웠다.

환도 준비를 한다는 소식 뒤에 쿠빌라이의 사신이 배중손을 찾아왔다.

"왜 왔느냐?"

"이번 개경으로 환도할 때, 함께 움직여주시면 우리 황제께서 큰 벼슬을 내리신다고 하였습니다."

사신은 거들먹거리는 말투로 말했다. 쿠빌라이의 회유작전이었다. 쿠빌라이는 삼별초가 그들의 앞에서 얼쩡거리지 않으면 일본 침공까지 순조롭게 진행될 것이라 믿었다. 삼별초가 최대의 난제였다.

"무엇이라고?"

배중손은 그 자리에서 벌떡 일어났다.

"다시 말해보아라."

배중손이 서슬 퍼런 목소리로 다그쳤다. 몽고 사신은 배중손의 날선 목소리에도 꼿꼿했다.

"개경으로 환도하시면 황제의 벼슬을 얻을⋯⋯"

말이 채 끝나기도 전에 배중손은 칼을 빼어들어 사신의 목을 베어버렸다. 고려백성의 피를 뽑아 먹는 쿠빌라이의 개가 되라는 말에 배중손은 화가 머리끝까지 치밀어 올라왔다.

"잘하시었소. 오랑캐 놈 주제에 감히 우리에게 손을 내밀어?"

옆에 있던 김통정이 노발대발이었다.

"놈들은 고려를 송두리째 먹어 치우겠다는 속셈이오."

유존혁도 한마디 기들었다. 그들 삼별초 장군들은 몽고에 빌붙을 수 없다는 생각으로 똘똘 뭉쳐 있었다. 오직 하나의 목표로 의기투합, 두려울 게 없었다.

장군들은 머리를 맞댔다. 몽고에 협력하라는 명령을 들고 온 사신을 그 자리에서 참수했으니 상황이 긴박하게 돌아갈 것이었다. 서둘러야 했다. 회의장 기류는 무겁게 내려앉아 있었다.

"오늘을 기점으로 우리는 언제라도 목숨을 버릴 각오를 해야 합니다."

배중손의 말에 회의장 안은 찬물을 끼얹은 듯 엄숙했다. 모두 비장한 결의를 자신의 심장에 박고 있었다.

"배중손 장군을 선두에 모시고 한 몸 한 뜻으로 진도 천도를 강행합시다."

김통정이 말했다.

"어리석은 자들이 오랑캐의 말발굽 아래 엎드려 목숨 부지키 위해 고려의 맥을 끊어 내려야 합니다."

노영희가 말했다.

"옳습니다."

"그렇소이다."

"저들이 반역을 한다고 몰아세울 것입니다. 그러나 우리는 오직 항몽입니다."

장군들은 한 목소리로 뜻을 모았다.

"그러면 고려의 새 왕으로 누구를 추대하면 좋으리까?"

배중손이 모두를 둘러보며 물었다.

"배장군, 제 의견입니다만 왕족 승화후 온이 적격한 줄 압니다."

김통정이 말했다.

"그렇소이다. 승화후 온은 항몽 의지가 분명한 왕족이요. 몇 번 만나서 의견을 나누었는데 그때마다, 저 오랑캐 몽고족을 고려에서 쫓아내야 할 터인데…… 하면서 혀를 찼습니다. 또한 삼별초만이 그 일을 해낼 수 있다고 격려 하셨습니다."

"좋습니다. 그러면 승화후 온을 왕으로 추대해서 진도 천도를 단행합시다."

그들은 한 발 더 빠르게 움직이자는 것으로 의견이 모아졌다. 화친하자고 보낸 쿠빌라이의 사신을 죽였으니 일이 급박하게 돌아갈 것이 뻔했다. 서둘러야 했다.

"만반의 준비를 하시오."

"먼저 우리를 따르는 백성들의 안전을 널리 알리고 마음의 준비를 합시다."

그들은 머리를 맞대고 서로 의견을 나누었다.

밤은 깊어갔다.

해가 바뀌고. 몽고 장수 도렌카는 등등한 기세로 원종을 몰아세웠다.

"황제의 명이오. 하루 속히 개경으로 환도 하시오."

개경 환도 명령은 쿠빌라이의 최후 통첩이었다. 원종은 이장용을 바라보았다. 그가 어떤 답을 주길 기다렸다. 이장용은 고개를 숙였다. 그로서도 할 말이 없었다. 사태의 심각성을 서로는 알고 있었다.

원종이 먼저 입을 뗐다.

"황제의 노기가 치받치기 전에 강도의 백성들을 개경으로 옮기는 쪽이……"

"그리해야 될 것 같습니다."

뻔했다. 쿠빌라이가 시키는 대로 하는 것이 길 이었다.

"그럼 백성들에게 알리는 방문을 작성하시오."

원종은 이장용에게 개경 환도의 방을 작성하라 일렀다.

"그리하겠습니다."

"그리고 백관들에게도 환도할 준비를 서두르라 이르시오."

이장용이 물러난 뒤 원종은 차라리 잘 되었다고 생각했다. 그동안 무신들의 득세에 기를 못 펴고 살던 고려왕조였다.

"고려왕조와 쿠빌라이 황제에게 저항하는 자들을 모두 역적으로 봐야한다."

원종의 말이었다.

원종은 하루라도 빨리 개경환도를 단행하여 쿠빌라이를 기쁘게 하고 싶었다.

강도 여기저기에 방문이 붙었다.

모두 들어라. 강도를 버리고 개경으로 환도한다. 하루라도 빨리 강도에서 출륙하라. 몽고의 황제가 고려를 잘 보살펴 줄 것이다.

방문을 읽은 강도의 백성들은 의외였다.

그러나 한쪽에서는 강도를 버리고 개경으로 간다는 방문을 읽고 좋아하는 이들도 있었다. 성미 급한 백성들은 이미 떠날 준비를 하고 있었다.

백성들은 개경으로 가는 포구로 모여들었다. 가재도구 등은 모두 버리고 그저 목숨만 건지기를 원하는 자들이었다.

때를 같이하여 삼별초는 강도를 떠나라는 방문을 모두 찢어버리고 대신 삼별초를 따르라는 방문을 그 자리에 붙였다.

무기고를 열었고, 무기고의 무기는 모두 삼별초 본부로 옮겼다. 그런가 하면 강도를 떠나기 위해 포구로 향하는 백성들을 붙잡아서 삼별초 본부로 끌고 갔다. 강도를 떠나지 못하게 하는 삼별초군이었다.

이쪽 편과 저쪽 편의 중간에서 백성들은 갈피를 잡지 못해 우왕좌왕하고 있을 때, 삼별초에 회유 조서를 가지고 갔던 몽고사신이 배중손의 칼에 죽었다는 소식이 원종의 귀에 들어갔다. 무기고가 열리고 곳곳에 불길이 타오르고 있다는 소식도 들었다. 원종은 오금을 못 폈다.

삼별초가 정면으로 개경 환도를 반대하고 나서는 것이었다. 가뜩이나 머리를 조아리며 비위를 맞추고 있는 터에 행여 쿠빌라이가 그것을 빌미로 어떤 보복 행위가 있을까, 걱정이었다.

무신의 우두머리 임연 부자를 멸했으니 개경 환도는 누구도 막을 자가 없다고 생각했던 원종이었다.

가슴을 졸이고 있던 원종 앞에 신하가 무릎을 꿇어 아뢰었다.

"삼별초 병사들이 백성들의 개경 환도를 막고 있다 하옵니다."

"무엇이라? 역적 삼별초사가 말이냐?"

"네."

원종은 벌떡 일어났다. 위급한 상황임을 알았다.

원종은 몽고 장수 도렌카에게 도움을 청하면 어떻겠느냐고 대신들에게 물었다. 이장용이 완강히 반대했다.

"안됩니다. 도렌카가 군대를 끌고 강도로 들어오면 삼별초를 더욱 자극하는 것이 됩니다. 차라리 삼별초를 설득해 보심이 어떨지요."

원종은 이장용의 말에 대꾸하지 않았지만 그런 방법도 괜찮을 것이란 생각을 했다.

다음 날 원종은 상장군 정자여를 보내 삼별초 우두머리를 만나도록 했다. 어떤 일이 있더라도 삼별초의 반란을 막아야 했다.

정자여는 배중손과 노영희를 만났다.

"몽고의 화를 북돋우는 일을 해서 백성들이 몽고의 압박을 받는 것을 장군들은 원치 않을 것 아니요."

정자여는 함께 출륙하여 개경으로 가는 것이 좋을 것이라고 거듭 강조했다.

"강도 출륙이라구요? 그래서 몽고군을 환영해 맞으라구요? 그것은 몽고에 완전히 항복하는 것 아니요? 나라는 뺏기고 목숨만 붙어놓자는 말입니까?"

배중손은 강경한 어투였다. 정자여가 두 번 다시 말을 붙이지 못하게 엄포를 쏘았다. 이어 노영희가 덧붙였다.

"삼별초는 백성을 지키는 군대요. 이미 관원들은 황제를 마중하기 위해 섬을 빠져 나갔으니 섬은 우리가 지키겠소."

노영희는 다소 온유한 표현으로 정자여를 구슬려 돌려보냈다. 그래야 원종이 안심 할 것이니까 달래는 말투였다.

정자여의 보고를 받은 원종은 화가 났다.

원종은 병사들을 섬으로 보내서 탈출하려는 백성들을 도와주라 명했다. 그러나 섬에 들어갔던 고려군 모두 삼별초 병사들에게 붙잡혀 섬을 빠져 나오지 못했다.

세조 쿠빌라이는 삼별초가 강도를 나오지 않는다는 보고를 뒤늦게 받았다. 그는 즉각 삼별초 해산을 명하고 삼별초 명부를 압수하라, 명했다.

원종은 김지저를 삼별초의 배중손에게 보냈다.

해산 명령 조서는 육지 쪽에 잡혀있던 삼별초 소속의 병사를 시켰다. 지난번처럼 섬으로 들어갔다가 억류될 것을 염려해서 였다.

그러나 삼별초가 그들의 해산 명을 따를 리 없었다. 역효과를 만들었다.

그날 밤 배중손, 노영희, 김통정, 유존혁 삼별초 4인방이 둥근 탁자에 둘러 앉아 머리를 맞댔다. 삼별초 명부를 압수하라는 명령이 내려진 것으로 봐서 반드시 큰 사건이 일어날 것이라 짐작했다. 긴장의 초다툼이었다.

"삼별초 명부를 압수하여 몽고로 가지고 오라했답니다."

"우리를 쓸어 없애겠다는 것이 아니겠소."

"배장군 선수를 쳐야 합니다."

김통정이 제의했다. 배중손의 정세 판단에 모든 것을 맡기려는 생각을 장군들은 하고 있었다. 회의는 배중손의 주도 아래 진행되었다.

"그렇습니다."

"우리의 적은 이제 몽고 뿐 아닙니다. 몽고에 빌붙은 고려왕과 고려정부도 우리들이 대항 할 적입니다. 힘겨운 전투가 예상됩니다."

"이미 각오 한 바 아닙니까?"

"그렇습니다. 새로운 백성의 정부를 세워야 합니다."

배중손이 말했다.

'백성의 정부'라는 말에 힘을 주었다. 그곳에 있던 장군들은 충격이었다. 지금까지 들어보지 못한 말이 아닌가. 지금껏 왕 밑에 백성이 있어서 왕의 정부임이 분명했었다. 그러나 이제 삼별초는 백성의 정부, 인민의 정부라는 새로운 정책을 말하고 있었다.

"강화 연안에 집결되어 있는 전함을 철저히 은둔시키고 미쳐 강도를 빠져 나가지 못한 벼슬아치들을 붙잡아 두어야 합니다."

"그런데 이렇게 급박히 진도로 천도해 가면 왕과 백성들의 주거지가 있습니까?"

유존혁이 물었다.

"그건 염려 놓으시오. 4년 전부터 임연의 명을 받고 진도에 갔다 왔습니다. 진도민들이 합세하여 성을 쌓고 있습니다. 조금 부족한 것은 우리 삼별초군이 들어가서 만들면 될 것입니다."

"짐작하고 있었습니다."

김통정은 배중손이 진도 천도를 준비하러 갔었던 것을 알고 있었다.

"나와 유장군은 말을 몰아 강도 연안의 전함을 수습할 터이니 배장군과 김장군은 승화후 온을 왕으로 추대하러 가십시오."

노영희가 말을 하고 먼저 자리에서 일어섰다. 유존혁이 그 뒤를 따랐다.

배중손은 김통정과 함께 승화후 온의 처소로 찾아갔다. 몽고의 개경 환도에 반대하여 강도에 남아 있는 유일한 왕족이었다. 승화후 온은 삼별초의 자주고려에 대하여 뜻을 같이 하고 있었다.

배중손은 정중히 수인사를 하고 찾아 간 뜻을 전했다.

"기다리고 있었소. 나도 그대들과 뜻을 같이 하려 맘 먹었소."

"왕족이시면서 항몽을 말씀하신 것을 압니다. 그것이 소신들에게는 큰 힘이 되었습니다."

"알겠소. 그대들이 사욕에 차있지 않고 사직을 탐하지 않는 다는 것을 나는 알고 있소이다. 뜻을 함께 합시다."

"목숨을 내놓고 하는 일입니다."

"쿠빌라이에게 목숨을 구걸하는 것보다 독립된 내 나라를 위해서 목숨을 버리는 쪽을 택하겠소."

"감사합니다. 이제 신들의 황제이십니다."

배중손이 말하며 읍했다.

"아, 아. 황제라니."

"황제이십니다. 우리 고려의 황제이십니다."

"그렇습니다. 황제 폐하."

"허허어"

승화후 온의 웃음 끝에 배중손과 김통정은 허리를 굽혀 경의의 예를 다했다.

"그럼 몸조심 하고 계십시오. 곧 모시러 오겠습니다."

"알겠소이다. 그대들도 몸조심 하시오."

배중손과 김통정은 왕의 처소를 나왔다. 그리고 서로 쳐다보았다. 흐뭇했다. 두 사람은 주먹을 불끈 쥐고 주먹끼리 세게 맞부딪혔다.

왕족을 왕으로 추대했다. 삼별초군으로서는 천군만마를 만난 것이었다.

몽고에 저항하는 삼별초군을 누구도 역적모의를 한다고는 말하지 못하리라.

1부 바람꽃 피어, 바람이 일다

2부
전사戰士의 길, 남으로 향하다

전사戰士의 길, 남으로 향하다

6월 1일 새벽, 날씨는 맑고 쾌청.

이른 아침부터 거리에 나붙은 방문 앞에 사람들이 모였다. 당장 구정으로 모이라는 글이었다. 방문을 읽은 사람들은 서로 눈치를 살폈다. 섣불리 누구도 입을 열지 않았다. 그런 중에 슬그머니 그 자리를 떠나는 사람들이 늘어났다. 아직 벽보 앞에 서있는 사람들은 떠나는 사람들의 뒷모습을 바라보았다.

한 노인이 뒤돌아보며 사람들에게 손짓했다. 말하지 않아도 '어서 구정으로 가자.' 하는 손짓언어였다. 그와 동시 몇 사람이 우루루 몰려가면서 '가자, 그쪽으로 모여라.' 하고 소리쳤다.

강도의 너른 구정에 백성들이 모여들고 있었다. 병사들은 이미 그곳에서 명령을 기다리고 있었다. 병사들 중엔 숫자가 적었지만 고려군도 끼어 있었다. 백성들은 신분이 낮은 노비들과 평민들이었다. 어느새 구정 안에 사람들이 가득 메워졌다.

단상에 온왕과 배중손, 김통정, 유존혁, 노영희가 나타났다. 누군가가 소리쳤다.

"고려 만세."

그러자 많은 군중이 동시에 환호했다.

"고려 만세."

구정 안에 몽고와 개경 정부를 규탄하는 함성이 울려 퍼졌다.

추대된 온왕은 힘차게 손을 흔들었다. 장군들은 창과 칼을 받들어 백성들에게 믿음을 심어주었다. 원종의 정권에 반기를 들고 항몽의 깃발을 높이 쳐든 병사들이었다.

"몽고의 신하되기를 거부한 여러분을 환영합니다. 우리는 자주고려의 깃발 아래 저 몽고로부터 자유를 찾아야 합니다."

새로 추대된 왕이 큰 소리로 말했다. 백성들을 구정이 떠나갈 듯이 환호성을 올렸다. 배중손이 말했다.

"6월 3일 짐을 꾸려 외포리 항으로 집결하십시오. 신속히 움직여야 합니다."

"모두 힘을 합칩시다아~"

"와~ 와, 와~"

백성들은 흩어졌다. 서둘러 떠날 채비를 해야 했다. 병사들은 무기와 많은 장비를 함대에 옮겨 실었다.

반대파들의 움직임도 있었다.

강도를 빠져 개경으로 가려는 자들이 해안에 떼로 몰렸다. 저녁 무렵부터 탈출하고자 하는 자들이 더욱 극성을 부렸다.

몽고군의 포악무도한 행동에 지칠 대로 지쳐버린 백성들이었다. 몽고의 명을 어기면 죽음을 면하기 어렵다고 생각하는 자들이었다. 3천 몽고군이 곧 강도로 쳐들어와서 삼별초군과 함께 있는 모든 백성은 다 죽인다는 소문을 믿고 있는 자들이었다. 그 소문은 강도 허공을 날아다녔다.

삼별초군도 강경책을 폈다.

삼별초의 봉기에 끝내 동조하지 않고 강도를 몰래 빠져나가는 자들과 몽고군에게 삼별초의 봉기를 고자질하려 하는 자들을 붙잡았다. 또한 배를 타고 도망가는 자들을 속속 잡아서 끌어냈다.

강도를 빠져나가려고 급히 선창으로 달리던 이백기와 몽고 사신 회회를 삼별초 병사들이 덜미를 나꿔챘다. 병사들은 그들을 유존혁에게 끌고 왔다. 유존혁은 몽고에 빌붙는 자들에게 본보기를 보여 줄 양으로 이백기와 회회의 목을 잘라서 '몽고의 앞잡이'라는 글을 발목에 붙여 길거리 큰 소나무에 매달았다.

현문혁은 섬을 빠져나가다가 삼별초군이 쏜 화살을 맞았다. 그는 화살을 등에 꽂은 채 바다로 빠졌다. 현문혁과 함께 탈출을 시도했던 그의 가족들은 현문혁의 죽음을 눈앞에서 보았다. 그의 처는 두 딸을 양 팔로 끼고 남편이 빠진 물속으로 뛰어들었다. 부인의 순절이었다.

양단의 결정을 못 내리고 있던 백성들은 삼별초의 강경 태도에 개경으로 가려는 발길을 되돌리는 자들도 있었다. 그런가 하면 개경 환도 후 몽고에 내정 간섭을 감당할 수 없다며, 생각을 고쳐먹은 귀족 출신들이 하나 둘 삼별초에 합세했다.

이렇듯 6월 초 강도로 가는 부류와 진도로 가는 부류는 양편으로 갈라섰다. 민심은 흉흉했다.

"몽고군이 개경으로만 환도하면 죽이지 않고 잘 살게 해준다고 했습니다. 개경으로 가게 놓아주십시오."

가족을 데리고 배를 타려고 안간힘을 쓰던 가장이 삼별초군에게 원망어린 목소리로 불평했다. 그가 불평을 터뜨리자 여기저기서 같은 목소리가 쏟아졌다.

마침 그곳에 당도한 배중손은 연해안에 모여 웅성거리는 백성들에게 큰 소리로 말했다.

"모두 들으시오. 저 잔인무도한 오랑캐의 말을 믿으시오? 나라를 팔아먹은 원종과 간신배들은 그들의 안위를 위해 오랑캐를 개경으로 끌어들이고 있소이다. 자, 우리를 따르시오. 우리는 승화후 온을 황제로 옹립하여 저 남쪽 나라 진도로 천도할 것이오. 우린 자주독립과 평등을 원칙으로 삼고 있소이다. 그래서 노비문서도 태웠습니다. 평등한 삶을 살고자 하는 백성은 모두 우리를 따르시오."

배중손은 말을 이었다. 백성을 향한 그의 말은 진지하고 믿음성이 보였다.

"여러분이 개경으로 가면 몽고에 항복하는 것이 되고 항복한다는 것은 저 탐욕스런 몽고에 고려를 넘겨주는 것이 됩니다. 고려를 넘겨주고 그들의 노예생활을 하렵니까?"

배중손이 마지막인 듯 비장한 목소리로 백성들을 설득했다. 배중손의 말이 끝나자 그렇듯 웅성거리던 소리가 사라지고 일순 침묵이 흘렀다. 그런 중에 한 젊은이가 손을 번쩍 들고 앞으로 나섰다.

"배중손 장군을 따르겠소. 노비문서도 태웠다지 않습니까? 어머니, 아버지, 배중손 장군을 따릅시다아~"

그 젊은이의 말이 끝나자 모두 와아~ 소리 지르며 배중손을 따르겠노라고 했다.

"언제 떠납니까?"

"내일 모레요. 아침 물때를 맞춰 일찍 출발할 것이오."

"그렇게 빨리요?"

"몽고가 쳐들어오기 전에 강도를 빠져나가야 합니다."

백성들은 서둘러 흩어졌다. 급히 강도를 떠날 채비를 해야 했다.

바람이여, 진도 천도를 이끌어라

  누릇누릇 익어가는 산비탈 밀보리 비릿한 냄새가 바닷바람에 흘러 다녔다.
  해안가 벼랑을 덮은 칡꽃 냄새는 단내를 싣고 해풍을 타고 놀았다.
  야심한 시간, 강도 남쪽 으슥한 포구에 진도로 떠날 배들이 배치되어 있었다. 억류해두었던 고려 병사와 벼슬아치의 가족들을 강도 남쪽으로 집결시키고 전략상 필요한 무기와 물자를 배에 실었다.
  배중손이 큰 깃발을 흔들었다. 그것을 신호로 밀보리 냄새를 품은 바닷바람을 타고 일제히 남으로 내려갈 태세였다.
  떠날 준비를 끝냈지만 배중손은 뭔가 아쉽다는 표정으로 길목을 바라보았다.
  "개경 이북 쪽에 있는 김방경 장군에게 연락이 왔습니까?"
  배중손이 김통정에게 물었다.
  "아직 소식 없습니다…… 김방경 장군만 우리 편에 서 준다면, 몽고와의 전쟁이 한결 수월할 터인데……"

김통정도 못내 아쉽다는 표정이었다.

배중손은 김방경에게 수차 함께 할 의사를 타진했었다. 고려 병사로서 내세울만한 장군은 김방경밖에 없었다. 지덕을 갖춘 명장이었다.

"사람을 다시 보내서 권유해 보는 것이 어떨까요?"

그러나 시간이 없었다. 아무 기별도 없는 김방경을 마냥 기다릴 수 없다.

"아니요. 이쯤 했으면 됐소. 김방경 장군은 우리가 반역이라는 생각이 굳어 있는 것 같소."

배중손은 아쉽지만 그쯤에서 포기했다.

"우리가 반역하는 것이 아니지요. 우리는 몽고에 저항하는 것이고, 몽고에 아첨하여 목숨 유지만을 원하는 원종이 우리의 뜻에 부합하지 않는 것이요."

김통정이 말했다.

"그러니 김방경 장군을 포기합시다."

배중손은 잘라 말했다. 몇 번씩이나 뜻을 함께 하자고 청했지만 답이 없었던 김방경이었다.

"내일 밀물 때를 맞춰서 선두부터 나아가도록 합시다. 한 치의 차질도 없어야 합니다."

"4~50척을 한 조로 편대를 나누어 한 조에 전함 1대씩 앞장서서 선단을 이끌도록 합니다."

배중손은 장군들을 돌아보며 삼별초를 상징하여 붉은 색으로 三자가 그려진 영기를 하나씩 나누어 주었다.

"이 기의 움직임을 따라 모든 선박을 전진시키시오."

"자, 잠시 눈을 붙였다가 출륙 호령이 들리면 일제히 일어섭니다."

떠날 준비를 끝낸 삼별초군은 물때를 기다리면서 잠을 청했지만 장군들은 뜬눈으로 밤을 지샜다.

날이 밝아오고 있었다. 모두 웅성거렸다. 그러나 질서 정연했다. 병사들과 백성들은 한마음으로 어서 강도를 벗어나기를 기다렸다.

1270년 6월 3일, 새벽.

외포리 앞바다의 새벽 물빛은 푸르름이었다. 파도는 잔잔했다. 밀물이 밀려 들어왔다. 밀물은 얕은 물에 정박해 있던 배들을 물 위로 띄웠다. 크고 작은 배들은 천여 척이 넘었다.

배중손의 전함이 삼별초의 붉은 깃발을 들고 맨 앞에 서서 지휘봉을 휘둘렀다.

"자아~ 출발."

배중손의 깃발 신호에 의해 삼별초 대 군단은 강화 외포리항을 출발했다.

기선은 남쪽 진도로 향하고 있었다. 남쪽으로 기선을 두고 정형화된 형태로 뻗어서 웅장하면서도 느린 흐름으로 내려가고 있었다.

대행진이었다. 펄럭이는 오색의 깃발은 자유를 상징했다. 독립된 고려를 이끌고 바다로 흘러들었다.

그 날 따라 파도의 너울도 기분 좋게 일렁였다.

장엄했다. 배중손은 벅찬 가슴을 긴 숨으로 지그시 눌렀다. 고려 왕을 옹립하여 몽고로부터 벗어나 새 고려의 원대한 꿈을 품고 떠나는 길이었다.

　남녘으로 떠나는 길에 아무런 장애도 없었다. 배중손은 그것이 하늘의 뜻이라 믿었다.

　배중손은 서해안 뱃길을 따라 진도로 가는 도중 영종도에서 함대의 전진을 멈췄다. 몇 년 전 임연의 지시대로 서해안을 타고 진도로 내려가면서 가는 도중에 함대가 경유하여 식수와 먹거리 공급을 위해 적당한 곳을 물색해 두었었다.

　배중손의 선두 함선에서 작전회의를 했다.

　조류의 흐름 따라 완만한 뱃길과, 식량 등을 공급 받을 포구 등을 기록한 두루마리 긴 종이를 펼쳐놓고 세세한 설명을 하며 지시를 내렸다. 특히 강도를 빠져나갔음을 뒤늦게 알고 뒤쫓아 오거나 육로로 앞질러 와서 포구에 대기하고 있을지도 모르는 몽고군을 경계해야 했다.

　"길목마다 삼별초군과 육지의 의병들이 몽고군을 막아내고 있으나 방심해서는 안 됩니다. 잠시 후 척후병이 이리로 와서 개경의 동태를 알려줄 것이니 그때 상황을 보고 움직이도록 합시다."

　"네. 척후병을 기다리는 동안 먹을 물과 식량을 육지에서 있는 대로 조달받는 방법을 취하겠습니다."

　김통정의 말이었다. 그때 배중손의 선두 함선으로 병사가 뛰어 올라왔다.

　"장군님."

　그는 장군들 앞에 무릎을 꿇었다.

　"그래, 무엇이더냐?"

"네. 오랑캐 놈들이 강도를 떠난 것을 알고 외포리항에서 발을 동동 거리고 있다 합니다."

"그래? 그거 반갑고도 고소한 소식이로구나."

"하하하, 즐거운 소식을 들고 온 망군에게 박수를 보냅시다."

장군들은 모처럼 선상에 서서 호탕하게 웃었다. 그런데 웃음 끝에 망군 병사가 말을 이었다.

"장군님. 나쁜 소식도 있습니다."

"그러냐? 그러니 네가 헐레벌떡 뛰어 왔구나. 어서 말해 보거라."

배중손이 다급히 물었다.

"몽고 쿠빌라이가 원종을 닦달하여 진도로 향하는 삼별초군을 초토화시키라는 명을 내렸다 합니다."

"그렇겠지……"

"아무튼 수고 했다."

배중손은 망군의 수고를 치하하고 뒷짐을 지고 먼 바다를 바라보았다. 그 옆으로 다가 온 김통정이 물었다.

"장군, 몽고군이 뒤쫓아 오면 어찌합니까?"

"우린 이미 바다 가운데 있고 함대도 그들보다 많소이다. 바다 위에서의 전투는 우리가 유리하오."

"그렇고 말구요. 그렇습니다."

함께 있던 노 대신이 말을 받았다. 왕과 장군들도 쾌재를 불렀다. 바다를 쳐다보고 있는 몽고 놈들의 낯짝이 눈에 환히 보였다.

"좋소. 자, 김통정 장군이 인솔하고 있는 제1대는 당진에 일차 정박하여 먹을거리와 물, 땔감 등을 공급 받고, 노영희 장군의 2대는 태안

반도까지 직행하시오. 다음 서산 해안을 통과하면서 적당한 곳에 정박하고 또 물자를 보충하는 겁니다."

배중손의 작전 지시였다. 특히 경계해야 할 곳을 지적했다. 배중손은 왕과 함께 선두의 함선에 타고 남으로 기선을 잡았다.

"명심할 것은 서둘지 말고 물살의 성질에 따라 움직여야 합니다. 물살을 거슬러 오르면 낭패를 볼 것이오."

배중손은 마지막 당부를 잊지 않았다.

그 무렵 몽고군의 대장 도렌카는 많은 병사를 강도에 투입시킬 체제를 갖추고 있었다.

크고 작은 배들이 바닷가 여기저기 배치되었다.

이장용은 태자 심과 함께 병사 몇 명을 데리고 먼저 강도로 건너갔다. 몽고병이 강도에 쳐들어오기 전에 삼별초의 수뇌를 만나 타협을 하고자 함이었다.

동네 어귀를 돌아 구정으로 가는 동안 사람의 그림자를 찾아 볼 수 없었다. 이장용은 가는 길에 늙은이를 만났다. 늙은이는 나무막대로 불엔 탄 재를 뒤적거렸다. 무엇인가 찾고 있는 모양새였다.

"섬 사람들이 다 어디로 갔습니까?"

이장용은 그에게 물었다. 노인은 놀란 듯이 몸을 움츠리며 허리를 숙였다.

"아니요, 놀라지 마시오. 사람들이 보이지 않아서 묻는 겁니다."

"오, 오랑캐가 와서 다 죽인다고…… 그래서 다 도망갔다고……"

노인은 더듬거리는 말투였다. 무엇에 몹시 놀라 넋이 반쯤 나간 듯

했다.

"오랑캐가 들어와서 죽였다구요?"

이장용은 벌써 도렌카의 군사들이 강도에 들어왔다는 것 아닌가, 다시 물었다.

"아 아니요. 삼별초가 남자, 여자 모두 배에 태워서 멀리 갔습니다요……"

노인은 땅에 엎드렸다. 그리고 하늘을 우러러보며 울었다.

"하늘님, 살려주시오. 우리 아들들, 손자들. 모두 다 살려주시오. 이 늙은이를 데려가시고, 흐흐흐흐."

이장용은 노인을 달랠 엄두를 못 냈다. 노인과 함께 울고 싶었다. 노인의 통곡은 강도의 빈 들판에 휘휘 날아다녔다.

깨지고 부서진 가재도구가 널부러져 있는 고샅길을 지나 이장용은 강도를 떠나기 위해 포구로 걸어갔다. 태자 심은 묵묵히 고개를 떨구고 걸었다.

강도는 무엇도 다 죽어있었다.

폐허의 땅 강도를 둘러보고 개경으로 돌아 온 이장용은 원종에게 강도의 현실을 말했다.

"이 나라의 운명은……"

원종은 깊은 숨을 몰아쉬었다.

그 무렵 도렌카가 삼별초의 반란을 수습한다는 빌미로 강도로 들어갔다.

수 많은 몽고병들은 텅 빈 강도의 여기저기를 헤집고 다니면서 숨어 있는 사람들에게 횡포를 부렸다. 무법천지였다. 거동이 불편한 노인들을 죽이고 노인들을 보살피기 위해 남아 있는 아녀자들을 닥치는 대로 욕 보였다.

뿐 아니라 그들은 대적할 삼별초 대신 관청과 민가, 사찰을 불 질렀다. 사찰이 타고 부처님의 몸통이 부서지는 것을 보면서 그 앞에서 칼춤을 추었다. 몽고병들은 그들의 힘을 주체할 수 없는 듯 법석을 떨었다.

강도의 하늘엔 불기둥이 2~3일 계속이었다. 멀리서 보면 불꽃놀이였다.

원종은 강도가 불타는 것을 바라보았다. 이장용이 원종을 채근했다. 원종 일행은 걸어서, 걸어서 개경으로 향했다. 왕의 행차가 아니었다. 초라하기 그지없었다. 따르는 신하도 병사들도 몇 명 뿐이었다.

개경의 만월대로 들어섰다. 궁궐은 몽고군이 몇 번 짓밟고 간 후였기에 터만 남아 있었다. 그나마 남은 몇 칸은 도렌카가 몽고 주둔군의 진영으로 차지하고 있었다.

해가 뉘엿뉘엿 서산으로 넘어갈 무렵, 원종 일행이 도렌카의 진영 가까이 갔다. 풍악소리가 들렸다. 풍악소리 속에 여자들의 비명소리가 섞여 있었다. 도렌카의 술 취한 목소리도 들렸다. 초저녁부터 고려의 여인들을 끼고 난삽한 행위로 술판을 벌이고 있음이었다.

'여인들의 비명소리는······'

노 대신 이장용은 얼굴을 찌푸리며 주름을 접었다. 원종은 고개를 흔들었다.

"내일 인사드리는 것이 옳은 줄 아옵니다."

이장용이 말했다. 원종을 그곳으로 들어가지 못하게 하는 것이었다. 원종도 이장용의 말뜻을 알았다. 원종은 수심 가득한 얼굴로 고개를 주억거렸다.

먼 길 오느라 허기가 졌지만 쇠고기 냄새만 맡으며 돌아섰다.

허기를 채우기는커녕 당장 피곤한 몸을 쉴 방도 없었다. 원종은 도렌카의 진영 옆에 이슬을 피하며 하늘을 올려다보았다.

몽고병사들이 도렌카의 진영 옆으로 서둘러 천막을 쳤다. 옹색한 거처였다.

원종은 개경 환도의 첫 밤을 그렇게 맞았다. 한숨이 절로 나왔다. 고려의 궁궐에서 더부살이 하는 신세였다. 주인이 바뀐 꼴이었다.

그러나 원종은 누구를 원망할 수 없었다. 그 자신 자초한 일이기도 했다. 다행인 것은 계절이 6월이어서 춥지는 않았다.

그런 중에 강도를 떠난 삼별초의 소식이 속속 들어왔다.

삼별초는 남으로 내려가면서 강도 아래쪽의 섬들을 모두 접수하여 곡물을 빼앗아 갔으며 개경으로 실어 나르던 공부貢賦까지도 탈취하고 있다는 것이었다.

원종은 부아가 치밀었다. 반란군의 횡포였다.

원종은 싸움에서 지고 아비에게 일러바치러 가는 아이들처럼 노 대신 이장용과 함께 도렌카의 진영으로 들어갔다.

원종과 이장용은 도렌카에게 허리를 굽혀 읍했다.

"반역자 배중손이란 자가 삼별초군의 우두머리가 되어 남으로 내려가면서 공부를 도적질하고 있습니다. 대책을 강구해 주십시오."

이장용이 원종을 대신해서 말했다. 도렌카는 거들먹거리는 자세로 고개를 끄덕였다.

"좋소. 몽고군을 보내 삼별초를 쓸어버리겠소."

도렌카는 목에 힘을 주고 가래 끓는 목소리로 말했다.

'이놈들, 호된 맛을 봐라.'

원종은 도렌카의 말에 힘을 얻었다.

원종은 어느 쪽이 적군인지 모르고 있었다. 삼별초군이 승화후 온을 왕으로 옹립하고 자기를 내칠 것이란 생각만 머리 속에 가득했다. 몽고가 고려를 삼키고 그를 내칠 것이란 생각은 추호도 하지 않았다. 어리석은 왕이었다.

원종은 그의 처소로 돌아와서 이장용에게 명했다.

"신사전을 전라도 현지 토적사로 급파하시오."

이장용에게 지시한 후, 원종은 몽고군과 함께 서경 진영에 나가 있는 김방경을 불러들였다. 김방경에게 역적을 막아 내는 추토사로 임명했다.

일찍이 김방경의 지략과 덕목을 인정한 배중손은 그를 삼별초군 장군으로 끌어오려고 했었지만 원칙만 고수하는 김방경의 곧은 심지 때문에 성사시키지 못했었다.

원종은 몽고 장군 송만호와 역적 추토사 김방경, 전라도 토적사 신사전을 묶어 삼별초를 토벌하라 명령했다.

"이놈들, 어디 두고 보자."

처음 토적사 신사전은 의기백배 했다.

신사전은 백 여 명의 군사를 인솔하여 육지 길을 잡아 전주를 거쳐 나주로 갔다. 그런데 나주벌을 지나면서 신사전은 주춤거렸다. 해남에 망군으로 한발 먼저 가 있던 병사가 뛰어와서 신사전의 기병대 앞을 막아섰다.

"멈추시오. 이런 정도의 기마병으로는 삼별초군이 있는 진도 근처에도 못갑니다."

"어째서 그렇단 말이냐?"

"삼별초의 병사들이 해남 앞바다에 쫙 깔려 있습니다. 전함에 붉은 깃발을 펄럭이며 눈을 휘번득 거리고 있습니다. 귀신도 잡는다고 소문 나 있는 울돌목의 유정탁 부대입니다."

"그래?"

"병력을 더 끌고 내려와야 합니다."

신사전은 망군의 말만 듣고 더 이상 전진하지 않았다. 그는 곧 뒷걸음질로 도망쳤다. 신사전 기병대가 전주를 지날 때 전주에서 들고 일어나고 있는 삼별초 의병대에게 곤욕을 치루었던 전주부사도 신사전의 뒤를 따라 개경으로 달아났다. 어린아이들도 귀신 잡는 삼별초라는 노래를 부르고 다녔다. 신사전은 소문만 듣고 곧장 후퇴한 것이었다.

반면 김방경은 송만호와 서해 쪽으로 삼별초를 추격했다. 그들은 서산 앞바다까지 내려갔다. 서산 앞바다에서 삼별초의 동태를 살피도록 심어져 있던 척후병이 김방경 막사로 뛰어왔다.

"삼별초군이 서산 앞바다에 진을 치고 있습니다."

척후병은 김방경에게 보고했다.

"우리 함선은 몇 척이나 되느냐?"

"20여 척입니다."

"그렇다면 내일 새벽 군사를 이끌고 해안으로 간다."

"적의 함선이 훨씬 더 많습니다."

"우리는 활과 창과 칼을 잘 쓰는 병사들이 많다. 새벽에 그들 함선에 빗발처럼 활을 쏘아댄다. 갑작스런 기습으로 우와좌왕 할 때 칼 쓰는 병사와 창 쓰는 병사들이 함선에 올라타서 선 공격을 퍼붓는다."

삼별초를 초토화시키라는 명령을 받은 김방경은 병사들 앞에서 지시했다. 김방경은 이른 새벽 불시에 쳐들어간다는 전략이었다.

다음 날 새벽 송만호와 김방경은 말을 타고 선두에서 진두지휘하며 해안 쪽으로 전진했다. 그러나 서해안에 정박해 있던 김통정은 그들이 반격할 것이란 정보를 이미 입수한 후였다.

김통정은 모든 함선을 해안 가까이에 정박했다. 그는 해안 마을에서 짚을 거둬서 함선에 실었다. 병사들은 거둬들인 짚으로 기둥을 만들어서 갑판 위에 세웠다. 몇 명의 병사들만 갑판 아래 몸을 숨기게 하고 김방경 부대가 바닷가로 다가오기 전에 해안 언덕에 매복해 있었다. 해뜨기 전 이른 새벽이어서 온몸에 이슬이 내려앉았다.

예상했던 대로 희미하게 밝아 오는 새벽에 송만호와 김방경 부대가 접근해 왔다. 맨 앞쪽에서 해안 가까이에 떠 있는 삼별초 병사들이 빠져나간 함선에 활을 쏘기 시작했다. 활은 굵은 장맛비처럼 빗발쳤다.

"와아~ 이놈들~"

그때였다. 김통정이 이끄는 병사들은 창과 칼을 들고 김방경 부대의 뒤쪽에서 함성을 지르며 공격해 들어갔다. 삼별초 병사들의 기세는 하늘을 찌를 듯 거셌다.

송만호는 뒤돌아보더니 칼을 뽑지도 못하고 말 등에 채찍을 가했다. 그는 깃발을 펄럭이며 다가오는 삼별초 병사들의 위용에 대적할 엄두가 나지 않았다.

송만호, 신사전, 김방경이 이끌고 떠났던 삼별초 토벌군은 쉽게 무너졌다.

쿠빌라이, 삼별초 정벌작전과 백성들의 봉기

원종은 쿠빌라이의 힘을 빌려야 했다.

삼별초는 '정통고려'를 주장하며 항몽의 깃발을 들고 남쪽으로 가고 있소이다. 몽고군을 보내어 토벌해 주십시오.

원종은 쿠빌라이에게 서찰을 보냈다.
소식을 접한 쿠빌라이는 노발대발이었다. 고려 원종이 그의 발아래 무릎을 꿇었으니 고려가 송두리째 그의 품에 들어왔다고 생각했던 쿠빌라이었다.
"고려의 왕이 나에게 항복했거늘 이놈, 삼별초."
쿠빌라이는 자신의 야욕에 찬물을 끼얹는 걸림돌 삼별초를 향해 이를 갈면서 고려 곳곳에 진을 치고 있는 2천여 명의 병사를 개경으로 불러 모았다.

그는 몽고 장수 아해를 추토사령관으로 임명하고 홍다구를 부사령관으로 임명, 삼별초를 치라고 명했다.

그 무렵 쿠빌라이로부터 총애를 받고 있던 홍다구는 힘이 펄펄 솟았다.

홍다구는 그의 아버지 홍복원이 몽고에 귀화하여 고려 침략에 앞장섰던 자의 아들인 터, 홍다구는 아버지 홍복원보다 더 악랄한 수법으로 동족을 괴롭히고 있었다.

그는 쿠빌라이의 신임을 얻은 몽고의 장수라는 이름으로 경기, 충청, 전라를 휩쓸고 다녔다. 홍다구가 한번 떴다하면 그 지역의 재물 있는 집안은 모두 털렸고 아녀자들이 곤욕을 치루웠다. 닥치는 대로 겁탈을 하고 반항하면 그 자리에서 죽이곤 했다.

그는 부하의 아내가 반반하면 부하가 보는 앞에서도 아내를 강간했고, 부하가 덤비면 부하를 죽이기도 했다.

경기 이남 지방에 홍다구가 나타나면 '홍따구 왔다.' '홍딱꿍 왔다'라며 소리쳤다. 그것은 아녀자 단속, 재물 단속하라는 은어였다.

누구라도 그를 보면

"홍 따아~꿍~, 홍 따아~꿍~"

하면서 서로에게 알리곤 했다. 그 소리를 들으면 울던 아이들도 울음을 그쳤다.

쿠빌라이는 그런 홍다구에게 부사령관의 벼슬을 주면서 아해와 함께 삼별초를 치라 명한 것이었다. 쿠빌라이는 원종에게도 다시 명했다.

"원종은 무엇 하는가? 강도에서부터 삼별초의 씨를 말리라 했거늘! 그들이 진도 땅에 발 붙이기 전에 토벌하라."

원종의 명령에 따라 일 차 삼별초의 동태를 살폈던 김방경이 다시 병력을 편성하여 홍다구와 아해가 이끄는 몽고군과 합세 여몽연합군을 만들었다.

연합군으로 결성된 대부대가 삼별초군을 뒤쫓았다.

삼별초군은 대부도 쪽에 머물고 있었다. 김방경을 앞장세운 연합군은 대부도 바다로 전함을 띄웠다.

해안가에 잠복해 있던 삼별초 척후병이 연합군의 동태를 감지했다. 척후병은 재빠른 동작으로 제3부대를 이끌고 있던 김통정에게 알렸다.

"연합군이라 했느냐?"

"네, 틀림없습니다. 천여 명은 될 듯 싶었습니다."

"수고했다."

김통정은 전함과 물자를 실은 선박을 연해안쪽 아늑한 포구에 숨겼다. 그리고 서너 척의 배로 연합군을 유인, 물의 흐름을 이용해서 교란했다.

삼별초 전함은 밀물을 따라 재빠르게 넓은 바다로 빠져나왔다. 얼마 후, 물때가 바뀌었다. 조류의 차이를 모르는 연합군의 전함은 썰물이 되자 배를 움직이지 못하고 우왕좌왕했다. 그 틈을 타서 적선에 몰래 잠입한 삼별초 병사가 배에 불을 질렀다. 삼별초군은 때를 같이하여 활과 포로 적의 배를 침몰시켰다. 병력의 숫자만 믿고 겁 없이 덤벼들었던 연합군은 물때에 걸려들었다.

연합군이 패했다.

몽골군 사령관 아해는 속이 부글부글 끓었다.

그런데 김방경의 군사들은 전투에 소극적으로 움직인다는 생각을 했다. 몽고의 지휘관 아해와 고려의 지휘관 김방경 사이에 은연중에 암투가 생겼다.

그런 중에 아해는 쿠빌라이에게 책임추궁을 당하지나 않을까, 고심하고 있었다.

'이놈, 김방경이 적극적으로 대처하지 않았어……'

아해가 김방경에게 어떤 올가미를 씌우려고 했다. 그 낌새를 알아차린 고려군 홍찬이 아해에게 귓속말을 했다.

"장군 고민하지 마시오. 내게 좋은 생각이 있소."

"그래? 무엇이야?"

"장군의 체면을 살려 줄테니 나를 몽고군으로 데려가 주시오."

홍찬은 고려인 홍다구가 귀화한 후 몽고로부터 벼슬을 받고 장군 칭호를 듣는 것을 보며 못내 부러워하고 있던 참이었다. 그래서 틈을 노려 몽고로 귀화하면 그 자신도 벼슬 한 자리 얻을 것이란 야욕에 차 있었다.

"오냐. 어서 말해 봐."

"고려 김방경 추토사가 삼별초와 내통했다고 말하여 문책을 면하시면……"

"좋은 생각이지만 누가 목숨을 걸고 그 고자질을 한단 말이야? 오올치. 네놈이 가서 고해바쳐라. 그럼 내가 너를 내 부하로 삼아 특별한 직함을 주겠다."

아해는 음흉한 미소를 지으며 고려인 홍찬을 꼬드겼다.

"네. 그리하겠습니다."

그길로 홍찬은 말을 달려 남경으로 가서 쿠빌라이의 발 앞에 엎드려 고했다.

"이번 전투에 연합군이 당했습니다."

"이미 알고 있는데 재차 당했다고 말해서 내 부아를 돋구느냐?"

쿠빌라이는 소리 질렀다. 서슬이 퍼랬다. 홍찬은 발발 떨었다. 자칫했다가는 몽고군이 되어 벼슬을 얻기도 전에 목이 달아 날 판이었다. 홍찬은 두 손을 모두어 비는 시늉을 하며 말했다.

"소, 소인 놈은 그 원인을 아뢰어서 다음엔 이런 일이 없도록 방편을 짜야하기에……"

"당한 이유가 있다는 말이냐?"

"아, 예. 예."

"말해보아라."

"추토사 김방경은 원래 삼별초의 장수들과 친밀한 관계로 이번 전투에서 미리 삼별초에 기밀을 누설했습니다."

"김방경이?"

"예, 예."

"사실이렸다."

"예, 예."

"김방경이 내통하고 있었단 말이지……"

쿠빌라이의 표정이 험악해졌다.

쿠빌라이는 홍찬에게 김방경을 체포하라고 명했다. 홍찬은 말을 몰아 아해의 막사로 달렸다. 혹 잘못 되어 오히려 곤욕을 치르지 않을까 고심하고 있던 아해는 입이 찢어져라 웃으며 헐레벌떡 뛰어 들어온 홍찬을 맞았다.

"당장 김방경을 잡아 대령하라는 명령을 받았습니다."

"그래?"

아해는 회심의 미소를 지었다.

'홍찬이란 놈, 쓸만하군.'

아해는 혼잣소리를 하며 홍찬에게 말했다.

"가서 김방경을 체포하라."

"네이."

홍찬은 큰 소리로 대답하고 곧장 김방경의 처소로 달려갔다. 그는 무턱대고 김방경을 오랏줄로 묶었다.

"왜 이러느냐?"

김방경은 느닷없이 당하는 일에 어안이 벙벙했다.

"삼별초와 내통한 죄목이오."

"무엇이라고?"

"나는 체포하라는 명을 받은 것 뿐이오. 억울한 것 있으면 황제 앞에서 말하시오."

홍찬은 김방경을 끌어다가 아해 앞에 던져 주었다. 김방경은 영문을 모른 채 아해 앞에 꿇어 앉았다.

"명령이오. 직책을 회수하겠오."

김방경은 즉시 직책을 빼앗겼다.

"삼별초와 내통 자 이니라. 가두어서 내통의 길을 막아야 한다."

아해는 강경했다. 김방경은 갇히는 신세가 되었다. 전투에 패한 우두머리가 질책을 받는 것은 당연한 것이라는 생각으로 김방경은 불평하지 않았다. 김방경의 성품은 강직했고 기품이 있고 늠늠했지만 융려 고했다.

"이번 전투에 연합군이 당했습니다."

"이미 알고 있는데 재차 당했다고 말해서 내 부아를 돋구느냐?"

쿠빌라이는 소리 질렀다. 서슬이 퍼랬다. 홍찬은 발발 떨었다. 자칫했다가는 몽고군이 되어 벼슬을 얻기도 전에 목이 달아 날 판이었다. 홍찬은 두 손을 모두어 비는 시늉을 하며 말했다.

"소, 소인 놈은 그 원인을 아뢰어서 다음엔 이런 일이 없도록 방편을 짜야하기에……"

"당한 이유가 있다는 말이냐?"

"아, 예. 예."

"말해보아라."

"추토사 김방경은 원래 삼별초의 장수들과 친밀한 관계로 이번 전투에서 미리 삼별초에 기밀을 누설했습니다."

"김방경이?"

"예, 예."

"사실이렸다."

"예, 예."

"김방경이 내통하고 있었단 말이지……"

쿠빌라이의 표정이 험악해졌다.

쿠빌라이는 홍찬에게 김방경을 체포하라고 명했다. 홍찬은 말을 몰아 아해의 막사로 달렸다. 혹 잘못 되어 오히려 곤욕을 치르지 않을까 고심하고 있던 아해는 입이 찢어져라 웃으며 헐레벌떡 뛰어 들어온 홍찬을 맞았다.

"당장 김방경을 잡아 대령하라는 명령을 받았습니다."

"그래?"

아해는 회심의 미소를 지었다.

'홍찬이란 놈, 쓸만하군.'

아해는 혼잣소리를 하며 홍찬에게 말했다.

"가서 김방경을 체포하라."

"네이."

홍찬은 큰 소리로 대답하고 곧장 김방경의 처소로 달려갔다. 그는 무턱대고 김방경을 오랏줄로 묶었다.

"왜 이러느냐?"

김방경은 느닷없이 당하는 일에 어안이 벙벙했다.

"삼별초와 내통한 죄목이오."

"무엇이라고?"

"나는 체포하라는 명을 받은 것 뿐이오. 억울한 것 있으면 황제 앞에서 말하시오."

홍찬은 김방경을 끌어다가 아해 앞에 던져 주었다. 김방경은 영문을 모른 채 아해 앞에 꿇어 앉았다.

"명령이오. 직책을 회수하겠오."

김방경은 즉시 직책을 빼앗겼다.

"삼별초와 내통 자 이니라. 가두어서 내통의 길을 막아야 한다."

아해는 강경했다. 김방경은 갇히는 신세가 되었다. 전투에 패한 우두머리가 질책을 받는 것은 당연한 것이라는 생각으로 김방경은 불평하지 않았다. 김방경의 성품은 강직했고 기품이 있고 늠늠했지만 융

통성이 없었다.

그러나 원종은 아해를 의심했다.
김방경의 성품을 잘 알고 있는 원종이었다. 김방경이 모함을 당한 것이라 믿었다. 원종은 역으로 염탐꾼을 심었다. 염탐꾼은 하룻만에 삼별초에 패한 요인은 아해 때문임을 알아냈다. 아해는 삼별초의 기세에 눌려 싸워볼 생각도 하지 않고 먼저 도망쳤다는 것이었다. 그것도 몽고군에게서 들었다. 또한 그 무능을 감추기 위하여 홍찬과 짜고 김방경을 모략한 것도 밝혀졌다. 원종은 그 말을 그대로 쿠빌라이에게 알렸다.

"김방경을 모략하여 연합군이 분열하고 있었구나. 이놈 아해를 즉각 대령케하고 홍찬이라는 자는 목을 베라."

쿠빌라이는 김방경을 풀어주라 명했고 이번에는 아해를 불러들여 직책을 빼앗았다. 쿠빌라이는 전장에서 후퇴할 줄 모르는 흔도에게 사령관 자리를 맡기고 김방경에게는 추토사 직책을 돌려주며 흔도와 묶어주었다.

"군사를 대폭 증강, 너희들이 연합하여 삼별초를 섬멸하라."

쿠빌라이에게 직책을 빼앗긴 아해는 몽고로 돌아가지 못하고 그를 따르는 몽고병과 귀화한 고려병들을 모아, 경기 이남 고려의 구석구석을 휩쓸고 다녔다. 아해와 그의 일당들이 지나는 곳엔 고려인들의 아우성이 빗발쳤고, 마을을 쑥대밭으로 만들어 불을 지르고 다녔다. 무차별한 살인과 약탈도 이루어졌다.

아해와 홍다구의 행패에 백성들은 그들이 근처에 당도할 것이라는 소문이 들리면 집을 버리고 식솔들과 함께 산속으로 몸을 숨겼다. 그들은 마을을 급습하여 식량과 여자들을 찾았다. 텅 비어있는 마을에는 가차 없이 불을 질러버렸다.

한편,

몽고병들의 만행이 연일 반복되자 이대로 당할 수만 없다며 고려인들이 일어서기 시작했다.

"우리 왕은 개경으로 환도하면 몽고놈들이 해코지 안할 것이라고 했는데 생판 거짓말이었어. 몽고 오랑캐 놈들 등쌀에 못 살 것다."

"약탈도 없어지고 여자들도 잡아가지 않겠다고 하지 않았는가?"

개경을 비롯한 여러 곳에서 원종과 몽고에 반발하는 백성들이 목소리를 높였다. 백성의 궐기였다. 특히 삼별초군이 승화후 온을 왕으로 옹립하여 새 고려를 세운다는 소문이 번지고 있을 때, 소문에 힘을 실어 농민, 관노, 좀도둑들이 들고 일어났다. 원종을 반대하는 세력들이었다.

개경 근처에서 먼저 일어난 반몽, 반정부의 외침은 점차 확산되어 전국으로 퍼져나갔다. 진도로 향하는 삼별초군에 합세하고자 의병을 자처하는 자들도 늘어났다. 마침 진도 벽파항에 안착한 삼별초군에게 백성들의 봉기 소식은 꿀 같은 단비였다. 의기 백배였다.

평화의 마을, 가을걷이하다

수직으로 내리꽂히는 햇살은 지상의 모든 것들을 살찌웠다.

햇살 아래 풍년을 약속 받은 너른 들에서 서로 품앗이를 하는 7~8명의 농부들이 파밭에 김을 매고 있었다. 강시바가 새참 함지박을 짊어지고 밭두렁으로 올라섰다.

"어르신덜 새참 왔소. 허리 펴고 나오시오"

강시바는 지게를 바지랑대로 받치면서 큰 소리로 말했다.

"거 듣던 중 반가운 소리구만."

노상 촐랑대는 소심네가 김매던 호미를 쳐들고 허리를 펴며 대꾸했다. 소심네의 소리에 모두 구부리고 있던 허리를 폈다.

"새참왔구먼. 어서 오시게."

밭두렁에 일꾼들이 둘러앉았다. 찐호박잎과 애호박찌개가 식욕을 돋우웠다. 한참 우적우적 호박잎 쌈을 먹던 소심네가 불쑥 던졌다.

"그란디, 간밤에 누구네 개가 그케 짖어 댔당가?"

"참말로 그랬제? 한 놈이 짖기 시작한께 온 동네가 난리드구먼."

그러자 농부들은 시바를 바라보며 실실 웃었다. 시바는 시치미를 떼고 논두렁의 낫을 들었다. 동심 할머니가 큰 소리 질렀다.

"어야, 자네 어디 가는가?"

"가기는요. 논두렁 풀 뱁니다."

시바는 뒷걸음질 치며 마을 사람들 틈에 있는 동백을 흘끔 바라보았다

"시바야, 너는 개 짖는 소리 못 들었냐?"

"못 들었습니다요."

시바는 볼멘소리를 했다.

"뭣이여? 동네가 시끌짝 했는데 시바 니 놈 귓구멍만 맥혔다냐?"

소심네가 귀 후비는 시늉을 하며 시바를 놀렸다. 마을 일꾼들은 고된 일 도중 실없는 농담을 던지며 휴식하는 것이었다. 시바는 마을 어른들이 악의 없이 놀린다는 것을 알았다. 그런 놀림 중에도 동백은 못 들은 척했다. 구석진 곳에 앉아 있던 귄단이는 시바를 곁눈질로 바라보았다.

"동백엄매, 간밤에 시바가 자네네 집 담을 넘었다면서?"

"어림없소. 백구 풀어 놓았는디, 담을 넘다가 뒤도 안 돌아보고 달아납디다."

"엄매, 쓰잘데 없는 말씀 허지 마시오."

동백이 어미에게 일침을 놓자 모두 움찔 했다. 동백은 마을 어른들이 심심풀이로 놀린다는 것을 알고 있었지만 내심 싫었다.

그때 허름한 배낭을 짊어진 중이 젊은 보살과 함께 새참거리 옆으

로 끼어들었다.

"백구 땜에 담장을 못 넘어? 그놈, 참말로 그것 뽑아부러야겠구만."

중은 너스레 떨며 기웃거렸다. 동네 새참으로 한 끼니를 때'녀야했다.

"스님이 뭔 말씀을 그렇게 험하게 허신다요."

"스님은 뭔 스님, 곱상한 보살 끼고 다니는 것 보니 순 땡중이구먼."

"허어, 나는 밥만 먹고 사는가?"

농부들이 농담을 주고받는 사이 동백 어미는 숟가락을 씻어서 중에게 건넸다.

"시장허실텐데, 어서 요기부터 하십시오."

"아, 고맙소. 이 밭 임자이시구먼."

중은 새참으로 나온 파지짐이를 뜯었다. 늙은 농부가 막걸리를 따라서 중에게 건넸다.

"목 추시기데는 요놈 막걸리가 최곤께요."

"허허어, 고맙소. 이 땡초의 고갈증을 어찌 아셨는고?"

중은 너털웃음을 웃었다. 보살은 고개를 처박고 접시에 남은 새참거리를 우걱우걱 먹어 치웠다.

"거 몹시 시장했구먼."

늙은 농부가 보살을 흘끔 거리며 허리를 펴고 일어섰다.

"이쁜 처자들 놀리는 재미도 있지만, 누가 소리나 한자리 허시오."

막걸리 잔을 비운 중이 말했다.

"아믄요 젊은 것들 맘이사 즈그들 알아서 허라 놔두고 자, 누가 선창하시게."

"쩌그 샛골 사는 귀남이 엄매 소리가 요새 영글었다면서?"

그러자 병철이가 귀남이 어미를 쳐다보며 한마디 던졌다.

"그놈의 소리가 어느새 영글었것소."

"아따, 이녘이 내 소리 들어봤소?"

귀남 모는 병철이를 궁둥이 힘으로 힘껏 밀쳤다. 병철이는 논두렁에 넘어지는 시늉을 했다.

"이놈의 여편네 지 서방 패듯허는구먼 이이힛"

병철이와 귀남 어미가 티격태격했다. 그러자 막걸리를 마시고 수염을 훑으면서 중이 거들었다.

"떽기! 뽀시락뽀시럭 허는 것 보니 뽈쌔 거시기한 사이구먼."

"스님 눈에도 그렇게 보이요?"

소심이가 중에게 바짝 다가서며 말했다.

"아따, 알고도 모르는 척, 홀엄씨 홀아비 그라면 으짠다요. 놔 두시오. 그라고 허기 면했으니 내가 답으로 선창 하것소."

그녀가 일어서며 노래를 부르기 시작했다.

에~~ 헤~ 에~ 헤~ 루~~
에루와 좋구나 에루와 좋아
우리 진도 보물섬은 살기도 좋아

녹음방초 우거진 산하 하늘은 높고 푸르고
우리 농부들 구슬 땀에 풍년이 온다네
풍년이 와요
우리 마을 총각님네들은 힘이 넘쳐나고요
큰애기 부풀은 가슴엔 바람이 살랑살랑
아양을 떤다네

여보시게 농부들 예- 에
문전옥답 논배미 찰곡식 거두어
동백이네 잔칫상 떡해야것네
올핸 동백 동백 동백이 시집보내세

소심의 노래에 맞춰 농민들이 합창을 했다.
그러자 동백 모가 치맛자락을 잡고 궁둥이를 한들한들 흔들며 앞으로 나섰다. 동백 모는 노래 뒤쪽에 수줍은 듯 서 있던 동백의 손을 잡으며 노래했다.

딸아 딸아 내 딸아 곱디 고운 내 딸아
금지옥엽 키운 딸 호호 불며 키운 딸
어느 누가 데려갈까 어느 누가 모셔갈까
어허 둥둥 고운 내 딸 곱디 고운 내 딸아

엄매 엄매, 울엄매 그런 말씀 하지마소
동백이는 안 갈라네 시집일랑 안 갈라네
죽을 때까지 울 엄매하고
오순도순 오순도순 정붙이며 살라허네

농부들은 볏단을 묶으면서 그들 소리 끝으로 들노래를 따라 불렀다.
진도 사람들은 농사를 하며 쉬어가는 마당에서는 노동요를 부르며 피로를 덜어내곤 했다. 그렇게 춤과 노래로 휴식한 후 곧 일을 시작하는 것이었다.
노래와 춤이 끝나자마자 급한 볼 일이 있는 지 소심네가 허리춤을 쥐어 잡고 논두렁을 넘어 둔덕 위로 올라갔다. 그녀는 팽나무 뒤로 돌아가서 치마를 걷어 올리고 쪼그려 앉았다. 오줌보를 열어 시원하게 소피를 보던 소심네가 화들짝 일어섰다. 그녀는 바다 쪽으로 시선을 보내며 큰소리 질렀다.

"오매, 오매. 저것이 뭣이여? 여보시오. 얼른 와서 쩌그 보시오."

소심네가 하도 숨넘어가는 소리를 하니 모두 일손을 멈추고 그쪽으로 향했다.

"뭔 난리가 들어온다고 호들갑이요?"

병철이가 둔덕을 올라서며 말했다.

"저것 잠 보시오. 벽파 쪽으로 떼 지어 몰려오고 있구먼."

병철은 어안이 벙벙했다. 눈으로 셀 수 없을 만큼 많은 배들이 느린 흐름으로 벽파항을 향해 들어오고 있었다. 일손을 놓고 모두 웅성거렸다.

"뭔 일인지는 모르것지만 진도로 들어오는 것이 분명허요. 수백 척이 넘는 것 같구먼요."

"아이고, 참말로 뭔 일이라요?"

그들은 일손을 놓고 서로 얼굴을 쳐다봤다.

"혹, 바다도적떼들이 아닐까?"

"참말로 아녀자들 잡아가고 곡식 뺏어간다는 놈들이 우리 섬까지 온 것 아니요?"

병철은 말했다. 아직 진도까지 몽고 놈들이 발 들여 놓지 않았지만 해남, 강진에 나갔다 들어온 진도사람들은 섬 밖의 흉흉한 소문을 들어서 알고 있었다.

"오늘 일은 여기서 마칩시다. 아이들허고 노인들, 아녀자들은 밖에 나가지 마시오."

"아믄요. 육지에서는 시집 안 간 딸들 서둘러 혼사시킨다고 헙디다."

동백 모는 권단이와 손을 잡고 두려움에 떨고 있는 동백을 쳐다보았다.

"동백엄매도 그 이쁘다고 품안에 감추고 있는 동백이 쥐도새도 모르게 도둑맞지 말고 오매불망허는 시바에게 묶어주게. 시바 속 그만 태우고."

소심네가 동백 모를 붙잡고 말했다. 동백 모는 기겁을 했다.

"동생, 그런 말 하지 마시게. 봉황을 덥석 안은 꿈을 꾸고 난 딸년인께, 내 딸 동백 배필은 원님감이요. 산 너머 시바는 동백 배필 아니오."

동백 모는 새참 지게를 지고 있는 시바를 흘끔 쳐다보며 마땅치 않은 표정을 지었다. 시바는 혼잣소리를 하면서 마을 길로 접어드는 사람들을 따라 걸어갔다.

"원님은 뭔 원님, 동백은 내 것이여. 나는 죽어서까장 쫓아다닐 것 인께."

허릿매 능청능청 자태 빼어나고 눈매 부드럽고 말하는 입매 고운 동백은 머리에 쓰고 있던 수건을 벗어서 신경질적으로 털었다.

"시바 니가 혼자 백날 그래봐라."

"이년아, 좋다는 사내 있을 때 가거라. 그러다가 저 오랑캐놈들헌테 잡혀가믄 어쩔꺼냐?"

"아짐, 그런 놈들 쯤은 물에 풍당 빠뜨려버리지 내가 잡혀 간다요?"
"니가 몰라서 그런 말 허지. 놈들은 머리에 뿔이 달렸다허드라."
"아따 실없는 소리에 대꾸하지 말고 어서 들어가자."
권단이 동백 등을 밀며 내려갔다.
"이놈들, 우리 섬이 만만허냐? 어림없다."
병철은 낫으로 허공을 향해 크게 휘두르면서 소리 질렀다.
가을걷이 하던 농부들은 농기구들을 손에 들고, 지게를 짊어지고, 밥 광주리를 머리에 이고, 모자를 벗어서 툴툴 털고 서둘러 마을 어귀로 향했다.
마을 사람들이 급히 내려가는데 바랑을 짊어진 중은 손을 이마에 대고 먼 바다를 바라보았다.
"갯바람이 수상헌 것 본께 암만해도 나라에 변고가 있구먼."
"스님, 낌새가 그러지요? 불길합니다요."

또 하나의 고려 왕국 진도

삼별초 대 선단이 오색 깃발을 펄럭이며 속속 벽파로 들어섰다.
'정통고려' '항몽정신' '구국의 혈맹' '타도 몽고' 등의 깃발이 펄럭였다. 순풍에 돛달고 서서히, 그러나 웅장하고 장엄한 자태로 벽파항에 입항했다.
배중손은 왕을 보필하고 선두 전함에서 내렸다.
몽고군의 말발굽이 짓밟고 지나가지 않은 진도는 고요하기 그지없었다. 평화의 기류가 흘렀다. 신록의 산천을 둘러보는 온왕의 얼굴엔 미소가 번졌다.
"황제 폐하 여기가 새 고려입니다."
배중손은 벽파에 첫발을 내딛으며 왕에게 머리 숙여 아뢰었다.
"산천이 아름답고 고요하구려. 이 몸은 감개무량하오."
오랜 항해로 피로가 쌓였을 법한데 온왕은 어느 때보다도 훈훈한 미소를 머금었다. 안도의 미소였다. 오랜만에 만나는 평화로운 풍경에 흡족한 듯 연신 고개를 주억거렸다.

배중손은 만족해하는 왕의 모습을 보니 가슴이 벅찼다.

항해하는 동안 몸이 약한 온왕은 배 멀미에 비단 보료로 마련된 침상에 누워있기만 했다. 어의가 온왕의 침상 곁에 자리를 지키고 앉아 수시로 건강을 살폈다.

그랬던 온왕은 진도 벽파 땅에 발을 딛고 서서 내가 언제 멀미를 했더냐? 하며 미소 짓고 있는 것이 아닌가?

배중손은 가슴을 펴고 심호흡을 했다.

수시로 몽고군이 뒤쫓으며 삼별초의 항해를 방해했지만 무사히 진도에 안착한 것이었다.

그때 말을 탄 장수들이 모여들었다. 그들은 말에서 내려 배중손 앞에 예를 보였다. 울돌목파의 대장 유정탁, 여귀산파의 대장 이달석, 첨찰산파의 대장 박칠복이었다.

"황제 폐하, 어서 오십시오."

그들은 온왕과 배중손에게 공손한 자세로 예를 보였다.

온왕은 고개를 주억거리고 배중손은 그들의 손을 잡았다.

"기다리고 있었습니다."

유정탁이 말하자 머리에 흰 띠를 두른 백성들이 일제히 온왕과 배중손 앞에 무릎을 꿇었다.

"힘을 모았던 이곳 장수들입니다."

"고맙소이다. 진도 천도 준비를 하느라 고생들 많으셨습니다. 자, 일어서시오. 이제 우리의 황제를 모시고 자주고려의 기틀을 단단히 해주어야 하오."

배중손이 말했다. 장수들은 일제히 구호를 외치며 일어섰다.

"타도몽고!"

"고려만세!"

그때 뒤쪽에서 '이이히힝~' 하고 말들의 소리가 들렸다. 배중손은 소리 나는 쪽을 바라보았다. 윤기 반지르르한 갈기를 휘날리며 백여 마리의 말들이 늠름한 모습으로 걸어왔다.

"놀라지 마십시오. 삼별초 병사들입니다."

이달석이 온왕 앞에 고개를 숙였다.

"호오!"

온왕은 입을 다물지 못했다. 배중손 등 장군들은 박수를 치며 크게 기뻐했다.

이달석, 유정탁, 박칠복은 진도 천도를 은밀히 진행하라 지시한 대로 진도민들을 동원하여 성을 쌓고 왕궁을 조영하고 말까지 키워낸 것이었다.

이달석은 말을 향해 손으로 신호를 보냈다. 백마와 흑마가 배중손 쪽으로 걸어왔다.

"백마가 고려 황제 폐하의 말이고, 흑마는 배중손 장군님의 말입니다."

이달석이 말했다. 배중손은 흡족한 듯 말을 쓰다듬었다.

"장군님의 명대로 모든 준비하는데 게을리 하지 않았습니다. 임무 완수!"

박칠복은 자신있게 웃었다. 그 뒤로 다섯 필의 말이 기수도 없이 장군들 앞에 섰다. 김통정, 노영희, 유존혁 등은 그 놈들 중에서 원하는 말을 골라잡았다. 놈들은 훈련이 잘돼있었다.

"어서 말에 올라타십시오. 용장으로 가는 길을 제가 앞장서서 안내하겠습니다."

박칠복이 말했다.

배중손은 온왕을 부축하여 말에 오르게 한 다음, 그 자신은 흑마에 올라탔다. 두 달여 뱃길에서 뱃멀미 심했던 온왕의 얼굴엔 피로가 씻기는 듯 화색이 돌았다. 힘이 솟았다.

"모두 황제 폐하를 따르라."

배중손은 병사들을 향하여 손짓을 보냈다.

온왕과 배중손은 선두에 서서 용장성으로 향했다.

가는 길엔 양편으로 황금빛이 출렁였다. 가을걷이를 기다리는 벼, 수수, 콩 등 기름진 땅에서 영글영글 익어가고 있는 오곡백과였다.

길목에 서있는 밤나무에 주렁주렁 매달린 밤송이는 입을 반쯤 벌린 채 그들을 반기는 듯 웃고 있었다.

선황산 가까이 고개를 넘어서자 한줄기 건들바람이 불어왔다. 건들바람에 상수리나무에서 도토리가 우수수 떨어졌다. 삼별초 병사들을 반기는 풍요의 세례였다.

배중손은 오랜만에 보는 고향산천의 모든 것이 좋았다. 절로 웃음이 번졌다. 풍성한 먹을거리가 산천과 들판에 그득했다.

"황제 폐하 여기가 진정 고려입니다. 만물이 풍요롭습니다."

"허어, 산천이 온통 황금빛이구려. 황금빛은 번영의 상징이니라."

온왕은 흡족한 듯 웃었다.

용장성에 당도 했을 때 배중손과 온왕은 또 한 번 크게 놀랐다.

용장산성 아래쪽으로 용장사가 그 웅대함을 자랑했고, 비스듬히 축단을 쌓아 대정전과 대신들의 거처지까지 완성되어 있었다.

용장사 사찰을 낀 완전한 궁의 형태를 갖추고 있는 궁궐이었다. 신축된 궁궐은 위용을 갖추고 있었다.

배중손은 고려의 새 왕을 그곳에 모실 것을 생각하니 벅찼다.

"고려국의 정통을 이어받은 궁궐이며 황제를 모시는 곳이므로 황궁답게 지으려 했는데 이렇게 훌륭하게 지어놓았다니 감사하오."

"9단의 석축을 단계적으로 쌓아 올리라고 하신 장군님의 지시를 따랐습니다. 초석에 쓰일 주춧돌은 여귀산에서 운반해왔고 목재는 첨찰산 중턱에 있는 큰 소나무를 베어서 바닷물에 담갔다가 말린 목재를 사용했습니다."

박칠복의 말이었다.

'여기가 몽고의 핍박이 없는 새 고려로고……'

온왕은 사찰과 왕궁을 바라보며 흐뭇한 미소를 지었다. 강도의 왕궁 못지않았다.

"어서 오십시오. 먼 뱃길 노고가 깊으시겠습니다. 나무관세음보살."

용장사의 주지승 묘곡은 충성을 드리는 듯 온왕 앞에 합장으로 예를 갖추어 맞아들였다.

용장산성 아래쪽, 초록빛 넓은 마당에 진도민들이 모여들었다. 그들 중 몇 몇은 불안에 떨기도 하고 호기심으로 두리번거리기도 했다. 그러나 대부분은 성을 쌓고 왕궁을 짓고 있었기 때문에 장차 무슨 일인가 있을 것이라 미리 짐작하고 있었다.

온왕을 중심으로 배중손, 유존혁, 김통정, 노영희 장군이 단상에 섰다. 그 아랫단에 이달석, 유정탁, 박칠복이 섰다.

배중손은 진도민과 강도에서 함께 온 백성들 앞에서 고려천도를 말하려고 모두 모이도록 한 것이었다.

"진도민 여러분, 그리고 강도에서 먼 뱃길을 함께와 준 여러분. 여러분들은 역사에 남을 큰 결단을 내리셨습니다. 우리는 이 땅에서 분연히 일어나 새 고려를 세웁니다. 우리는 자주고려의 깃발을 들고 새 황제를 옹립하여 여기 왔습니다. 몽고에 아첨하고 몽고의 신하로 강등한 원종은 우리 고려의 왕이 아닙니다."

배중손은 비장한 어투로 서두를 꺼낸 후, 황제 칭호를 붙인 온왕과 장군들을 한 사람씩 소개했다.

"여기 이분이 고려의 황제 폐하이십니다."

"와아~ 와~"

"구국의 뜻을 받들어 여기 왔습니다. 여러 분들과 힘을 합쳐 저 몽고놈들을 이 강토에서 몰아냅시다. 여기 모인 분들은 오랑캐로부터 나라를 지키고자 뭉친 구국의 용사들입니다. 자아 힘을 합칩시다."

"황제 폐하 만세~"

백성들은 함성을 질렀다.

유존혁이 두 손을 번쩍 들고 말을 받았다.

"저들이 우리를 역적이라 말하지만, 우린 결코 역적이 아닙니다. 지금까지 무능한 왕과 겁 많고 아첨하는 무리들 판에 죄 없는 백성만 피땀 흘려 고생했습니다."

그때 농민 한사람이 용기를 내어 손을 들었다.

"그라면 농사짓고 고기잡이 해서 근근이 먹고 사는 우리 백성들을 해코지 하지 않는다 이 말씀이지요?"

농민이 말하자 여러 곳에서 웅성거렸다.

누렵고 황당하여 말을 잇지 못하고 있던 진도민들은 그 농민의 말 끝에 동요하기 시작했다. 그들은 별일 없이 하늘의 뜻대로 잘 살고 있는 섬으로 무작정 들어 온 삼별초군이 두려움의 대상으로 다가온 것이었다.

"그렇습니다. 여러분은 우리와 힘을 합쳐 자주고려를 세우는 겁니다. 우린 신분의 차이를 두지 않으려고 노비문서까지 태웠습니다."

"노비문서를 태우다니······"

모여 있던 백성들은 다시 웅성거렸다. 동조의 눈빛으로 서로 귓속말을 하며 수군거리는 측도 있었다. 그들은 삼별초에 동조하는 빛이 완연했다. 의심을 품으며 한껏 두려워하는 측과 동조하는 측으로 나누어졌다.

진도민들이 잘 따라 줄 것인가, 아닌가, 노심초사하던 배중손은 반신반의 하는 백성들의 동태를 살폈다. 모두를 한 마음으로 모아야 했다. 두려워하는 백성들에게 안심할 수 있는 무엇인가를 보여주어야만 했다. 진도 천도는 반역이 아니라, 구국의 혁명이기 때문이다.

"목숨이 아까워 놈들에게 굴복하고 신하를 자처하는 것은 우리 고려인의 자존심 문젭니다. 땅을 뺏앗겨 버린 선대가 되어서는 안 됩니다. 후손에게 우리의 땅 고려를 고스란히 돌려줘야 합니다."

"놈들에게 여자를 바치고 곡식을 바치고 고려의 보물을 다 바치고 말을 키워 그들 손에 넘겨 줄 수는 없습니다. 여러분!"

노영희와 김통정은 진심어린 목소리로 설득했다. 온왕도 손을 높이 쳐들고 말했다.

"선량한 백성들이여, 우리의 뜻을 믿어 주십시오."

온왕의 말이 끝나자 배중손이 용상에 앉아 있는 온왕에게 허리 굽혀 읍했다. 다른 장군들도 따랐다. 모여 있던 백성들도 모두 고개를 숙여 예를 갖추었다.

곧 새 왕국임을 선포하는 축하의 연회가 열렸다. 언제 준비했는지 진도민들은 둥그렇게 원을 만들어 손에 손을 잡고 힘찬 승리의 노래를 불렀다.

고려 고려 고려 고려
여기가 진정 고려라네 고려라네
오랑캐를 몰아내세 살기 좋은 옥토강산
천년만년 살고지고 자자손손 번창하세
뜻 모으고 힘 합쳐서 살기 좋은 태평성대
천년만년 살고지고 천년만년 살고지고

이 땅에 동이튼다 새 날이 온다
오랑캐를 물리치고 새 고려를 세우자
낫들고 일어나세 호미들고 일어나세
우리 백성 힘을 합쳐 새나라를 만들세

휘모리 가락으로, 춤과 노래가 펼쳐졌다. 그것을 바라보고 있던 온왕은 그 자신 어깨를 들썩거렸다. 장군들도 함께 어깨춤을 추며 새 고려왕국의 번창을 노래했다.

그날 정통고려 왕국 선포는 용장산성을 타고 올라가서 먼 바다까지 울려 퍼졌다. 만천하에 알리는 선포였다.

동백꽃보다 더 붉은 연정으로

이른 아침, 뻐꾹새가 울었다. 권단은 고샅길을 지나 동백네 싸리문 앞에 섰다. 옹기 물동이를 머리에 이고 있었다.

"동백아, 뻐꾹새 울고 있는디 아직 안 일어났냐?"

권단의 말이 끝나기도 전에 동백이 싸리문을 밀고 나왔다.

"이 가시나야, 니 발자국 소리 쩌만큼에서 부터 들리더라."

"이히, 그랬냐? 우리 둘이 얼굴봐야 하루가 시작된께……"

"어서 가자. 아침에 길어 올린 물로 밥을 해야 맛있제?"

권단이를 앞세우고 동백은 정자나무 아래 마을 샘으로 갔다. 돌담으로 둘러싼 샘 안에서 청량한 기운이 올라왔다. 그녀들은 머리에 이고 온 물동이를 샘가 판판한 돌 위에 내려 놓았다. 권단이 먼저 두레박을 잡았다.

"물동이 이쪽으로 가지고 와. 이 언니가 너 먼저 담아 줄테니."

권단이 동백에게 말했다.

"야야, 니가 언니라고?"

동백은 어림없다는 듯 입 꼬리를 실쭉거렸다.

"하루 먼저 태어나도 언니는 언닌께."

권단은 두레박으로 샘물을 퍼 올려서 동백의 물동이에 부었다.

"권단아, 우리 섬에 왕이 오실 줄은 꿈에도 몰랐지?"

동백은 물동이에 물을 퍼 담는 권단에게 말했다.

"그러게 말이다."

"그란디, 너 봤냐? 장군들의 늠름한 모습? 진짜로 멋지드라."

"너는 어떤 장군을 맘에 넣었어?"

"오매에~ 이 가시나가, 감히 장군님들을 어찌 맘 속에 넣는다냐?"

"그러면, 다시. 어느 장군님을 맘 속에 품었어?"

"이 가시나야. 장군님이 품속으로 들어오냐!"

"호호오, 너 그날 눈빛이 반짝거렸다니께."

"시끄러워라~"

동백은 권단의 말을 끊어버렸다. 그러나 그날 동백은 용장궁 터 앞마당에서 백성들을 설득하던 배중손을 가슴에, 마음에 품었다. 도둑이 제발 저리다고, 호들갑스럽게 펄쩍 뛰었지만 권단의 촉수에 걸리고 말았다.

"가시나 놀라긴? 혼자 생각하는 것도 죄래?"

"그래도 입 조심 해."

동백은 권단에게 입단속을 내렸다.

"동백아, 솔직히 말해봐. 너 좋아라고 쫓아다니는 시바는 어떤데?"

"아니여. 시바는 우리들 동무지."

동백의 말끝에 권단은 샘에서 물을 길러 올리던 손을 놓고 동백을 쳐다보았다.

"시바는 너랑나랑처럼 동무로 생각하냐?"

"그렇다니께."

"아이고 좋아라. 나는 시바를 동무로 생각 안 해. 그라믄 시바 내가 가진다."

권단의 말에 동백은 고개를 크게 주억거렸다.

"내가 짐작하고 있었지만…… 너 시바 많이 좋아하는구나?"

동백의 말에 권단은 함박웃음을 웃었다.

"실은 너 땜에 말도 못했어. 시바가 너 좋아한께."

"아니여. 나는 울 엄니 모시고 그냥 살거여."

권단은 동백을 뒤에서 안았다.

"오매, 고마운 거. 고맙다, 동백아."

"야야, 이러지 마러!"

동백은 권단의 손을 잡아뗐다.

"이 가시나들, 일찍 왔구나."

그때 지게에 큰 물동이를 짊어진 시바가 나타났다. 그녀들은 시바 목소리에 동시에 뒤를 돌아보았다. 시바는 물동이를 샘가에 내려놓으며 싱글싱글 웃었다.

"물 길러 왔구나?"

권단이 시바에게 눈인사 했다. 시바는 권단이는 쳐다보지 않고 동백에게 눈길을 주었다.

"동백아."

"왜?"

동백은 살갑지 않게 대했다.

"퉁명스럽기는……"

시바가 동백의 댕기머리를 만졌다. 동백은 등 뒤에 치렁거리는 댕기머리를 잡아서 앞으로 끌어왔다.

"시바 너 손버릇 나쁘구나."

동백이 말했다. 권단이는 시바의 등짝을 치며 밀어버렸다. 시바는 뒤로 넘어지는 시늉을 했다.

"아이고오, 가시나 손이 왜 이렇게 맵냐?"

"숭악한 놈."

동백과 권단은 시바의 너스레를 보며 웃었다. 그녀들은 시바에게 눈을 흘기며 물동이를 들어 머리에 이었다. 시바가 벌떡 일어나더니 동백의 물동이를 들어주었다.

"권단이나 챙기시게요."

동백이 시바를 권단이 쪽으로 밀었다. 시바는 권단이 물동이도 들어서 머리에 올려주었다. 그때였다. 병사 두 명이 다가왔다. 그들은 강도에서 온 삼별초군이었다.

"물 좀 먹읍시다."

"아, 예. 예."

시바가 샘가에 있는 바가지로 물을 떠서 그들에게 건넸다. 병사들은 고개를 까딱했다. 고맙다는 인사였다. 시바도 고개를 까딱하는 것으로 대꾸하고 물동이를 지게 위에 얹었다. 시바는 급히 동백의 뒤를 따랐다. 그 사이에 동백과 권단은 물동이를 이고 저만큼 걸어가고 있었다.

"어야, 같이 가자."

시바가 그녀들을 불렀다. 그녀들은 뒤돌아보지 않았다. 시바가 바짝 다가왔다.

"왜 도망 가냐?"

"그럼, 노닥거리란 말이냐? 늠름하기는 하지만."

권단이 웃었다.

"늠름 좋아하시네요. 그깟 놈들 옷만 근사했지 별거 아니던데."

"그래도 오랑캐놈들과 싸워서 나라를 지키는 병사들이여."

동백이 말했다.

"느그들은 저놈들 막사 가까이 가지 말어."

시바는 뒤를 돌아다보았다.

"니가 먼 상관인디?"

"내말 들어! 저놈들이 우리 섬에서 뭘 얻어먹겠다고 왔는지 모르것다고 마을 어른들이 불만이 많은께."

"뭣이야?"

"드러내놓지는 않았지만 그렇게 생각하는 분들이 많다니께."

"모르는 소리 허지 말어."

동백은 시바의 말을 잘랐다. 그녀는 묵묵히 걸으며 생각에 빠졌다. 마을 어귀로 들어섰다. 돌담에 방이 붙어 있었다.

"이거 뭐지?"

그들은 담 앞에 서서 붙어 있는 방문을 읽었다. 병사모집 공고였다. 진도의 젊은이들을 모집한다는 내용이었다. 동백과 권단은 시바를 바라보았다.

"나? 나는 싫다."

시바는 고래를 절레절레 흔들었다.

"병사들 복장 멋있던데?"

"그래도 난 안 간다."

시바는 한 발 뒤로 물러났다.

"그래. 시바 너는 절대 병사로 들어가지 마라. 알았지

권단이 말했다.

"니가 나에게 그런 말 할 필요는 없지. 내가 알아서 할텐께."

시바는 권단에게 퉁명스러웠다.

동백은 시바와 권단이 말 섞고 있을 때 혼자 집으로 향했다.

"인자 오냐?"

동백이 마당으로 들어서자 동백어미는 머리에 이고 있는 동백의 물동이를 내려주었다.

"다음부터는 물 길러 샘에 가지마라. 내가 갈란다."

"으째서?"

"군사들이 길바닥에 깔렸은께, 걱정스러워서 그란다."

"걱정은 무슨?"

"아니여. 그놈들 처녀들을 바라보는 눈이 음흉스러워."

"엄니는 별소릴."

동백은 어미의 말을 건성으로 대꾸하고 아궁이에 불을 지폈다.

"사내로 태어났으면 병사로 지원 할텐데……"

동백은 혼잣소리로 말했다.

"뭣이라고 했냐?"

"아따, 돌아가신 울 아버지 힘이 장사여서 뒷산 호랭이도 때려잡았다고 하시면서 니가 사내로 태어났으면 아버지 기상을 닮았을 것인데……, 허지 않았소?"

동백은 부지깽이를 높이 들며 어미를 쳐다보았다.

"아서라. 그런 말 입 밖에도 내지 말어."

어미는 손사레를 쳤다. 동백은 집 뒤켠으로 돌아서 곳간 문을 열고 안으로 들어갔다. 그곳엔 제철에 필요한 농기구와 연장들이 보관되어 있었다. 동백은 한쪽 벽면에 걸려있는 활을 내렸다. 단단히 메어있는 시위를 잡아당겼다. 활시위 잡아당기는 소리에 탄력이 붙었다. 그녀는 화살통에서 화살을 하나 빼냈다.

그녀는 왼쪽 검지로 촉을 만졌다. 날카롭다. 아직 녹이 슬지도 않았다. 동백은 활을 쥐고 시위에 화살을 메겼다. 곳간 작은 문틈으로 보이는 나뭇가지를 겨냥했다. 그대로 활을 놓으면 피유웅~ 소리를 내며 명중할 것이었다. 그러나 동백은 활을 내렸다. 화살을 다시 통에 넣었다.

오래전에 아버지가 쓰던 사냥용 활과 화살이었다. 동백은 어린 아이적부터 사냥을 나서는 아버지를 따라 산으로 쏘다녔다.

"이놈이 사내대장부로 태어났더라면."

식식거리며 험한 산길을 타는 동백을 보며 아버지가 했던 말이었다. 아버지는 동백의 머리를 쓰다듬으며 아쉬움을 털어놓기도 했었다. 그럴 때마다 어머니는 양미간을 찌푸리며 퉁명스럽게 '이쁜 가이 나한테, 그런 소리 허지 마시오.' 했었다.

동백은 활을 꽉 쥐며 웃음을 흘렸다. 여차하면 활을 들고 뛰쳐나가리라.

몽고 약탈, 고려백성 허리 휘다

몽고의 흔도와 사추가 개경에 들어왔다.

그들은 세조 쿠빌라이의 조서를 들고 원종 앞에 뻣뻣한 자세로 섰다. 원종은 그들의 태도로 보아 또 어떤 트집을 잡을 것이라 짐작했다.

"자아, 황제의 명이요."

원종의 곁에 있던 이장용이 흔도가 내미는 서찰을 받아 원종에게 건넸다. 원종은 그 자리에서 서찰을 폈다.

…중략…, 이제 바야흐로 일본 정벌에 한발 내딛었다. 일본 정벌은 장기전으로 들어가야 하매 너희 나라에 군사를 내서 둔전屯田을 시키려한다. 너의 나라에선 앞으로 많은 물자와 사람을 내 주어야 한다. 거절하는 모양새를 보인다면 큰 피해를 입을 것이니 이점 명심하여라. 원종은 나에 대한 충성심을 한결같이 하여 백방으로 전략을 짜 협력하도록 해라. 내 뜻을 받아주길 바란다.

원종은 글을 읽다가 말고 한숨을 후 뱉었다. 흔도와 사추 두 사신은 뱁새 눈초리로 원종의 거동을 살폈다. 원종 곁에 있던 이장용도 원종의 심기 불편함을 보며 몽고에서 또 무리한 요구를 하는 것이라 짐작했다. 이장용이 걱정하고 있던 일이 현실로 다가온 것이었다.

흔도와 시추 두 사신은 입가에 야비한 미소를 띠며 말했다.

"우린 이미 황제로부터 둔전경략사 직함을 받았소이다."

원종은 곁에 허리를 구부리고 서 있는 이장용에게 서찰을 내밀었다. 원종의 표정에는 이일을 장차 어찌하면 좋겠소? 하는 의미가 들어 있었다.

"앞으로 이보다 더한 일이 일어날 것입니다."

이장용의 얼굴은 짙은 회색빛이었다.

몇 해 동안 몽고가 고려를 덮친 여러 일들은 모두 예상하고 있던 일이었다. 이제 세조 쿠빌라이가 고려에 둔전을 설치하는 일까지 명령했다. 앞으로 또 무엇을 요구할지 뻔했다. 둔전병으로 지금 고려에 주둔하고 있는 몽고병을 배치할 것이었다. 그러나 혹, 새로 다른 몽고병이 고려에 들어오게 될 것인지는 아직 예상할 수 없었다.

둔전을 한다는 것은 고려 땅에서 온갖 군수물자를 만들어내라는 것, 그렇다면 백성들은 큰 고통을 받게 될 것이다.

이장용은 몽고의 터무니없는 요구를 거절할 방법이 도통 생각나지 않았다.

'나이 탓이야……'

이장용은 몽고의 무리한 요구를 모두 들어주어야 한다고 생각했다. 고통 받는 것은 고려 백성들이었다. 헐벗고 굶주리면서 시키는 대로 할 수 밖에 별도리가 없었다.

세조 쿠빌라이의 일본 정복 야욕은 차츰 분명해졌다.

고려를 속국으로 만들어서 군수물자를 제공 받으며 일본을 침략하려한 원래의 속셈이 그것이었다. 고려백성은 몽고 전쟁의 뒤치다꺼리를 하는 종으로 나락할 것이었다.

원종은 앞으로 더 큰 일이 있을 것이란 말을 하면서 침통해 하는 이장용의 표정을 읽었다.

흔도와 사추는 둔전 문서를 원종 앞에 내놓았다.

그것은 몽고가 계획하고 있는 둔전의 경영 방식과, 그에 대하여 고려 조정은 어떤 역할을 할 것인가 분명히 설명하는 문서였다.

원종이 문서를 들여다보며 양미간을 찌푸리자 흔도가 나섰다.

"무슨 말인지 잘 모르겠으면 내가 친절히 알려드리리다."

흔도는 말했다.

둔전과 관계되는 일체의 일을 감독하는 기관은 둔전경략사인 터, 황해도 봉산 땅인 봉주에 둔다고 했다. 그리고 둔전을 설치하는 곳은 개경, 동녕부, 봉주, 황산, 금주 등을 지정했다. 둔전하는 병사는 몽고군 모두라고 했다.

원종은 그 말을 들으며 한 숨을 내쉬었다. 고려에 나와 있는 몽고군 모두라고 한다면 터무니없이 많은 수효였다.

그러나 그것보다도 문서에는 또한 조건이 적혀있었다.

둔전을 경작할 소를 고려 조정이 마련해야 한다는 것, 농기구와 씨앗, 전투에 쓸 말 등을 거두는 일을 고려 조정이 해야 한다는 것이었다.

원종은 속에서 부아가 끓어오르는 소리를 들었다.

'이놈들이 점점 더…… 목을 죄는구나.'

원종은 자칫 몸이 앞으로 고꾸라질 듯 휘청했다.

'이래도 참아야 하는가.'

속이 끓더라도 몽고의 명을 따라야 하는 것이 원종의 신세였다.

원종은 농무별감을 각 도에 내려 보냈다. 그리고 별감들에게 농사를 돕는 소와 농기구를 거두어 올리라는 지시를 했다. 별감들은 고려 백성의 목을 죄어 각 농가에 있는 소와 농기구와 식량을 마련 할 수 있는 씨앗을 거둬들였다. 농가에서는 가족이 먹을 양식과 다음 해 농사 씨앗까지 모두 털렸다.

털린 농부들은 산으로 들로 쏘다니며 풀뿌리나 산채를 뜯어서 곡기로 대치했다. 한 마을에서는 쑥을 뜯어서 쌀겨와 버물려 먹었다가 항문이 찢어지는 사람들이 늘어났고 어린아이들은 며칠 변을 못보고 죽어나가기도 했다.

그렇듯이 백성들에게 갈취를 했어도 세조 쿠빌라이가 요구했던 량을 못 채운 원종은 정중한 서찰을 만들었다.

농우 3천두를 내놓으라는 요구에는 해내기 어려운 수효이긴 하지만 황제의 말씀인 이상, 최선을 다하여 마련했습니다. 아직 황제께서 요구한 숫자에는 못 미치지만, 다음 해에는 소를 천여 마리를 마련하고 농기구와 씨앗도 황제께서 요구하는 숫자에 맞춰보도록 노력하겠습니다. 부디 너그러운 아량으로 보살펴주시옵소서.

원종의 서찰은 흔도가 세조 쿠빌라이에게 전했다. 개경에서 흔도의 세력은 하늘을 찌를 듯이 솟아 있었다.

둔전경략사 홍다구가 지휘하고 있던 고려 귀부군 1천과, 새로 온 영녕공 준의 두 아들인 희와 옹이 이끄는, 귀부군 1천의 병력이 모두 흔도의 지휘 아래로 들어가고 말았다.

비록 흔도 밑에 서열이지만 홍다구의 세력도 만만찮았다.

원종은 몽고와 협력해야 하는 일이 있을 때 마다, 흔도와 홍다구와 얼굴을 맞대고 그들의 명령을 들어야 했다. 흔도 곁에 서있는 홍다구는 한마디도 지껄이지 않고 언제나 흔도 혼자 말했다. 홍다구가 말 한마디 하지 않고 서 있기만 하는 데도 고려에 불리하게 이끌어 가고 있었다.

원종뿐 아니라 옆에 있는 이장용은 흔도 보다 고려인 홍다구의 악랄하고 비열한 자태가 거슬러서 때로 외면하곤 했다.

고려 조정의 신하 모두가 홍다구 이름만 들어도 고개를 흔들었다.

차라리 흔도는 고려의 입장을 이해해 주려 하는 것으로 보였는데 홍다구는 고려 조정 편에 서주지 않았다.

'고려인이면서……'

원종은 어금니를 앙다물었다.

그 즈음, 세조 쿠빌라이의 서찰이 또 들어왔다.

…중략…, 이 사람이 생각해보니, 일본이라는 나라는 예부터 중국과 무역을 하고 있다고 들었소. 일본은 고려와 아주 가까이 있는 것으로 알고 있소. 신의를 갖고 친목을 두텁게 하자는 내용의 이 서찰을 꼭 일본에 가지고 가서 답을 받아 오도록 하시오.

지금 당신네 왕실은 우리 몽고의 보살핌으로 편안히 지내고 있으니 그 은덕을 갚기 위해서라도 조양필(趙良弼)을 국신사로 삼아 보내려 하니 꼭 일본에 갈 수 있도록 도움을 주시오.

원종은 세조의 서찰을 읽은 후 양미간을 찌푸렸다. 남의 나라에 침략한 주제에 큰 선심을 쓰듯 하는 글귀가 거슬렸다. 그렇지만 그것은 그 자신이 자초한 일이기에 누구를 원망할 수도 없었다. 원종은 서찰을 가지고 온 사신이 자리를 뜨길 기다리고 있다가 그가 물러나자 이장용에게 서찰을 건네주었다.

이장용은 마지못한 듯 서찰을 읽었다.

세조 쿠빌라이의 오만방자한 어투가 가슴을 콕콕 찔렀다. 이장용은 어금니를 앙다물면서 이를 부드득 갈았다.

'세조 이놈을 큰 칼로 찔러 죽여 버릴 수 있다면, 이 자리에서 내가 죽더라도 후련하겠구나.'

그러나 이장용은 냉정을 되찾아 원종에게 말했다.

"신의 나이 올해 칠십이 넘었습니다. 이런 일을 상관하기에는 너무 늙은 것 같사옵니다. 몽고는 일본 정벌을 위해 고려를 희생 국으로 삼으려는 의도가 분명한 듯한데……"

"좋은 방도가 없겠소?"

원종은 다시 물었다.

"재앙은 겹쳐서 오는 것 같습니다."

이장용은 답답했다. 늙어서 판단력이 흐려졌다고 말했는데도 원종은 이장용만 물고 늘어졌다.

"쿠빌라이는 몽고 대군을 남쪽에 주둔시켜 둔전을 시키겠다는 게 첫 번째 목적인 듯 하오나 쿠빌라이의 뜻을 어찌 막는단 말입니까?"

"허어……"

원종은 한숨을 내쉬었다. 오래도록 고려 왕권을 보좌하고 있었던 이장용은 원종의 한숨을 들으니 가슴이 찢어지는 듯했다. 충성으로 왕권을 보필했던 그 자신의 무능으로 생각되었다. 이장용은 조심스럽게 말을 꺼냈다.

"우리가 일본에 사신을 보내 섣불리 저항하지 말고 순순히 복종하라고 말하여, 전투가 일어나지 않게 해야 합니다."

"그럴까?"

"또 하나, 하루 속히 삼별초의 난을 평정하여 나라가 국난에 처해 있을 때 하나로 뭉치게 해야 합니다. 중대한 시기에 난을 일으킨다는 것은 역적의 행위입니다. 몽고의 병력을 빌려서 역적 삼별초를 해산시켜야 합니다."

원종은 이장용의 말이 지극히 타당하다고 생각했다. 삼별초는 그들에게 두말할 것 없는 역적이었다. 승화후 온을 왕으로 옹립하여 진도로 천도한 것은 반역 행위였다.

"진도 삼별초를 없애야 합니다."

"진도뿐이 아닙니다. 지금 고려 여기저기서 난이 일어나고 있습니다. 심지어는 개경의 반란군들이 진도 삼별초에게 달려가는 추세입니다. 이러다간 얼마 후에 삼별초가 이 고려를 장악하고 승화후 온이 고려의 왕이 되어 원종은 폐위될 것이 염려되옵니다."

이장용의 말에 원종은 이맛살에 힘을 주었다. 몽고가 압박하고 있는 반면 고려인인 삼별초가 또 원종을 압박하고 있었다.

원종은 생각했다. 삼별초가 크게 이기면 그자신이 물러나야 하지만 몽고의 도움을 받아 개경의 군대가 이기면 원종은 그대로 왕권을 쥐고 있을 것이었다.

원종은 그것이 최선이라 생각했다. 몽고의 도움을 받아야했다. 몽고가 그 댓가로 어떤 것을 달라고 할지는 몰라도 권력을 유지하려면 그리해야 된다고 믿었다.

"삼별초 역적들을 몽고의 힘을 빌려 해산시키는 것이 우선이다."

원종의 말에 이장용도 고개를 끄덕였다.

다음 날 몽고 사신들이 몽고로 가기 위해 개경을 출발했다.

원종과 조정 대신들은 북쪽 동구 밖까지 나가서 배웅했다. 막 몽고군을 배웅하고 돌아서려는데 다시 아해가 거느린 병단이 떼를 지어 들어왔다. 원종은 그 몽고병을 '어서 오시오.' 하고 정중히 마중했다.

이런 추세에 개경은 몽고의 도렌카, 아해, 쿠린치, 왕국창, 홍다구 등이 이끄는 병사들로 가득 채워졌다. 고려병사는 대궐에 배속되어 있는 100여 명 안팎의 군졸 밖에 없었다. 원종은 자신의 신세가 한탄스러웠다.

어려움을 함께 의논하던 이장용이 그리웠다. 나이가 들어 힘없는 백성으로 물러나 앉아 있는 이장용이었다. 그는 자신이 암담해 할 때마다 무언가 조언을 하곤 했었다. 원종이 머물고 있는 대궐은 안팎으로 침침했다. 노상 회색의 침묵이 흐르고 있었다.

봉기의 함성,
정통고려왕국으로 달리다

　새로운 근거지 삼별초 진도정부의 용장왕궁은 그 위용을 자랑했다. 진도 천도에 대한 자부심, 또한 대단했다.
　먼저 청정한 바다가 둘러싸고 있는 섬은 땅이 기름지고 넓은 평야지대여서 농산물과 수산물이 풍부하여 자급자족이 가능하다는 것이었다. 또한 울돌목이라는 이름이 붙은, 유속이 빠른 명량해협이 있어서 해전에 약한 몽고군을 그쪽으로 유인하여 섬으로 접근하지 못하게 할 수 있었다.
　진도는 경상도와 전라도에서 거둔 조곡을 개경으로 운반하는 뱃길이기 때문에 운반되어가는 조곡선을 탈취하여 경제적 기반을 탄탄히 할 수도 있는 요건이었다.
　그런가 하면 강진골 가마에서 구운 옹기류를 마량포를 통해 일본이나 남송과 연대를 모색, 재정을 확보할 수 있는 지리적 조건을 갖추고 있었으며, 서남해는 물론, 제주도에 이르는 해상권과 멀리 일본열도까지 그 해상권을 펼칠 수 있는 좋은 여건이었다.

삼별초의 진도천도 준비는 이러한 천혜적 조건이 갖추어진 섬이었기에 대몽항쟁을 적극적으로 표방하였다.

좋은 여건의 삼별초 진도정부가 봉기에 성공했다는 소문은 전국에 퍼져나갔다.

먼저 개경을 비롯하여 밀양 등 각처에서 노비, 좀도적, 농민 수 천 명이 일어났다. 특히 개경에서는 농민과 노비들이 합세하여 주둔하고 있는 몽고 대장을 살해하고 진도에 들어가려고 준비하다가 역모꾼에 발각되어 실패하기도 했으나 진도로 향하는 발길이 끊이질 않았다. 몽고군의 침탈과 고려 원종의 화친정책에 반대하는 세력이었다.

특히 드세게 일어난 곳은 밀양 군민 봉기였다. 밀양의 의병들은 부사를 죽이고 세력을 뻗어 남해까지 밀어붙이고 있는 실상이었다.

진도정부는 서남해안의 해상권 장악과 세력 확대에 노력을 기울이는데 박차를 가하면서 진도정부에 대항하거나 협력하지 않는 지방을 공격했다. 마산, 동래, 장흥을 공략하여 관군을 생포하고 재물과 곡식을 빼앗기도 했다.

삼별초 보성 공격은 육로가 아닌 해상 공격이었다.

보성에는 개경고려군이 보유하고 있는 많은 군함이 있어서 삼별초 남해안의 활동을 방해했다. 삼별초는 보성을 공격하여 군함을 빼앗았다. 보성 공격을 계기로 고흥 북부와 인접한 지역이 삼별초의 세력권에 포함되었다.

서남해안 해상권 세력 확장은 개경정부에 재정적 압박을 가중 시켰고, 삼별초 진도정부에는 재정적으로 큰 도움이 되었다.

배중손 장군을 필두로 여러 장군들이 막사에 차려놓은 주안상 앞에 앉았다.

그들은 진도정부의 확대세력을 축하하는 술잔을 들었다.

"전라도는 물론, 경상도와 멀리 강원도에서 우리 편에 합세했다는 전갈을 받았소이다."

배중손이 말했다.

"뿐만 아닙니다. 선산, 밀양, 전주, 창원, 남해에서 백성들이 궐기하고 있답니다."

유존혁이 말했다.

"개경에서도 노비들이 일어났다고 합니다."

김통정의 말이었다. 배중손은 들고 있던 술잔을 높이 쳐들며 건배 제의를 했다. 승리에 대한 자축이었다. 술잔을 놓으면서 배중손이 말했다.

"영암, 강진은 김통정 장군이 맡아주시오."

"네."

"유존혁 장군은 곧 남해도로 가셔야 합니다. 그쪽에서 남해바다로 나가는 섬진강 하구를 지켜야합니다."

"네."

"송징 장군은 완도 쪽으로, 곽연수 장군은 거제도로 가십시오. 그쪽에서 거점을 확보하고 경상도 일대를 맡으시오. 그리고 이달석대장은 여귀산을, 유정탁대장은 울돌목을, 박칠복대장은 첨찰산을 철저히 방어하시오. 특히 울돌목을 통하여 들어오는 모든 공물과 세비를 철통같이 막아, 빈틈없이 용장성으로 공수 하시오."

배중손은 진도에 총진영을 두고 각각 병력을 나누어 주었다.

삼별초의 세력 확장으로 몽고를 몰아내고 개경의 고려를 합병하고자 하는 것이 최종 목표였다.

한편으로는 일본에 사신을 보내 고려가 진도로 천도했음을 알리고 연합하지는 외교문서를 보내기로 했다. 배중손을 수장으로 한 장군들은 그 자리에서 외교문서를 작성했다.

몽고는 성질이 괴팍하고 동정심이 없는 오랑캐입니다. 그들의 풍습은 미개하며 예의를 모릅니다. 또한 고려 정복 후, 일본으로 쳐들어갈 것이라고 합니다. 이에 귀국과 우리 진도고려가 공동으로 몽고의 침략을 막아야 할 것입니다.

이런 외교문서를 일본으로 보낸 것은 삼별초 진도정부가 정통고려임을 알리는 것이었다.

다음 날 명령을 받은 장군들은 각자 병력을 이끌고 맡은 지역을 사수하기 위해 떠났다.

김통정은 정예군 500을 거느리고 강진으로 나갔다.

육로를 통해 강진까지 내려와 있던 몽고군과 한차례 격전을 벌였다. 김통정 부대의 승리였다. 김통정은 광주와 전주까지 진격했다. 곡창지대를 확보하는 것이 최선이었다. 그곳은 육지에서 바다로 나오는 중요한 요충지 길목이었다.

배중손은 남해일대와 서해안 일대의 섬들까지를 접수하여 그곳에 척후병을 파견했다. 주변 정세를 살피는 것도 목적이었지만 지리를 익혀 해상도를 만들도록 했다.

그 무렵 쿠빌라이는 고려인 박천주에게 몽고 사신을 데리고 진도에 가라는 직책을 내렸다. 쿠빌라이의 서찰은 아래와 같았다.

배중손은 내 말을 따르라. 네가 항복하여 삼별초를 철수시키면 큰 벼슬을 내릴 것은 물론 자손만대 부귀영화를 누릴 만큼 크게 포상 할 것이니, 그 척박한 섬에서 삼별초를 이끌고 하루라도 빨리 항복하여 개경으로 올라오라. 다시 말하는 것은 그렇게만 하면 대대로 큰 영화를 얻으리라.

그들 사신들은 20여 척의 배를 앞세우고 해남에서 진도로 향했다.
해남을 떠난 사신의 배가 진도를 향하고 있다는 소식은 곳곳에 배치해 둔 척후병에 의하여 용장성 배중손의 귀에 들어갔다. 배중손은 회심의 미소를 지었다.
'결국 놈들은 우리 진도 왕국을 인정하는 꼴이 되었구나. 그러니 사신을 보내서 벼슬을 미끼로 항복하라는 것일 터.
배중손과 이달석은 온왕을 찾았다.
"그간 평안하시옵니까?"
배중손이 예를 갖추었다. 이달석은 배중손을 따랐다.
"어허, 배 장군. 고생이 많으시오."
"아니옵니다, 황제 폐하."
"그런데 어쩐 일로 오시었소?"
"네. 몽고와 개경에서 조서를 들고 사신들이 올 것입니다. 그러나 아무리 조서라고는 하지만 그들을 직접 만나시지는 마십시오. 개경정부에서 보냈다고 하지만 그들은 일개 사신이지 않습니까?"
"그렇지요. 아믄."

"소장이 알아서 하겠습니다."

배중손은 온왕에게 보고한 후, 이달석과, 김통정을 데리고 벽파로 나갔다. 사신들을 용장성으로 들어오게 할 수 없었다.

오후 2시경에 해남에서 떠난 사신들의 배가 벽파에 당도했다.

개경정부의 사신 박천주와 몽고 병사 두원외는 벽파에 배를 정착시키고 흰깃발을 들고 뱃전에 서 있었다. 벽파 병영에서 허락이 떨어져야 사신들은 배에서 내릴 수 있었다.

배중손이 삼별초 병사들을 보냈다.

삼별초 병사들은 박천주, 두원외, 몽고병사 2인을 호위하여 벽파정자로 데리고 왔다. 배중손과 이달석, 유정탁, 박칠복은 벽파 정자에서 기다리고 있었다.

두원외와 박천주가 몽고 쿠빌라이의 조서를 들고 왔다. 배중손은 그들 일행을 맞이했다. 병사들이 도열해 있었다.

박천주는 배중손에게 예를 갖추었다. 그러나 두원외는 꼿꼿한 자세로 서서 무언가 못마땅하다는 표정이었다.

몽고 병사들은 두원외 뒤에 서서 이달석을 바라보며 목을 움추렸다. 키가 7척이 넘는 이달석은 가만히 서 있기만 해도 주변을 압도하는 힘이 있었다. 몽고 병사들은 목을 움츠리고 곁눈질로 주변을 두리번거렸다.

"어쩐 일이요?"

배중손은 두원외를 무시하고 박천주를 향해 물었다.

"몽고에 힘을 합치면 큰 벼슬을 내릴 것이라는 몽고 황제의 전갈입니다."

"회유조서?"

배중손이 아니꼽다는 투로 되물었다.

그러자 두원외가 얼굴에 핏대를 세우면서 말했다.

"나는 대제국 황제께서 보낸 특사요. 특사 대접을 하시오."

두원외의 말이 끝나자 배중손은 비아냥거렸다.

"특사 대접 받기를 원하시오?"

그 말에 두원외는 얼굴이 붉으락푸르락하면서 큰 칼을 빼어들었다.

배중손은 이달석에게 눈짓을 했다. 그러자 수 십명의 병사들이 달려들어서 두원외를 포박하고 몽고병사 두 명도 한데 묶어버렸다. 그 광경을 바라보며 박천주는 안절부절이었다.

박천주는 벌벌 떨면서 가지고 온 서찰을 배중손에게 건넸다.

"이것이 무엇이요?"

"장군께서만 은밀히 드리라는 전갈이었습니다."

"은밀히?"

배중손은 더 큰 소리로 물었다. 박천주는 허리를 꺾었다.

"나만 읽으라는 것은 나를 회유하겠다는 말이렸다. 허, 그러면 너희 몽고가 나에게 벼슬을 줄 터이니 항복하라는 의미렸다?"

배중손은 조서를 받아들고, 몽고 두원외와 사신들을 못된 짐승 바라보듯 쏘아보았다. 사신들은 배중손과 눈이 마주쳤다. 눈이 마주치자 배중손의 기세에 눌려 곧 외면했다. 배중손은 큰 소리로 말했다.

"여봐라. 저놈들 꼴이 우리와 다른 것을 보니 몽고놈이렸다."

배중손의 말이 떨어지자 몽고 사신들은 몸을 조아렸다.

"그러하옵니다."

이달석이 큰 소리로 말했다.

"자 봐라. 이 조서는 몽고 왕이 보낸 것이다. 나는 읽지 않겠다."

배중손은 황제의 소시를 길길이 찢어서 땅바닥에 던져버렸다. 그 광경을 바라보고 있던 박천주와 두원외, 몽고병사들은 두 눈이 휘둥그레 해져 어찌할 바를 몰랐다. 배중손의 눈에 광채가 비쳤다. 벽파정에 긴장감이 감돌았다. 배중손은 말했다.

"저 놈들의 목을 쳐라."

배중손의 명이었다. 이달석이 그 자리에 있던 병사들에게 눈짓으로 배중손의 명을 재차 지시했다. 이달석의 눈짓 명령이 떨어지자 긴 칼을 뽑아든 삼별초 병사들이 떨고 있는 몽고병사들 앞으로 다가갔다. 그들의 얼굴은 사색이었다. 병사들은 눈 깜짝 할 사이에 놈들의 목을 내리쳤다. 사방으로 피가 튀었다. 몸통에서 떨어져나간 목이 땅위에 굴렀다. 몸통은 맥없이 앞으로 고꾸라졌다. 박천주는 사시나무 떨듯 떨었다.

"자 장군, 저, 저 저들은 몽고 사신입니다."

박천주가 떨리는 목소리로 말했다.

"알고 있소. 그러니 목을 친 거요. 여봐라 저놈들 목에 소금을 뿌려서 자루에 담아 박천주에게 들려주어라."

배중손은 병사들에게 명하고 박천주를 바라보았다.

"장군, 나는 고려인, 고려 황제께서 명하면 따르겠소. 아시겠습니까?"

"그렇지만 몽고 황제의……"

2부 전사戰士의 길, 남으로 향하다 165

"우리 앞에서 몽고 황제라는 칭호 붙이지 마시오. 나라를 빼앗는 침략자에게 어찌 그런 호칭을 붙이시오. 당신은 쓸개도 없소?"

배중손은 거침없이 호령했다. 박천주는 고개를 떨구었다.

"나는 고려인이요. 고려 황제께서 명하면 따르겠소."

배중손은 혼자소리로 말했다.

"……"

박천주는 침묵했다.

"괘념치 마시오. 당신은 고려인이기에 살려 보내니 원종과 쿠빌라이에게 이곳의 뜻을 분명히 전하시오. 굴복하지 않고 맞서서 고려의 사직을 지키는 정통고려왕국임을 말하시오."

"……"

"알겠소? 여기가 정통고려요. 허수아비 원종이 이끌고 있는 개경은 몽고의 말을 잘 듣는 개란 말입니다. 딸랑딸랑하는 개란 말이요."

배중손의 말 끝에 박천주는 허리를 굽혀 머리를 조아렸다. 박천주의 명치 끝에 배중손의 말이 꽂혔다. 박천주는 어금니를 앙다물었다. 자신의 처지를 자책했다.

박천주는 벽파정 난간으로 가서 바다를 향해 한 수 시를 읊었다.

온당하고 지당하오 구구절절 사무치오
이내 몸도 이내 살도 고려인이 아닐손가
적막 강산 갈 길 막힌 어둠속의 세월이니
이 나라가 살아갈 길 어디메서 찾을손가

장군님의 말 한 마디 온당하고 지당하오

목숨바친 구국일념 이 가슴에 사무치네
부디부디 이루소서 고매한 뜻 펼치소서
백성들의 힘 모아 복된 나라 만드소서

박천주는 시를 읊은 후 눈물을 보였다. 함께 힘을 모아 싸워야할 적은 몽고임을 자각하는 시였다. 배중손과 이달석, 그 자리에 함께 있던 병사들은 숙연해졌다.

고려인의 피가 흘렀다.

세조 쿠빌라이, 분노하다

'배중손을 회유 시켜라.'

박천주는 배중손의 마음을 몽고 쪽으로 끌어들이라는 막중한 명을 받고 진도에 갔었다. 그러나 소금에 절인 두원외와 2명의 사신 머리통을 옹기항아리에 담아서 들고 개경으로 돌아왔다.

박천주는 머리통이 든 항아리를 들고 개경으로 돌아가면서 후회하고 후회했다. 항몽으로 고려 자주를 말하는 배중손과 삼별초군의 뜻을 알았다. 그 자신도 삼별초군이었다면 이렇듯 회한의 쓴 잔을 마시지는 않았을 것이라 생각했다.

'무엇이 옳은 것인가.'

후회를 거듭하며 개경으로 온 박천주였지만 원종 앞에 옹기항아리 3개를 놓고 무릎을 꿇었다.

"그것이 무엇이냐?"

"……"

박천주는 고개를 숙이고 침묵했다.

"그것이 무엇이냐고 물었다."

침묵하고 있는 박천주가 답답하여 원종은 소리쳤다. 박천주의 턱수염이 바들바들 떨었다. 박천주는 가까스로 입을 열었다.

"두원외와 사신 2명의 목입니다."

"무어라고!"

"배중손이 참수했습니다."

원종은 두 눈을 크게 뜨며 항아리를 번갈아 바라보았다.

"저, 저것이 목이라고?"

"……"

원종은 보좌에서 벌떡 일어났다.

"몽고 황제가 보낸 조서는 읽지도 않고 찢어버렸습니다. 그들은 고려 왕이 내리는 명이라면 몰라도 몽고의 명령은 따르지 않겠다고 말했습니다. 몽고의 백성이 아니라 고려의 백성이라고 했습니다."

"음……"

"동족 끼리 왜 싸워야 하느냐고도 했습니다. 고려 왕에 대한 저항이 아니라 몽고에 저항한다고 강조 했습니다. 그렇기 때문에 반역이 아니라고 분명히 말했습니다."

박천주는 한마디씩 곱씹었다.

원종은 잠시 생각에 잠겼다. 맞는 말이긴 하다. 일개 신하들도 몽고의 명령에 저항의 칼을 휘두르는데 그 자신은 몽고군에게 살려달라고 애원하는 처지가 아닌가.

"신 박천주는 고려인이기 때문에 목을 치지 않는다고 말했습니다.

그 말을 들으며 신은 가슴을 칼로 오려내고 싶었습니다. 한 핏줄입니다. 신이 그들을 회유시켜 몽고에게 바치려 했던 것을 생각하면.... 차라리 자결하여 이 몸을 진도 앞바다에 수장 시키고 싶었습니다."

"......"

원종은 말이 없었다.

"그러나, 신은 정통 고려를 지키는 삼별초의 정신을 몽고의 세조 쿠빌라이에게 전해야한다는 사명감이 차올라서 죽을 수 없었습니다."

"장군. 지금 무슨 말을 하는 것이요."

원종은 소리쳤다. 역적 삼별초를 두둔하고 있지 않는가. 그러나 박천주는 개의치 않았다. 그는 당당한 어투로 다음 말을 잇고 있었다.

"이것은 몽고인의 머리통입니다. 그러나 몽고의 세조 쿠빌라이에게 전달하지 말고 땅 속에 묻으십시오."

박천주는 그 소금에 절인 머리통을 몽고로 보내면 즉각 삼별초를 치겠다며 수 많은 군사를 보낼 세조 쿠빌라이의 근성을 알고 있다.

"무어? 황제를 속이겠다는 말이냐?"

원종은 그가 목숨 유지를 위해 떠받들고 있는 세조 쿠빌라이를 속이자는 박천주 말에 펄쩍 화를 냈다.

"여봐라!"

원종은 박천주를 죽일 듯이 병사들을 불렀다.

그 순간 박천주는 옆구리에서 칼을 뽑아들고 자신의 목을 찔렀다. 피가 솟구쳤다. 병사들이 다가왔다. 박천주는 병사 한사람의 발목을 잡고 힘겹게 말했다.

"나를 진도 앞바다에 던져주라. 삼별초는 반란을 일으킨 역적이 아니라 몽고와 저항하는 항몽의 고려인들이라는 것을 기억하라."

박천주의 말이 끝나자 원종은 명했다.

"그놈의 목을 쳐서 소금에 절여라. 그리고 몽고 사신들의 머리통과 함께 몽고의 세조 쿠빌라이에게 전달해라. 시간이 급하다. 말을 잘 타는 병사들에게 머리통을 들려서 지금 당장 떠나라. 삼별초가 저지른 만행을 황제께 보이고 대책을 강구해달라고 할 것이다."

병사들은 원종의 명을 따랐다.

원종은 머리통을 들고 가는 병사들에게 서찰을 들려 보냈다.

사신들을 모두 참수 시켰습니다. 이것은 몽고제국 황제께 저항하겠다는 선전포고입니다. 특히 요즈음에 삼별초 세력이 점차 전국으로 확산되고 있습니다. 엎드려 바라노니 진도의 삼별초를 씨를 말려 주십시오. 고려에서도 최선을 다하여 몽고군을 돕겠습니다. 부디 살피소서.

원종은 삼별초가 버티고 있는 한 자신의 안위가 위태롭다는 것을 알고 있었다. 그래서 몽고의 세조 쿠빌라이에게 손바닥이 닿도록 빌어서라도 진도의 삼별초를 없애달라고 간청하는 것이었다.

그로부터 보름 후 몽고의 세조 쿠빌라이는 원종의 서찰과 함께 두 원외와 사신들의 머리통을 받았다. 쿠빌라이는 기가 찼다. 삼별초를 개경에서 싹 쓸어버리지 못한 것이 못내 아쉬웠다.

"으음, 이놈 하룻강아지들."

쿠빌라이는 으르렁거렸다. 그 불똥은 곧 원종에게 떨어졌다. 쿠빌라이는 원종에게 서찰을 보내 당장 몽고로 오라고 명했다.

"원종을 잡아오라. 그의 죄를 묻겠다."

세조 쿠빌라이의 명이 떨어지자 태자 심이 세조 앞에 무릎을 꿇었다.

"살려 주십시오."

고려 태자 심은 세조 쿠빌라이의 사위였다. 쿠빌라이는 딸을 유독 예뻐했고 따라서 사위인 태자 심도 좋아했다. 태자의 간곡한 청에 쿠빌라이는 원종을 몽고로 불러들이는 일은 그만 두었다.

세조 쿠빌라이는 원종에게 서찰을 보냈다.

토벌군 사령관 흔도와 홍다구와 고려국의 추토사 김방경에게 역도들의 목을 잘라 오도록 명령하라. 만약 차일피일 미루면 당장 개경으로 쳐들어가서 쑥대밭을 만들고 말겠다.

원종은 짧지만 강경한 세조 쿠빌라이의 서찰을 받았다. 원종은 즉시 김방경을 불러들였다. 김방경은 원종 앞에 대령했다.

"몽고 황제의 화가 대단하오. 진도의 삼별초를 흔도 사령관과 함께 치라는 명령이오."

김방경은 고개를 떨구었다.

얼마 전에 삼별초군과 내통하고 있다고 고발당하여 한차례 곤욕을 치뤘었다. 곧 사실이 아닌 것으로 밝혀졌지만, 김방경에게 다시 몽고 흔도와 홍다구와 힘을 합쳐 삼별초를 치라는 것이다. 김방경은 대답하지 않았다.

"왜 대답이 없소?"

원종은 김방경을 다그쳤다.

"회유작전을 하러 간 사신들을 죽여서 몽고 황제의 화를 불렀단 말씀이옵니까?"

"그렇단 말이오."

김방경은 마음이 어수선 했다.

그도 원종의 부하만 아니라면 삼별초와 합세하여 몽고에 저항할 것이었다. 그러나 원종을 모시는 신하로서 어쩔 수 없이 삼별초와 대적할 수밖에 없는 처지였다.

"왜 대답이 없는가?"

김방경은 고개를 들어 소극적인 대답을 했다.

"명 받들겠사옵니다."

김방경은 물러났다. 분명한 것은, 원종의 명이 아니라 몽고의 세조 쿠빌라이의 명을 받들겠다고 한 자신이 싫었다.

김방경은 그 길로 흔도의 막사로 갔다. 흔도는 김방경을 기다리고 있었다. 김방경이 막사에 들어서자 의자에서 벌떡 일어났다.

"이제 오시오?"

그의 목소리에 날카로운 가시가 들어 있었다. 흔도는 세조 쿠빌라이의 명령서를 김방경 눈앞에 디밀었다. 김방경은 그 서찰을 받았다.

"읽으시오."

김방경은 마지못해 서찰을 읽어 내려갔다.

진도 공격을 몇 차례 시도했지만 삼별초군에게 매번 패했으니 작전을 다시 짜라는 것이었다.

고려와 몽고 함께 군사를 모아서 진도로 쳐들어가라.

먼저 고려에서 많은 병사들을 각출해야 한다.
15세부터 60세까지 남자들을 모두 모아라.
말을 3천두 준비하라.
병사들의 뒤치다꺼리를 할 아녀자들을 1만 명 모아라.
군량미를 있는 대로 수집하라.
탄탄한 배를 만들어라.
쇠붙이를 모두 거둬들여 창을 만들어라.
고래를 잡아서 그 기름을 모아 불폭탄을 만들어라.

김방경은 서찰을 읽는 중간에 한숨을 내쉬었다. 세조 쿠빌라이의 터무니없는 욕심을 다 채워주자면 고려 백성들은 얼마나 큰 곤궁에 처할 것인가가 눈에 선히 보였다.

그 무렵 홍다구는 독자적으로 행동하고 있었다.

그는 몽고 황제가 임명한 벼슬을 앞세워서 충청도와 전라도 일대에서 온갖 행패와 만행을 저지르고 다녔다.

"나는 황제의 신임을 얻고 있는 사령관 홍다구다. 누구라도 내 명령을 거역하는 자는 참수하겠노라."

홍다구는 큰 소리치면서 충청 이남을 휘저었다. 특히 그는 군사를 모집한다는 빌미로 벼슬아치와 호족 양반들의 하인이나 종을 잡아서 훈련을 시키고 있던 중에 세조 쿠빌라이의 연합군 결성 소식을 듣고 사기가 충전했다.

"것 보라지. 나는 전세를 미리 읽고 병력을 훈련시키고 있었단 말이야, 흐흐으허."

홍다구의 그런 뱃심을 세조 쿠빌라이는 좋아했다. 그래서 홍다구를 무조건 신임했다. 몽고인의 피가 흐르는 것처럼 몽고인의 기질이 도드라졌다.

"홍다구 같은 사령관이 몇 놈만 더 있어도, 그까짓 삼별초쯤이야!"

세조 쿠빌라이의 일본정벌에 대한 야욕이 불탈 즈음, 진도 삼별초 정부군은 눈엣가시였다. 삼별초가 남쪽바다에서 훼방 놓지 않으면 일본으로 즉각 쳐들어갈 수 있다는 생각이었다.

"송나라 정벌도 끝났다. 이제 나의 목표는 일본이다. 일본으로 진격하려면 진도의 삼별초를 하루속히 굴복시켜야 하는데, 너희들의 작전을 믿고 있다간 아무 일도 못하겠다. 모두 모여라."

세조 쿠빌라이는 개경에 마련되어 있는 막사로 삼별초를 치기위해 사령관들을 모두 불렀다. 전쟁의 귀신들이 한자리에 모였다.

흔도, 홍다구, 아해, 쿠린치, 왕국창, 영녕공 준의 아들 희와 옹, 그리고 북쪽에 경계선을 지키고 있는 김방경 등이었다.

그들은 세조 쿠빌라이의 명령에 귀를 기울이고 있었다. 세조 쿠빌라이는 세밀한 계획을 발표했다.

여몽연합군의 본영은 중군으로 했다. 중군은 총사령관 흔도와 김방경이 지휘토록 명했다. 좌군은 홍다구와 영녕공 준의 아들 희와 옹이 맡았다. 우군은 대장군 김석과 고을마에게 맡겼다.

세조 쿠빌라이는 좌우중군을 맡길 때 몽고인과 고려인을 섞어서 짝을 지웠다. 그것은 서로를 견제하게 하려는 속셈이었다. 여기서 사령관을 맡은 홍다구와 김석은 원래 고려인이지만 몽고로 귀화한 자들이었다. 그들은 몽고인보다 더 악랄하게 고려인을 괴롭히는 자들이었다.

"명심해라. 이번에 실패하면 너희들 모두 바닷속에 처 넣겠다. 알아 듣겠느냐?"

"넵."

"우리의 작전이 새나가지 않도록 은밀히 움직여야 한다."

"시기는 언제이옵니까?"

"우기가 오기 전 4월 중으로 날을 잡는다. 출격 날은 하루 전에 알리겠다. 비밀 유지를 위해서다. 그러니 너희들은 4월까지 훈련에 임하고 언제라도 출동할 준비를 해라. 긴장을 늦추지 말아라. 알았느냐?"

"넵."

세조 쿠빌라이는 몇 달 후 공격을 위한 치밀한 작전을 짰다. 중요한 것은 한 날, 한 시에 일제히 공격, 진도 섬을 빙 둘러 쌓아버린다는 것이었다. 결성된 여몽 연합군은 기회를 보며 병사들의 훈련에 여념이 없었다. 예전처럼 삼별초를 섣불리 건드렸다가는 또 다시 패하고 말 것이었다.

세조 쿠빌라이는 병사들을 정예부대로 훈련시켰다. 몇 달 탄탄하게 침략 준비를 하면서 시간을 벌었다. 진도 삼별초군을 안심 시킨 후 한꺼번에 처들어간다는 전략이었다.

상엿집의 능구렁이

보름달이 얕은 산등성이를 넘고 있었다. 처음엔 여인의 눈섶처럼 가늘고 곱게 떠오르더니 시나브로 둥글게 둥글게 드러났다.

"아이고 이쁜 거, 금새 금새 둥그렇게 되는구먼."

동백 모가 떠오르는 달을 바라보며 어린아이처럼 손뼉을 쳤다.

"어서 나오란 말이다. 쩌그 저 달 좀 봐라."

동백 모는 동백을 채근했다.

"아따, 엄니는 아그들처럼 달만 보면 좋아 합디다."

"야야, 쩌그 저 달을 봐라. 안 이쁘냐?"

"글세 맨날 똑 같은 보름달 아니요?"

"아니어야. 매달 다르고 매일 다르고 그래야. 볼 때마다 다른 달이 뜬 단 말이다."

"으이구, 우리 엄매 또 아부지 보고싶구나?"

동백은 동백 모에게 눈을 흘겼다.

"느그 아부지가 달을 따다 준다고 했는디……"

"시끄럽소. 나중에 내가 따다 드릴텐께 어서 갑시다."

"그래라. 나는 너 밖에 없다. 어서 가자."

모녀의 발길은 집 뒤쪽 언덕에 있는 서낭당으로 향했다. 매달 보름이면 그들 모녀는 서낭당에 올라 맑은 물 한 사발을 올리고 서낭신에게 제를 올리곤 했다.

모녀는 서낭나무 아래 편편한 돌 위에 맑은 냉수 한 사발을 올려놓고 두 손을 모아 정성으로 빌었다. 오늘은 섬에 들어 온 삼별초 병사들의 안녕을 비는 것으로 시작했다.

"신령님, 굽어 살피소서. 우리 섬에 들어와 있는 왕님과 모든 군사들 안녕을 빕니다. 그리고 천지 신령님, 으짜든지 우리 동백이 살펴주소서. 즈그 아버지 닮아 기백 왕성하여 삼별초 군사 되겠다는 이 마음을 잡아주옵소서. 비옵니다. 비옵니다."

동백 모는 두 손을 모아 빌며 기도문을 외웠다. 그런 다음 동백 옆구리를 툭 쳤다.

"너도 어서 빌어라."

"신령님 비옵나이다. 비옵나이다."

동백은 동백 모의 채근에 건성으로 손을 비비며 말했다.

"정성으로 마음을 보여야 되는 것이여. 서낭신께서 다 보고 계신단 말이다."

"엄니도 참. 그럼 다시 빌랍니다. 신령님, 우리 섬 모든 백성 안녕을 비옵나이다. 그리고 삼별초 병사들과 장군님과 황제님의 건강과 안녕을 비옵나이다. 그리고 또 우리 엄니 다 자란 딸 동백이 걱정하지 않으시도록 도와주십시오. 비옵나이다."

"이놈의 가시나가."

동백 모는 동백의 장난기 섞인 기원이 성에 차지 않아 동백 등짝을 쳤다. 그때였다. 서낭나무 뒤 편으로 검은 그림자가 획 지나갔다.

"야야, 지금 누가 지나갔지야?"

동백도 순식간에 스쳐지나가는 그림자 낌새를 느꼈다. 동백은 고개를 끄덕이며 동백 모의 입을 손으로 막는 시늉을 했다.

서낭나무 뒤 편 으슥한 숲속에 상엿집 초막이 있었다. 달빛에 설핏 비친 검은 그림자는 그 상엿집으로 들어갔다.

동백은 그쪽으로 한 발 다가갔다.

"야야, 으디 가냐?"

동백 모가 말렸다. 동백은 손가락으로 입을 막았다. 그녀들은 귀를 기울였다. 말소리가 들렸다.

"역적추토사로 추대된 김방경이 흔도와 함께 군사 1천을 데리고 진도를 치기로 했답니다."

"그것이 참말이요?"

"암요. 이제 배중손 일당은 끝장입니다."

"때를 기다리라 했던 것이 그것이었소?"

동백은 몇 발자국 가까이 다가갔다. 동백 모는 동백의 치맛자락을 잡아끌었다. 동백은 손가락으로 동백 모의 입을 막았다. 그녀는 귀를 쫑긋 열었다.

"은밀히 정보를 교환해야 합니다. 닷새 후로 날을 정했다고 합니다."

"닷새 후라면…… 오매 며칠 안 남았는디요."

"조용히 짬을 보면서 삼별초와 배중손의 움직임을 즉각즉각 알리시오."

"그러다마다요. 그라면 진짜 황제한테 나를 추천해 줄 것이지요?"

"믿으라니깐!"

동백은 가슴이 철렁 내려앉았다. 삼별초 병사들 속에 개경의 첩자가 있었다. 개경정부에서 심어둔 첩자가 분명했다. 그러나 더 중요한 것은 삼별초 배중손의 부하 중 누군가가 첩자와 손을 잡고 기밀을 누설하고 있는 것이었다. 말투로 봐서 배중손의 부하들 중 한사람이 틀림없었다. 동백은 심장이 뛰었다.

"흐휴~ 큰 일이네."

동백은 절로 한 숨이 나왔다.

"야야, 저것이 뭔 소리냐?"

동백은 어머니의 입을 손으로 막았다. 인기척을 느낀 놈들이 상엿집 초막에서 뛰어나왔다. 그들은 주위를 둘러보았다. 동백은 동백 모의 입을 막고 나무 뒤에 바짝 엎드렸다.

"무슨 소리가 나지 않았소?"

"글쎄요……"

그들은 움츠린 자세로 어두운 숲을 여기저기 기웃거렸다. 동백은 오금이 저렸다. 어머니를 꽉 끌어안고 발밑에서 돌맹이를 주워들었다. 그녀는 엎드린 자세로 반대쪽으로 돌팔매질을 했다. 동백이 던진 돌맹이는 숲을 헤치며 멀리 달아났다. 마치 다람쥐가 숲을 헤치는 듯했다. 놈들은 그쪽을 바라보았다.

"들쥐들인가 보오."

"그렇구먼요."

"암튼 극비에 행해야 합니다. 그렇지 않으면."

놈은 자기 손으로 자기의 목을 치는 시늉을 했다. 또 한 놈은 목을 두 손으로 감싸며 긴장의 빛을 드러냈다.

"우리 두 사람 말고 여기 누가 있습니까? 혹시라도 기밀이 누설되면 당신이."

"뭐, 뭣이라구요!"

놈들은 서로 바라보며 발끈 화를 냈다.

"아 아니, 이를테면 서로 조심하자는 것입니다."

"그러면 좋은 말로 해야지, 협박하면 누가 당할 것 같으오?"

"미안하오. 화 푸시오. 그럼 이틀 후 이 시각에 이 초막에서 만나는 거요."

첩자들은 주위를 두리번거리며 각기 다른 방향으로 달렸다. 상엿집이 그들이 은밀히 만나는 접선 장소였다.

그들의 소리가 들리지 않자 동백은 숨을 크게 내쉬며 고개를 들었다. 어머니의 입을 막았던 손을 떼며 두 주먹을 불끈 쥐었다.

"군사 천을 거느리고 쳐들어온다고……"

동백은 지체할 수 없었다. 심장이 쿵쿵 거렸다. 천금 같은 기밀이었다. 동백은 가슴을 손으로 쓸어내리며 숨을 다독였다. 일급 기밀을 손에 쥐었다는 만족감에 상기되었다. 동백은 첩자들이 들어갔다 나온 상엿집을 기웃거렸다.

"아가, 거그를 뭣하러 들여다보냐? 무섭다."

서낭당 뒤쪽에는 상여와 그에 딸린 여러 도구들을 넣어두는 초막이 있었다. 몽고군의 첩자들은 상엿집을 활동 근거지로 삼고 있었다. 상엿집을 은신처로 삼았다는 것은 그곳 지리를 잘 알고 있는 섬 사람이 첩자 중 한 사람임을 증거했다.

동백은 상엿집 문을 열고 안을 들여다보았다. 달빛이 슬쩍 들어 온 틈새로 꽃상여가 보였다. 꽃상여에 비스듬히 칼과 활이 세워져 있었다. 동백은 상엿집 안으로 들어가서 칼과 활을 만져보았다. 그것은 상엿집을 은신처로 삼고 첩자들이 만나고 있었다는 확실한 물증이었다.

동백은 그것들이 탐났다.

'이것들을 가지고 가면? 안되지. 그러면 놈들이 몸을 사리겠지.'

동백은 쥐고 있던 칼을 그 자리에 두고 초막 안을 휘둘러보았다. 한쪽 구석에서 상엿집을 지킨다는 구렁이가 똬리를 틀고 엎드려 있는 것 같았다. 섬뜩했다. 동백은 상엿집 터주 대감이라는 구렁이가 고개를 쳐드는 것 같은 예감에 초막을 급히 뛰쳐나왔다.

"으째 그라냐? 가시나가 무섭지도 않냐?"

동백 모는 동백의 등짝을 쳤다.

"엄니, 여그가 염탐꾼들이 기밀을 교환하는 은신처란 말이요. 얼른 알려야 쓰것소."

동백은 앞서 걸었다.

"야야, 너 뭔 일 할려고 그러냐? 쓸데없는 짓 하지 말아라."

동백 모는 딸이 어떤 생각을 하고 있는가, 짐작했다.

"엄니, 엄니는 귀 막고 입 닫으시오."

"아, 아서라. 못들은 거다. 그래야 산다."

"아무튼 엄니, 어서 집으로 갑시다."

동백은 어머니의 팔을 잡고 집으로 향했다. 동백 모는 걱정스런 표정으로 자꾸 뒤를 돌아보며, 동백에게 이끌려갔다. 마을 어귀를 돌아 집 앞 싸리문 앞에 당도할 때 시바가 동백 앞을 가로막았다.

"동백아~"

"오매, 간 떨어지겠네."

동백은 뒷걸음쳤다.

"뭔 일이냐? 밤 늦게."

동백 모가 소리쳤다. 시바는 동백과 동백 모를 싸릿문 안으로 밀며 마당으로 들어섰다. 주위를 두리번거리던 시바는 작은 소리로 말했다.

"아짐, 꼭 드려야 할 말이 있어서 기다리고 있었소."

"낼 아침에 올 것이지. 뭔 급한 일이냐?"

동백이 시바에게 타박 주었다.

"병사들을 모집한다는 방이 붙었소. 남녀 구별 없이 건강한 사람이면 다 모집한다고 헙니다."

"그래서야?"

"병사모집이라는 것은 남자들을 잡아다가 전장 터로 보낼라는 것입니다. 자원하라는 것은 듣기 좋은 소리고 숟가락 들 힘만 있으면 남자들을 모두 잡아간다고 하는 소문입니다."

"참말이냐?"

"네. 그래서 아짐한테 부탁의 말을 드릴라고 왔습니다."

시바는 말을 맺으며 마당에 넙죽 엎드렸다.

"야야, 이것이 뭔 일이냐?"

동백 모는 손사래를 치며 시바를 일어서라고 말했다. 시바는 두 손을 모두고 머리를 조아렸다. 달빛이 시바의 등 뒤에 내려앉았다. 모녀는 느닷없는 시바 행동에 어안이 벙벙했다.

"아짐, 동백과 저를 혼인시켜 주십시오. 그러면 제가 동백 데리고 해남 육지로 나가서 잘 살랍니다."

"뭣이라고야?"

동백이 소리쳤다.

"동백아, 인자 오랑캐놈들이 우리 진도로 쳐들어오면 큰 싸움이 일어날 것이라고 허는디…… 그라고 오랑캐 놈들은 아녀자들을 모두 잡아 먹는다는 소문이더라. 그란께……"

시바는 모녀를 번갈아 바라보며 말했다. 동백 모는 시바의 말에 고개를 휘둘렀다.

"그것은 걱정마라. 오랑캐 놈들이 내 딸 넘보면 내가 물어뜯어서 쫓을란다. 시바 너도 넘보지 마라."

동백 모는 시바 말을 잘랐다.

동백은 어머니와 시바가 마당에서 무슨 말을 하던지 상관없었다. 그녀는 급히 방으로 들어갔다. 지금 당장 해야 할 일이 있었다. 동백은 선반 위에서 고리짝을 내렸다. 그곳엔 예전 아버지가 입던 옷이 있었다. 동백은 치마를 벗어버렸다. 고쟁이 위에 아버지의 바지를 껴입었다. 조금 길었지만 발목 대님으로 잡아맸다. 저고리를 입고 팔을 걷어부쳤다. 그 위에 아버지가 사냥 다닐 때 입었던 조끼를 껴입었다. 동백은 머리를 뒤로 틀어 올려 묶고 꿩 털이 달린 모자를 썼다. 입술을 한일자로 꽉 물었다. 사냥을 떠날 때 아버지의 습관이었다.

동백은 어릴 적부터 아버지의 그런 모습을 보면서 자랐다. 아버지는 멋진 대장부였다. 그녀는 아버지가 사냥을 떠날 때면 어머니 몰래 아버지를 따라 나서기도 했었다. 아버지는 그런 동백에게 사내처럼 굴지 말라고 꾸중했지만, 그래도 흐뭇한 미소를 머금고 동백을 앞장 세워 산으로 올라갔었다.

동백은 자신의 모습을 바라보았다. 남자였다. 그녀는 문을 밀고 밖으로 나왔다. 어머니와 시바가 마당에 서서 동백을 달라느니, 어림없다느니 하면서 말씨름하고 있었다. 동백은 그들 사이를 급히 빠져서 싸릿문 밖으로 튀었다.

"야야, 어디 가냐?"

쏜살같이 달려가는 동백을 향해 동백 모가 소리쳤다.

"동백이 어디 간다요?"

엎드려있던 시바가 벌떡 일어섰다.

"이 밤중에 저 가시나가 어디 갈끄나?"

동백 모는 서낭당 숲속 상엿집에서 보았던 괴한들이 생각났다. 무슨 일을 저지를 것만 같았다. 동백 모는 걱정이 태산이었다. 그러나 입 닫고 귀 막으라한 동백 말대로 시바한테는 아무 말도 하지 않았다. 동백은 두 주먹을 불끈 쥐면서 입단속 하라고 했었다.

시바가 싸릿문을 나서서 동백 뒤를 따랐다. 동백이 돌담을 막 돌아서고 있었다. 시바는 지름길을 잡아 돌담을 뛰어 넘었다. 그리고 동백 앞을 가로 막았다.

"어디 가냐고?"

"오매, 깜짝이야."

"어디 가냐고?"

시바는 눈을 무섭게 휩뜨고 다그쳐 물었다.

"시바야, 오랑캐가 쳐들어온다는데 정지간에 쪼그리고 앉아 불이나 때고 있어야 쓰것냐?"

"우리 섬에 들어 온 장군들이 알아서 할 것인께 나서지 말어."

"힘을 보태야제. 시바 너도 병사 모집하는데 들어가라."

"아따, 그럼 동백이 너, 남장을 하고 병사로 갈라고 그라냐?"

동백은 고개를 크게 주억거렸다.

"안 돼. 여기 들어 온 장군들 나중에는 다 죽는다고 허드라."

"뭣이라고? 누가 그딴 말을 하드냐? 쩌리비켜. 쫄장부 같으니라고."

동백은 앞을 가로막아 선 시바에게 쏘아부쳤다.

"동백아."

"목숨 부지키 위해 멀리 도망가자고? 너 같은 쫄장부하고 누가 함께 한다더냐? 힘을 합쳐 싸움터로 나가자고 한다면 모를까……"

동백은 시바를 밀쳐버리고 달렸다.

시바는 달려가는 동백의 뒷모습을 멍하니 바라보았다. 동백의 말은 옳았다. 시바는 뒤돌아섰다. 골목 귀퉁이에서 동백 모가 달려왔다.

"시바야, 동백 못 잡았냐?"

"네에……"

"아이고 저년이 지 아부지 옷을 입고 어디를 간다냐?"

"쌈터에 나갈라고 남장을 허지 않았것소……"

"안 된다. 안 돼야."

동백 모는 동백이 달려 간 쪽을 하냥 바라보고 있었다. 가슴에 쌓이는 걱정이 태산이었다.

시바는 걱정하는 동백 모를 두고 걸었다. 졸장부라는 동백의 말을 떠올리며 의기소침 투벅투벅 어두운 골목을 돌아섰다. 시바가 돌담을 막 돌아서는데 그의 허리춤을 꽉 잡는 이가 있었다.

"누, 누구여."

화들짝 놀란 시바가 돌아봤다. 권단이었다.

"속 잠 차려야. 딴데 맘 뺏긴 년 두고 으째 혼자서 그라냐? 나는 니가 징하게 좋아야아~."

권단이는 등 뒤에서 시바를 안았다.

"이거 놔! 그라고 너나 속 차려. 난 일편단심 동백인께."

시바는 권단의 손을 획 뿌리치고 뛰어갔다.

"동백아아, 으디가냐?"

"에고 무정한 놈. 싫다는 년 쫓아다녀봤자 맹탕 헛일인디……"

권단은 터벅터벅 걸음을 옮기면서 작은 목소리로 중얼거렸다.

'마음대로 안 되는 것이 사랑이란 말이더냐
내 마음도 몰라주는 무정한 이 벽창호야
죽어라고 좋아하는 나를 두고
싫다하는 동백이만 찾는
에라이 병신 에라이 멍청이~'

권단은 소리 끝으로 아랫입술을 깨물며 시바가 사라진 쪽으로 걸어갔다.

동백, 삼별초 병사되다

동백은 장군들의 막사 쪽으로 달려갔다. 건너편 훈련장에서 병사들이 창과 칼을 들고 훈련 중이었다. 동백은 조심스럽게 다가갔다.

"누구냐?"

병사 두 명이 창으로 동백을 막았다. 동백은 놀랐지만 태연하게 말했다.

"장군님께 긴히 드릴 말씀이 있습니다."

"너는 어느 소속 누구냐?"

"저는 의병으로 자원하려고 왔습니다. 지금 중요한 사항이 있어서 장군님을 뵈오려고 합니다. 들어가도록 허락해 주십시오."

"장군님은 회의 중이시다. 나한테 말하여라."

"안됩니다. 기다렸다가 장군님께 말씀 올리겠습니다."

"여기서 버티고 있으면 어쩌란 말이야. 어서 가!"

"기다리겠습니다."

동백은 남자 목소리로 장군을 만나겠다고 우겼다.

"거기, 밖에 누구냐?"

막사 안에서 배중손이 물었다.

"네, 장군님. 의병으로 자원하겠다는 놈이 장군님께 드릴 말씀이 있다고 우깁니다."

"신원을 확인했느냐?"

"그것도 장군님께 말씀 드린다고 합니다."

"그래? 어떤 놈인데 고집이더냐?"

동백은 배중손 목소리를 듣고 소리쳤다.

"꼭 장군님께 드려야 하는 말입니다. 급합니다. 마을 어른들이……"

동백은 자칫 배중손에게 기밀을 알릴 기회도 얻지 못하고 쫓겨나는 것이 아닌가, 염려하여 급한 시늉을 했다. 그렇다고 중요한 기밀을 병사에게 알리기는 싫었다. 믿을 수가 없었다.

"마을 어른들이? 무슨 말이더냐. 들여보내라."

배중손의 명이 떨어지자 병사들은 동백을 막고 있던 창을 내렸다. 동백은 안으로 뛰어 들어갔다. 막사 안에서 배중손과 김통정, 이달석이 나왔다. 동백은 장군들을 보자 그 앞에 넙죽 엎드렸다. 동백은 떨렸다. 그러나 어금니를 꽉 물었다.

"누구냐?"

"네. 저는 박동박이라고 합니다."

동백은 또박또박 말했다.

"박동박?"

"네. 장군님께 긴히 드릴 말씀이 있습니다."

"무어냐? 말해보아라."

장군들은 고개를 갸웃거리며 동백의 동태를 살폈다. 순간 동백은 남장 한 것을 들킬세라 무릎 꿇은 채 머리를 조아리고 있었다.

"이 놈 어서 말하라니까."

이달석이 소리쳤다. 동백은 선뜻 말을 꺼내지 못하고 두리번거렸다.

"어서!"

"아, 네네. 저어 다름이 아니옵고, 제가 초저녁 서낭당에 갔다가 서낭당 뒤쪽 숲속에 있는 상엿집에서 수상한 사람들을 봤는데 그 사람들이……"

동백은 잠시 말을 끊었다.

"그래서?"

이달석이 채근했다.

"장군님, 그놈들 허는 말이 닷새 후에 몽고놈들이 군사 1천 명을 모아서 진도로 쳐들어온다고 했습니다요."

"무엇? 그것이 사실이렸다?"

김통정이 다그쳤다. 배중손은 다그치는 김통정을 손짓으로 말렸다. 배중손은 의병으로 자처한 놈이 어떤 기밀을 들고 온 것이라는 생각을 했다.

"네. 틀림없습니다. 제가 어머니 모시고 서낭당에 갔다가 숲속 상엿집 초막에서 두 사람의 말을 들었습니다. 어머니도 들으셨습니다."

"음……"

배중손은 동백의 말을 들으며 장군들과 눈을 맞추었다. 장군들은 고개를 끄덕였다. 그럴 수도 있을 것이란 생각이었다.

"장군, 박천주에게 몽고 사신 목을 들려 보냈던 것이 지난 달 이었지요?"

배중손은 고개를 끄덕였다.

"단포쯤 되있습니다."

이달석이 말했다.

"그렇다면……"

배중손은 그들이 회유작전을 썼는데 들어주지 않고 대신 사신들을 죽여서 보냈으니 어떤 보복행위가 있을 것이란 짐작은 하고 있던 터였다.

"방도를 강구해야 할 것입니다."

"이런 일이 있으리라 짐작 했던바 아니겠소?"

"우리가 선수를 칩시다."

"그놈들이 내통하는 길을 알아내서 차단해야 합니다."

그들은 머리를 맞대고 심사숙고했다.

"사실을 고한 것이 맞으렸다?"

이달석은 동백을 향하여 강경 어투로 재차 물었다.

"어느 안전이라고 거짓을 말하겠습니까? 그리고 그들은 우리 쪽 동태를 살펴서 저쪽에 알리자고 했습니다요."

"박동박이라…… 참으로 긴한 정보를 가지고 왔구나. 그놈들을 찾을 수 있느냐?"

배중손이 차분한 어투로 말하며 동백을 바라보았다.

"네. 목소리와 키꼴만으로도 그놈들을 찾을 수 있습니다. 한 놈은 비쩍 마르고 키가 컸습니다. 한 놈 목소리는 오랑캐처럼 찢어지는 쇠

목소리였습니다요."

동백은 고개를 들었다. 배중손이 그녀를 바라보고 있었다. 눈이 마주쳤다. 동백은 고개를 숙였다.

"박동박, 속히 그놈들을 찾아야 한다. 이달석 장군은 박동박을 은밀히 우리 병사 틈에 심어놓으시오. 그리고 하루 속히 놈들을 찾게 하시오."

"넵."

동백은 고개를 숙인 채 배중손의 말소리를 들었다. 박동박이라고 거짓 이름을 댔는데, 그 이름을 부르면서 동백에게 임무를 주었다. 얼굴이 벌겋게 상기되었다. 그녀는 고개를 깊이 숙였다.

"가자."

이달석은 동백에게 명했다.

"아, 아닙니다."

동백은 할 말이 더 남아 있었다.

"또 무엇이냐?"

배중손이 물었다.

"네, 장군님."

"어서 말해보아라."

"그란께 놈들이 이틀 후 그 시간에 다시 그 상엿집에서 만나자고 하는 소리도 들었습니다."

"이틀 후라고?"

"넵."

동백은 자신 있게 말했다.

"알았다. 이달석은 박동박을 데리고 나가서 놈들을 찾도록 하시오.

우선 찾아놓고 이틀 후를 기다려봅시다."

"그, 그런데. 저어 장군님, 확실히는 모르지만 몽고에서 온 첩자 한 명과 또 한 명은 섬 사람이었습니다."

"여기 사람?"

"네. 말투로 봐서 섬 사람임이 틀림없었습니다."

"그래, 참으로 귀한 정보를 가지고 왔구나. 어서 장군을 따라 가라."

"명 따르겠습니다."

동백은 이달석이 이끄는 대로 막사로 갔다. 막사 안에는 여러 병사들이 훈련을 마치고 잠자리에 들기 직전이었다.

"여기서 하룻밤 자라. 그리고 내일 아침 일찍 기상하여 새벽 훈련 때에 놈을 찾아보도록 하자."

"네."

다음 날 이른 아침, 병사들은 식전 훈련에 들어갔다.

"오늘 훈련장에서 놈들을 찾아보자."

이달석은 동백에게 병사들을 눈여겨보라고 명했다.

"장군님, 한사람씩 병사들 이름을 불러주십시오. 그러면 목소리로 찾아보겠습니다."

"오라, 그렇겠구나."

"놈을 찾으면 제가 뒷통수를 긁어 신호하겠습니다."

"그거 좋겠구나. 그럼 너는 오늘 제3부대 맨 뒤쪽에 서라."

"네."

이달석은 훈련장으로 나갔다. 동백은 이달석이 시키는 대로 병사들

뒤쪽으로 가서 섰다. 이달석은 일렬로 서 있는 병사들을 향해 말했다.
"인원 점검하겠다. 모두 제 자리에 앉아!"
"네엡."
"한 사람씩 호명 할 테니 일어서면서 큰소리로 대답하라."
"네엡."
병사들은 일제히 소리 지르며 앉았다. 이달석은 병사들을 향해 한 명씩 호명했다. 큰 목소리로 대답 한 병사들은 벌떡 일어섰다. 20여 명쯤 호명한 후였다.
"김박소."
"네입. 김박소입니다."
한 놈의 목소리가 동백의 귀에 딱 걸렸다. 동백은 그 목소리에 귀가 번쩍 띄었다.
병사들 뒤쪽에서 서 있던 동백은 오른 손을 올려 뒷통수를 긁적거렸다.
이달석도 손을 들었다가 놓았다. 알아들었다는 신호였다. 이달석은 훈련병들 호명을 끝냈다. 그는 일렬로 서 있는 병사들 틈으로 걸어 들어갔다. 이달석은 김박소 앞에 섰다. 김박소는 무의식중에 한 걸음 물러났다.
"왜 놀라는가?"
"아 아닙니다."
김박소는 더듬거리며 당황했다.
"너는 아직 이 훈련에 섞일 수 없다. 무기 닦는 일을 해라."
"네? 네에."

김박소는 영문 모르겠다는 듯 멍한 표정이었지만 뒤가 켕기는 눈으로 이달석을 바라보았다.

"가자. 네 임무를 정해 주겠다."

이달석은 김박소를 앞장세워 막사 안으로 들어갔다. 앞서 걸어가는 김박소는 비쩍 마르고 키가 컸다. 강도에서 올 때 앞장서서 따라 온 병사였다. 그렇다면 개경 정부에서 심어놓은 첩자가 아니겠는가.

이달석은 막사 안으로 들어서서 김박소 가까이 다가섰다.

김박소는 그 앞에 바짝 서 있는 이달석의 매서운 눈초리를 보았다. 움찔했다.

이달석의 큰 등치가 김박소 앞에 버티고 섰다. 이달석은 거대한 벽이었다. 김박소는 뒷걸음질했다. 이달석이 큰 주먹으로 김박소의 가슴을 후려쳤다.

"끄액!"

김박소는 외마디를 지르며 고꾸라졌다. 이달석의 위압감에 숨소리도 크게 내쉬지 못했다.

"김박소!"

"네에에."

김박소는 가느다란 목소리로 대답했다.

"니 죄를 니가 알렸다."

"아, 아니,"

김박소가 무어라 변명을 하려 할 때 이달석의 주먹이 김박소의 머리통을 갈겼다.

"자, 너와 첩자 질한 놈을 불어."

김박소는 벌벌 떨기만 했다.

"모릅니다."

김박소는 갑자기 막사 밖으로 튀었다.

"이 이놈이!"

막사 밖에 보초 서던 병사들이 김박소의 뒷덜미를 나꿔챘다. 놈은 질질 끌려서 이달석 앞에 던져졌다.

"이 놈을 칭칭 묶어서 장군님 처소로 데려가자."

김박소는 팔목이 묶이고 두 다리가 묶였다. 입도 틀어막았다. 놈이 소란을 피워서 첩자가 도망가게 할지도 몰랐다.

병사들이 김박소 팔다리 사이에 긴 창을 넣어 양쪽에서 치켜들었다. 창끝을 두 사람씩 어깨에 멨다. 놈은 한 마리의 짐승이었다. 김박소를 은밀하게 배중손 막사로 이동시켰다.

배중손과 김통정이 놈을 꼬나보았다. 놈은 창에 낀 채 창문과 창문을 연결해서 걸었다. 그는 데롱데롱 매달린 채 게거품을 입으로 품었다. 김통정이 나섰다.

"불어."

놈은 죽을상이었다. 김박소가 눈을 치켜뜨면서 무언가 말하려고 했다.

"이곳에 침투한 첩자가 몇 명이더냐? 또 누가 있는지 불어라."

이달석은 다그쳤다.

"……"

"말하지 않겠다고? 니 놈이 말하지 않으면 죽은 몸이다. 말하면 산다. 어느 쪽을 택할 거냐? 말 할테냐? 죽을 테냐?"

이달석은 긴 창을 꼬나 쥐었다. 그의 말투는 김박소의 심기를 희롱

하는 투였다.

"여, 여기 없습니다. 낼 모레 만나기로······"

김박소는 체념한 듯 모든 것을 실토했다.

"음. 그래? 만나기로 한 날 함께 그 장소로 가자. 이놈을 옥에 쳐 넣어라."

"장군, 목을 쳐야 하지 않습니까?"

"아니다. 낼 모레 이들의 은신처에서 또 한 놈과 만나기로 했다니 그놈을 잡을 미끼로 삼아야 한다. 이놈 소문이 새어나가지 않도록 은밀히 가둬라."

배중손은 말했다.

"단단히 묶어서 본 막사 창고에 가두어라."

노영희가 지시했다.

"넵."

첩자는 고개를 숙인 채 말이 없었다.

"낼 모레 달뜰 무렵 상엿집으로 데리고 가서 초막에 먼저 들여보낸다. 그러면 만나기로 한 놈이 올 것이다. 그때 두 놈을 다 잡아라."

"그렇게 하는 것이 좋겠소. 이달석 대장이 그 임무를 맡으시오."

"네입."

"그리고 이번 기밀을 가지고 온 박동박에게 치하를 해 주시오."

배중손은 이달석에게 말했다. 긴한 정보를 알린 박동박이었다.

"넵, 장군님. 그리하겠습니다."

이달석은 배중손 앞에 허리를 굽혔다. 박동박이도 허리를 깊이 숙였다.

이틀 후, 이달석은 열 명의 병사를 추렸다. 서낭당 뒷산 상엿집으로 먼저 가서 잠복해 있어야 했다. 김박소를 상엿집에 미리 넣어두고 기다릴 참이었다.

달이 떠오르기 전에 이달석과 병사들은 상엿집으로 갔다.

김박소를 상엿집 안에 넣고 상여 기둥에 김박소를 묶었다. 그런 다음 숲에 숨어서 또 한 놈이 오기를 기다렸다. 기운 달이 떠오르고 있었다.

부엉이가 부엉부엉 울었다. 이달석은 매의 눈초리로 달빛 속을 여기저기 훑어보았다. 얼마쯤 지났을까? 멀리서 부엉이 소리가 났다.

"부우엉~ 부우엉~"

이달석이 부엉이 소리를 답해주었다. 그 소리를 듣자 검은 그림자가 쏜살같이 달려서 상엿집 안으로 들어갔다.

그때였다. 이달석의 부하들이 우르르 몰려서 초막을 에워 쌌다.

"항복하라!"

"……"

안에서는 감감 무소식이었다.

"셋 셀 동안 항복하지 않으면 초막에 불을 지르겠다."

이달석이 엄포를 놓았다.

"하나. 둘."

셋을 세기 직전, 안에서 소리 질렀다.

"살려주십시오. 제발 살려주십시오."

김박소의 목소리였다.

이달석과 병사들이 초막 안으로 들어갔다. 기둥에 묶인 김박소는 살려달라고 애원을 했다. 그런데 또 한 놈 첩자는 고개를 숙이고 무릎을 꿇었다. 놀라웠다. 그는 박칠복이었다.

"아니, 이럴 수가!!"

 이달석은 어안이 벙벙했다. 그는 첨찰산파 박칠복 대장이었다. 이달석은 말문이 막혔다.

"나를 죽여라."

박칠복이 말했다.

"장군님께 데려 간다. 장군님이 죽이든지 살리든지 할 것이다."

"나를 죽여라."

박칠복은 품에서 단도를 꺼내 스스로 심장을 찌를 기세였다. 찰라, 이달석은 단도를 쥐고 있는 박칠복의 손목을 주먹으로 내리쳤다. 쥐고 있던 단도는 바닥으로 떨어졌다.

"묶어라."

이달석은 병사들에게 두 놈을 묶으라, 명했다.

이달석은 을씨년스러운 달빛을 등에 받으며 배중손 막사로 갔다.

"첩자를 잡았습니다."

"기다리고 있었소."

"첩자의 얼굴을 보십시오."

이달석이 말했다. 배중손은 제 눈을 의심했다.

"아니, 박칠복 너!"

"죽여라."

박칠복은 죽이라는 한마디를 던지고 눈을 질끈 감았다.

"박칠복이라니 저도 깜짝 놀랐습니다."

이달석이 목맨 소리를 냈다.

"……"

배중손은 한동안 침묵이었다.

"흐휴, 어찌하리……"

배중손은 긴 숨을 뱉었다. 박칠복의 행동이 미심쩍기는 했었다.

배중손은 이달석을 측근에 두고 박칠복과 유정탁에게 무심했었다. 박칠복의 불만은 거기서부터 쌓였다. 이달석 보다 못할 게 무어냐는 식의 불평을 유정탁에게 했었다. 그런 중에 이달석이 예전과 달리 그를 아랫사람 취급을 하는 것에 앙심을 품기도 했다.

삼별초가 진도에 입성하기 전에는 똑같이 힘겨루기를 하는 동급이었다.

배중손은 자신이 무심했음을 알았다.

노영희가 불쑥 말했다.

"장군. 두 놈 목을 치라 명하시오."

"아닙니다. 기밀을 빼낸 다음 목을 칩시다."

이달석의 말이었다.

"아니오. 꼴을 보니 혀를 깨물면 깨물었지 말할 자가 아니오."

노영희가 다그쳤다.

"살려주시오. 내 다 말하리다."

김박소가 애원했다.

"장군. 본때를 보여야 합니다. 다시는 첩자들이 얼씬거리지 못하도록 말입니다."

노영희가 말했다. 그때까지 묵묵히 있던 배중손이 입을 열었다.

"두 사람을 다 풀어주시오."

"네?"

"무어라구요?"

"내 잘못이오. 박칠복은 어린 날부터 함께 했던 사람이었고 김박소는 강도의 피비린내를 뚫고 험한 뱃길을 넘어왔는데 내가 무심했기에 반심을 품었다는 생각이 드오. 그러니 살려주시오."

배중손은 박칠복의 손을 꽉 잡았다가 놓으며 돌아섰다. 다시 침묵이 흘렀다.

그때 박칠복이 배중손 앞에 무릎을 꿇었다. 죽으면 그만이라는 식으로 버티고 있던 박칠복은 꽁꽁 얼어있던 마음이 봄볕에 살얼음 녹듯이 풀렸다.

김박소는 눈물을 뚝뚝 흘렸다. 한 치의 틈도 없는 냉혈한 배중손인 줄 알았다. 걸핏하면 몽고 놈들의 목을 쳐서 꼬챙이에 끼어 매달라고 하는 배중손이었다. 그에게 상반되는 의견을 가지고 있는 자들은 단칼에 목을 치는 배중손이었다.

그러나, 배중손은 병사들의 진심을 받아 안을 줄 아는 가슴이 있었다.

"배 장군의 말을 따르라. 그리고 모두 제 본연의 위치로 돌아가라."

노영희가 말했다.

박칠복과 김박소는 아무 일도 없었던 듯 병사들과 함께 훈련에 임했다.

진도를 기습하려했던 연합군들의 비밀작전은 실패하고 말았다.

3부
전장에 핀 꽃, 동백

전장에 핀 꽃, 동백

새벽녘, 배중손은 흑마를 타고 벽파로 향했다.

그는 흑마를 탄 채 거대한 거북 바위 위, 바다를 향해 서있었다.

먼 바다에서 마칼바람이 몰고 오는 눈발이 휘날렸다. 몽고에서 불어오는 잿빛 바람은 크고 작은 섬들을 덮었다.

포구에 묶인 큰 함선은 바람에 전후좌우로 흔들렸다.

'저 몽고의 흙바람은 언제 그치려는가?'

배중손은 한 곳에 우뚝 서서 고려의 앞날을 생각하며 수심에 차 있었다.

여명의 시간, 마칼바람이 더 거칠게 불었다. 바다 위에 날리던 눈발을 흩날렸다. 잿빛 바람이 밀렸다.

순간 거북바위 아래 엎드려 있는 바다가 꿈틀댔다. 붉은 햇덩이가 솟기 위한 용트림이었다. 잿빛이 걷히고 서서히 하늘이 열리기 시작했다.

배중손은 흑마 위에서 말고삐를 놓고 양팔을 벌렸다. 얼마지 않아 바다를 차고 솟아오르는 아침 해를 큰 가슴으로 받아 안을 기세였다.

'우아아~~'

배중손은 소리를 질렀다.

"이이히잉~"

그러자 흑마가 앞발을 들면서 배중손을 따라 하듯 소리 질렀다. 배중손이 뒤로 넘어갈 듯 했다. 그러나 배중손은 흑마의 궁둥이를 툭툭 쳐주면서 중심을 잡았다.

상쾌했다. 시린 아침 햇살이 벽파와 감부섬 주변에 쏟아져 내렸다.

눈부셨다. 눈시렸다.

아침 햇살을 받은 파도가 거품을 뿜으며 갯바위를 쳤다. 하얗게 부서진 파도는 햇살을 받아 불붙었다. 파도는 불꽃이었다. 투구를 쓴 배중손의 옆얼굴이 홍조를 띠었다. 무언지 모를 뜨거운 덩어리가 안에서 올라왔다.

'벽파의 해돋이여, 벽파의 파도여.'

그 아침 벽파 앞바다는 좋은 기운을 배중손에게 전했다. 배중손은 따스한 기류가 온 몸으로 흘러들어오는 것을 느꼈다.

배중손은 거북바위 위에서 말고삐를 잡아 말머리를 천천히 돌렸다.

그리고 벽파 앞바다에 정박해 있는 수 백 대의 함선을 눈으로 점검했다. 떠오르는 햇살을 받으며 파도를 타고 흔들거리는 함선은 늠름한 전사처럼 보였다.

저런 품새라면 몽고군의 전함이 쳐들어오더라도 끄떡없을 것이었다. 믿음직한 배중손의 병사들이었다.

벽파는 삼별초의 중요한 해군 요새였다. 철두철미한 방어를 해야 할 곳이었다. 겨울 동안 몽고군이 한번은 쳐들어올 것이 뻔했다. 몽고군이 쳐들어오는 길목을 원천봉쇄하는 길이 최선이었다.

배중손은 벽파항 가까이 포진하고 있는 막사에 들렀다. 이달석과 동백이 배중손을 뒤 따르고 있었다.

중요한 길목 벽파항에 주둔한 병사들의 사기를 북돋우기 위하여 이른 새벽 말을 달려 그곳으로 온 배중손이었다. 막 잠에서 깬 병사들은 느닷없이 들이닥친 배중손을 보고 허겁지겁 움직였다. 박칠복이 맨 먼저 뛰어나와서 배중손을 맞았다.

"어서 오십시오. 장군."
"박 대장, 별고 없으시오?"
"네입."

지난 첩자 사건 이후, 박칠복은 삼별초 벽파 막사를 통솔하는 대장 서열에 섰다. 박칠복이 첩자였다는 것을 극비에 붙이고 가장 중요한 요지 벽파항에 김박소와 함께 투입시킨 배중손이었다. 박칠복과 김박소는 죽은 목숨을 살려준 배중손의 뜻에 맞는 새로운 병사로 탄생했다. 배중손은 그들의 손을 잡았다. 그리고 잡은 손에 힘을 주었다.

'고맙다.'

배중손이 막사에 왔다는 소식을 들은 병사들은 재빨리 너른 마당에 5열로 정렬했다. 총사령관 배중손이 갑자기 들이닥쳤지만 흐트러짐이 없었다. 배중손은 고개를 크게 주억거렸다. 믿음이 갔다.

배중손은 말에 올라탔다. 그리고 우렁차게 말했다.
"병사들이여. 여기는 우리가 원하는 나라다. 몽고의 말발굽소리 들리지 않는 평화의 나라다. 그러나 저 놈들은 언제라도 쳐들어 올 수 있다. 방심하지 마라."

병사들은 일제히 큰소리로 대답했다. 병사들의 목소리는 하늘과 바다를 쩌렁쩌렁 울렸다. 배중손은 흐뭇했다.

그날 오후 노영희와 김통정이 벽파로 왔다. 마침, 음력 시월 보름 하루 전날이었다. 마을 사람들은 아침부터 돼지를 잡고 막걸리를 빚어 잔치를 베풀었다.

전함을 지키는 벽파의 해군병사들을 격려, 사기를 북돋아주는 고마운 배려였다. 병사들은 오랜만에 술과 고기로 포식했다.

강도를 빠져나와 몽고군의 횡포로부터는 안전했지만 그래도 연일 긴장을 풀지 못했던 병사들이었다. 모처럼 여유를 가지고 한데 어울려 즐겼다.

병사들과 함께 술과 안주로 포식한 배중손은 정자 난간에 기대어 앉았다.

멀리 해남 땅이 바라다보였다.

해남 쪽 산머리에서 떠오른 보름달은 바다를 가로질러 길게 빛 그림자를 만들었다. 떠오른 햇살이 아름다운 날은 떠오르는 달도 크고 더 아름답다는 것은 일반적 상례였다.

배중손은 칼을 뽑아 달빛을 향해 겨냥했다. 대보름 달빛은 물결을 따라 출렁이며 배중손이 있는 난간까지 길게 드리워졌다.

'아름답구나.'

배중손은 자연의 아름다움을 처음 대하는 양 미소가 번졌다.

그는 예전에 진도 해안과 산을 쏘다니며 자연의 아름다움에 취해서 살았던 때가 있었던가, 생각해 보았다. 만전을 따라 강도로 가기 전 배중손은 여귀산의 날쌘 사냥꾼이었다. 멧돼지나 꿩쯤은 그의 활에 옴짝도 못했었다.

배중손은 그날이 까마득했다. 배중손은 달빛에 몸을 맡기고 마음껏 휴식했다.

"거기 누구 있느냐?"

배중손은 정자 아래 서 있는 동백을 불렀다.

"네, 여기 있습니다. 분부 내리십시오."

동백이 씩씩한 목소리로 말했다.

"박동박이냐?"

"넵."

"올라오너라."

"네?"

"이리 올라오너라."

"아, 아니옵니다. 이달석 장군님이 소피보러 가셨습니다. 곧 오실 것입니다."

동백은 기겁을 했다. 정자 가까이, 아니 배중손 가까이 다가갈 수 없었다.

"너, 말이다."

"네에?"

동백은 정자 위의 배중손을 쳐다보았다. 모처럼 갑주를 벗고 편안한 복장이었다.

"가까이 오너라."

배중손이 재차 불렀다. 그러나 동백은 배중손 가까이 가지 못했다. 심장이 뛰기 시작했다.

"저기 바다가 보이느냐?"

배중손은 동백의 마음이사 아랑곳없이 달빛이 길게 드리워진 바다를 가리켰다.

"네? 아, 잘 안보입니다. 달빛이 지나가는 길만 쪼끔……"

동백은 꼭 보이는 것만큼 말했다.

"그래. 밤이기 때문이다. 지금 고려도 밤이다. 백성의 아픔을 볼 수 없는 밤이다."

배중손은 깊은 한숨을 내쉬었다. 동백은 고개를 숙이고 말없이 서 있었다.

"어서 아침을 맞이해야 할 텐데…… 평화가 있는 고려의 아침을……"

배장군은 혼잣소리로 중얼거렸다. 혼잣소리로 말하는 배중손의 우국심정이 동백에게 전해졌다.

"장군님, 꼭 아침이 올 것입니다요. 나라 걱정하시는 장군님 계시고 또 장군님 뜻 따르는 백성들이 있지 않습니까요."

동백은 배중손의 마음을 달래주듯이 그렇게 말했다.

"허어, 그렇구나. 네 놈 생각하는 틀거지가 보통을 넘는구나."

배중손은 너털웃음을 터트리며 고개를 돌려 동백을 바라보았다. 달빛에 비친 배중손의 옆얼굴을 넋을 잃은 듯, 바라보고 있던 동백은 배중손과 눈이 마주치자 소스라치게 놀랐다. 동백은 고개를 획, 돌렸다.

"허어, 그놈 놀라기는…… 그러지 말고 가까이 오너라. 내 뜻을 따르는 백성들 이야기나 들려주라."

배중손은 동백에게 손짓을 했다.

"아, 네. 장군님."

동백은 한발 다가갔다.

"더 가까이."

"아, 네, 에에."

"백성들이 기원하는 평화를 함께 보자."

배중손은 달빛에 출렁이는 바다를 손가락으로 가리키며 동백을 불렀다.

"네, 장군님."

동백은 주춤거리며 계단을 올라섰다. 다리가 떨렸다. 심장이 더 거칠게 뛰었다. 동백은 뒤돌아보았다. 소피보러 간 이달석이 어서 오기를 바랐다.

뒤돌아보면서 정자 난간 가까이 다가서다가 동백은 얕은 계단을 잘못 밟았다. 동백은 기우뚱 했다. 몸의 중심이 흐트러졌다.

"아이고오."

순간, 난간을 잡으며 가까스로 몸의 중심을 잡았다.

그러나 쓰고 있던 동백의 모자가 땅에 떨어졌다. 모자 속에 감추었던 타래머리도 동백의 등으로 떨어졌다. 동백은 당황했다. 몸을 바로 잡으며 뒤로 물러섰다. 그리고 정자 아래로 급히 내려서 뛰었다.

"네 이놈, 게 섯거라."

배중손은 달아나는 동백을 불러 세웠다. 동백은 그 자리에서 꼼짝 못했다. 온몸이 부들부들 떨렸다. 배중손은 일어서면서 바닥에 떨어진 동백의 모자를 주워들었다. 그리고 정자 아래 움츠리고 서 있는 동백을 바라보았다.

"너는 계집아이렸다."

달빛 아래 동백의 고운 자태가 드러났다.

"아이고오, 장군님."

동백은 그 자리에 무릎을 꿇어 엎드렸다.

"대답해라. 계집아이렸다."

"……"

"말 하그라. 남장을 한 사연이 무엇이냐? 혹 첩자가 아니더냐?"

"예? 아 아니옵니다."

동백은 손사래를 쳤다.

"그렇다면, 남장을 왜 했느냐?"

동백은 엎드린 채 슬픈 사연을 소리로 말했다. 중머리 계면조였다.

용서하오. 제발 덕분 용서하오
철없는 행동거지 무례한 일 저질렀소
장군님 뵈올 적에 이 가슴은 떨리었고
소녀 넋을 사로잡아 열병으로 지새웠소
흠모지정 태산 같고 사모지정 사해 같아
지척에서 수월허게 장군님을 뵈옵자고
결심하고 나선 것이 이 모양이 됐나이다
죽어 마땅 죄 지었소 이내 몸을 용서하오

동백은 소리 끝으로 엎드려서 일어설 줄 몰랐다. 그때 이달석이 뛰어 왔다. 그는 엎드려 있는 동백을 보자 기겁을 했다.

"너는?"

이달석은 휘둥그렇게 눈을 치떴다.

"어허, 내 이상타 하면서도 군사 한사람이라도 더 늘릴 욕심에……"

배중손이 말했다.

"그러면 네 놈이 여자였단 말이냐?"

이달석은 큰 소리로 다그쳤다.

"용서하십시오."

"……"

배중손은 땅바닥에 무릎을 꿇고 고개를 떨군 동백을 바라보며 가만가만 고개를 끄덕였다.

"장군님, 여자가 분명합니다만, 첩자는 아니라 생각되옵니다."

이달석이 말했다.

"그러면…… 아녀자임이 분명하니 서둘러 어미에게 돌아가라 하시오."

배중손의 얼굴에 노기가 서렸다. 이달석은 동백의 멱살을 잡아챘다.

"말하라. 왜 남장을 했느냐?"

이달석이 양미간을 찌푸리며 소리쳤다.

"저는 고려인입니다. 여자면 어떻고 남자면 어떻습니까. 나라 구하고자 오랑캐와 싸우는데 남녀가 무슨 상관이라요."

동백은 이달석에게 멱살을 잡힌 채 고개를 들고 말했다.

"이 녀석이 누구 앞에서 말대꾸냐?"

이달석은 동백의 멱살을 거칠게 잡아채서 내동댕이쳤다. 엎어졌던 동백이 벌떡 일어났다.

"장군님, 제 말이 틀린 거 아니란 말입니다. 나라 구하고자 하는데 여자라고 정지간에 처박혀있어야 합니까요? 제발 가란 말씀만 하지 마십시오."

"그래도!"

이달석이 다시 한 번 동백의 멱살을 잡았다.

"아니다. 그 멱살을 놔라. 허기사 그 녀석 말이 맞긴 맞다. 아녀자라고 나라 걱정하는 마음 없을손가……"

배중손이 말했다. 이달석은 동백의 멱살을 놓았다.

"장군님. 저도 고려의 백성입니다."

동백은 고개를 들고 배중손을 빤히 쳐다보았다. 간절한 표정이었다.

"그래. 박동박은 고려 병사로서 큰 공을 세우기도 했지?"

달빛 때문인가? 남장을 하고 있는 동백의 자태는 고운 여인의 모습이었다. 고운 자태가 달빛에 고스란히 비춰보였다.

배중손은 동백의 눈을 피하여 뒤돌아섰다. 달빛 가득 들어 찬 동백의 눈동자를 바라볼 수 없었다. 아름다웠다. 강도에서부터 아녀자들과 궁녀들을 보았지만 달빛 아래 동백은 천상의 여자인 듯 눈 부셨다.

'아름답구나. 달빛만큼 아름답다.'

배중손은 자신의 소리를 들었다.

"그렇습니다. 장군님. 박동박을 용서해 주십시오."

이달석은 배중손의 노기가 가라앉는 것을 알고 재빠르게 동백 편에 서서 옹호해주었다. 배중손은 등을 보이며 고개를 주억거렸다. 동백은 무릎을 꿇은 채 배중손의 뒷모습을 바라보았다. 첫눈에 반한 늠늠

한 용태였다. 몸이 떨렸다.

배중손은 돌아섰다. 그리고 들고 있던 모자를 동백 머리에 씌워 주었다. 동백의 머리카락이 배중손의 손 끝에 닿았다. 배중손은 전신이 자르르 울렸다.

배중손은 깊은 한숨을 내쉬었다. 동백이 여자라는 사실이 차라리 고마웠다. 그의 곁에 둔 동백이 언제부턴가 그 자신의 마음을 건드리고 있음을 느꼈었다. 그리고 죄책감에 빠진 적도 있었다. 혹, 남자를 좋아하는 것이 아닌지 자문자답해 보기도 했다.

'태평성대이면 원앙금침 속에서 너를 품어 안을 텐데……'

배중손은 혼잣소리를 하다가 고개를 흔들었다.

"너의 말이 맞다. 네가 진정 고려인이구나. 자, 여자라는 생각 잊고 훈련에 임하라."

"장군님. 감사합니다."

동백은 무릎을 꿇은 채 머리를 깊이 숙였다.

"이 장군, 오늘 일은 누구도 모르오. 동박은 씩씩한 고려 병사요."

"넵, 장군님."

이달석은 배중손을 향해 허리를 굽히고 동백을 일으켰다. 동백은 배중손이 씌워 준 모자 속으로 타래머리를 집어넣었다. 모자를 쓰면 영락없는 삼별초 병사였.

동백은 한숨을 내쉬었다. 벌을 내릴 것이란 생각을 하고 있던 터였다.

"장군님, 충성을 다 하겠습니다."

동백은 차고 있던 칼을 뽑아 양손에 잡고 배중손을 향해 절했다.

"어허허. 씩씩한 기상이 보이는구나. 고맙다. 박동박."

배중손은 웃고 있었지만 동백이 그녀의 심정을 소리로 털어놓았던 노랫말을 떠올렸다.

'흠모지정…… 지척에서 뵈옵고자……'

동백의 노랫말이 가슴에 저며 들었다. 만감이 서렸다. 전장 터에서 싹트는 연정을 느꼈다. 배중손은 고개를 좌우로 흔들었다. 단칼에 베어버려야 했다.

배중손은 큰 소리로 명했다.

"박동박을 데리고 어서 가시오."

"장군님께서는?"

"내 잠시 더 있다 들어가겠소이다."

배중손은 크게 손짓했다.

이달석은 동백과 함께 막사로 향했다. 그들이 사라지자 배중손은 정자 난간을 붙잡고 바다를 응시하며 진양 우평조로 소리했다.

이 내 마음 모르겠다 안개 속에 숨었더냐
무지개 뒤에 숨었더냐
태평성대 시절이면 원앙금침 속에서
너를 안고 딩굴면서 사랑 노래 부를텐데
시절이 곤곤하니 어찌 그리 허것느냐
굳이 너를 외면하는
이 마음을 너는 아느냐, 모르느냐

용장산성의 평화, 희망을 품은 백성

들판에서 농부들의 들노래 대신, 그 즈음 진도는 시끌벅적했다.

뾰족한 활촉이 날아다니고 날선 칼이 대나무 잎을 베어내고 무거운 창이 번뜩거렸다. 그런가 하면 병사들의 훈련받는 기합 소리가 밤낮으로 진도 하늘을 쩡쩡 울렸다. 몽고군의 기습공격에 대비하여 만반의 준비를 하는 삼별초군이었다.

유언비어가 난비하여 날아다니기도 했지만 겨울로 깊이 접어들면서 수시로 진도 근해에서 날름거리던 몽고군의 약탈행위가 뜸해졌다.

용장궁성에 모처럼 평온한 기류가 흐르고 백성들의 얼굴에 웃음이 돌았다. 잔잔한 평화였다.

산성으로 둘러싸인 용장사의 주지승 묘곡은 대웅보전에서 제 올릴 준비를 하고 있었다. 묘곡은 육법공양으로 초, 향, 차, 밥, 꽃, 과일을 정성스럽게 준비하였다.

시자가 용장궁으로 뛰어 갔다. 시자는 궁 밖에서 큰 소리로 아뢰었다.

"제 올릴 준비 다 되었습니다."

시자는 곧 되돌아서 대웅보전 쪽으로 달렸다.

얼마지 않아 온왕을 모신 대신들과 배중손, 노영희, 김통정, 이달석 등이 대웅보전으로 들어왔다.

홀연 목어가 울었다.

이어 새벽을 깨우는 묘곡의 목탁과 경 읊는 소리가 대웅보전을 울리고 산성으로 올라가며 섬 전역에 퍼져나갔다. 큰 법당 어간의 섬돌에서 시작한 목탁소리는 새 고려의 평화와 안녕을 기원하는 제의 처음 의식이었다.

묘곡스님이 예불을 했다.

여기 깨끗한 물로
감로차를 만들었습니다.
꽃과 과일을 올렸습니다.
거룩하신 부처님의
거룩하신 가르침으로
정성들인 예를 올리오니
원컨대 어여삐 여겨 받아주시옵고
이 나라, 이 땅 짓밟는
말발굽으로부터 구원하여 주시옵소서

계율의 향기와
삼매의 향기와
지혜의 향기가
광명의 구름되어 법계에 두루두루
모든 곳에 한량없이 계시는

거룩한 부처님
거룩한 부처님
공양하옵나이다

헌향진언 옴 바아라 도비야 훔

삼계의 큰 스승이시여
뭇 생명의 어버이시여
나의 스승이신 석가모니 부처님께
지극한 마음으로 목숨바쳐 절하옵니다

헌향진언
옴바아라 도비야 훔
옴바아라 도비야 훔
옴바아라 도비야 훔

    온왕을 비롯하여 여러 대신들과 장군들은 예를 갖추었다. 육법공양으로 조촐하게 제를 올리는 것이지만 장엄한 법회 형식으로 이루어졌다.
    부처님께 드리는 제가 끝나고 온왕은 배중손과 김통정, 주지승 묘곡과 법당에 앉아 차를 마셨다.
    "스님께서 힘을 모아 주시니 천군을 얻은 것처럼 든든합니다. 감사합니다, 스님"
    배중손이 합장으로 인사말을 건넸다.
    "나라의 안일을 기원해주시니 고맙소이다."
    온왕도 묘곡에게 말했다.
    "천만의 말씀이옵니다. 한 마음으로 뭉쳐서 오랑캐를 이 땅에서 몰아내자는데 성심을 다하고 있습니다."

"참으로 고맙습니다. 부처님의 뜻으로 이 땅의 백성들을 구원하도록 기원 많이 해 주십시오."

"그러지요. 아침 저녁 부처님께 공양 올리고 기원하겠습니다."

묘곡은 온왕에게 합장으로 예를 보였다.

배중손은 온왕과 함께 법당을 나왔다. 법당 밖에 서 있던 신하들이 온왕 곁으로 다가왔다. 시중드는 궁녀도 허리를 굽히고 서 있었다.

겨울 바람이 불었다. 북쪽으로부터 내려오는 바람이었다.

"요즈음 몽고의 바람이 잠잠하니 마음이 다 풍요롭도다."

온왕이 천천히 걸어서 왕궁으로 향하며 말했다.

"네, 황제 폐하 그런 줄 아옵니다. 이제 희망을 품어도 될 듯하옵니다. 그러나 겨울동안 옥체보완 하옵소서."

배중손은 공손히 온왕의 말을 받들었다.

그때 벽파항 막사에 있던 박칠복이 말을 타고 와서 내렸다. 그는 온왕 앞에 엎드려 절을 하고 말했다.

"아뢰옵니다. 강진에서 큰 배가 들어온다는 기별이 왔습니다."

"황제 폐하, 바람이 찹니다. 궁으로 들어가십시오. 신은 벽파로 나가서 강진에서 싣고 오는 도자기를 받으러 가겠습니다."

배중손은 온왕에게 말했다.

이 무렵 강진 마량포에서 벽파항과 중국 등지로 각종 사치품이나 생활용품 청자를 실어 나르는 배들이 들락거리고 있었다.

왕실에서 필요한 돈(의자), 대접, 술병, 찻잔, 술잔, 접시, 항아리, 주전자와 같은 그릇 종류와 불교와 관련된 향로 등 수천종류의 고급 청자류였다.

청자는 처음 중국 송나라의 영향을 받아 만들기 시작했다. 그러나 강진의 흙으로 빚기 시작하면서 송나라가 흉내 내지 못할 푸르른 빛을 창조했다.

강진의 흙으로 빚어져 가마 속의 불과 궁합을 맞추면서 천하 제일 고려 비색의 청자가 탄생한 것이다. 그런 후, 역으로 송나라 등지로 수출하기까지 했다.

청자류를 실은 배가 마량포에서 풍속 따라 벽파에 당도하면 마차에 싣고 용장궁으로 갔다. 그것은 왕궁의 필수품으로 요긴하게 쓰이는 것이었다.

배중손은 마차 두 대를 준비했다. 그리고 박칠복과 함께 말을 타고 벽파로 향했다.

이달석과 동백은 청자 실은 배가 들어오기를 기다리며 벽파포구에서 어슬렁거리고 있었다. 청자를 싣고 오는 배가 채 도착하기 직전이었다.

이달석과 동백은 벽파포구 한쪽에 있는 주막으로 들어갔다. 그 주막은 병사들이 훈련을 받다가 휴식할 때 국밥 한 그릇씩 먹는 밥집이었다. 주민들과 병사들이 자유롭게 이용하는 곳이었다.

"어서 오시오."

주막 아낙네가 눈웃음을 반겼다.

"듬북국 두 그릇 주시오."

이달석은 평상 위에 올라앉으며 말했다.

"박동박, 너도 올라앉아라."

"네."

"오매, 그 병사 곱게도 생겼오."

아낙네는 국밥을 옹기 사발에 퍼 담아 상위에 올리면서 동백을 바라보았다.

"거, 아짐. 그런 말씀 마시오. 가뜩이나 장군님께서 나를 쌈터에 안 데려 갈라고 허는디, 그렇게 말씀허시면 안 되지라."

동백은 호기롭게 말하고 이달석 앞에 양반다리로 앉았다. 그들은 더 이상 아낙네와 말 섞지 않고 국밥을 먹었다.

그때, 시바와 귄단이가 주막으로 들어왔다. 동백은 아차, 하며 몸을 돌려 앉았다. 이달석이 왜 그러냐고 눈으로 물었다. 동백은 작은 소리로 '동무요.' 했다.

"그래? 그러면 저 허우대 멀쩡한 놈도 동무냐?"

이달석은 시바를 가리키며 큰 소리로 물었다. 시바가 돌아다보았다. 그는 동백과 눈이 마주쳤다. 시바가 동백을 발견하고 눈이 휘둥그레졌다. 이왕 들켰다고 생각한 동백은 사내처럼 씨익 웃었다. 이달석이 시바를 오라고 손짓했다. 귄단이가 먼저 동백을 부르며 다가왔다.

"야야, 동백아."

동백은 귄단이를 보며 웃었다.

"이리 와."

이달석은 다시 시바를 불렀다. 시바가 이달석 곁으로 왔다.

"너, 이름이 뭐냐?"

"시바, 강시바입니다."

"너는 오늘부터 내 부대 소속 삼별초 병사로 데려 가겠다."

이달석이 말하자 시바는 고개를 흔들었다.

"주, 죽기 싫습니다. 오랑캐 놈들이 오면 우리 병사들 다 죽는다고 했습니다."

"용맹을 길러 놈들을 물리칠 생각을 해야지. 으째 너는 죽는다는 생각부터 하느냐?"

"아, 아닙니다. 저는 안 갑니다요. 우리 섬 사람들이 다 삼별초 편인 줄 아십니까? 삼별초군이 우리 섬에 들어 온 것을 원망하는 사람들도 많이 있습니다. 전 안갑니다."

시바는 뒤돌아서서 냅다 뛰었다. 동백을 데리고 섬을 빠져나가고 싶은 시바였다. 진도 천도를 단행했다는 삼별초군이 군중을 모아놓고 외친, '몽고와 목숨 걸고 싸워서 자주고려를 세우자'는 구호를 시바는 이해할 수 없었다. 이해하고 싶지도 않았다.

목숨 걸고 싸우다 죽는 것보다 한구석에 숨어서라도 목숨 붙잡고 살아남는 것이 참 삶이라 말하는 시바였다.

그에게는 침략자가 나라를 빼앗아 가던지 말던지, 사랑하는 사람과 부모형제와 어느 촌 골짝에서 살아가는 것이 최선의 목표였다.

'에이 씨발, 하필 우리 섬으로 쌈패들을 끌고 올 게 무어야.'

시바는 뒤도 안 돌아보고 뛰면서 중얼거렸다. 이달석은 뛰어가는 시바를 바라보며 혀를 끌끌 찼다.

"동백아, 시바는 우리 섬에 들어 온 장군들을 모다 욕하고 다닌단 말이다."

권단이가 동백에게 말했다.

"속없는 놈. 그란디 권단아, 우리 엄니 안녕하시냐?"

동백은 시바가 달아난 쪽으로 뛰어가려고 하는 권단이의 치맛자락을 붙잡았다. 권단이는 치맛자락이 붙잡힌 채 고개를 주억거렸다.

"느그 엄니가 니 걱정 엄청 하시더라."

권단은 시바가 그녀의 시야에서 벗어나자 마지못한 듯 동백의 말을 받았다.

"우리 엄니 만나면 걱정 말라고 전해주라."

"너 참말로 괜찮냐?"

권단은 이달석을 곁눈질로 바라보며 물었다. 동백은 고개를 끄덕였고 이달석은 권단의 곁눈질을 의식하고 말을 바꾸었다.

"재빠른 놈, 저 놈이 척후병으로 딱 인데."

이달석은 시바의 빠른 뜀박질이 탐났다.

그 무렵, 진도정부의 최우선 전략은 적의 동태를 살피는 것이었다. 여귀산, 첨찰산, 금골산, 망바위, 선황산, 삼마산, 감부섬, 망금산, 또는 벽파 건너 해남의 어란과 송호, 강진의 마량포 등지에 척후병을 심어서 몽고군의 동정을 살피라는 것이 배중손이 지시한 전략이었다.

그래서 이달석은 발 빠르고 지역 사정을 잘 아는 시바가 척후병으로 들어왔으면 하고 바랬다. 시바의 달리기 재간에 군침이 돌았다.

"강시바가 너희들 친구라고 했냐?"

이달석이 권단에게 물었다.

"네."

"강시바를 우리 부대 소속으로 꼭 데려와야 하겠다. 저렇듯 발 빠른 병사들이 우리는 필요하다. 너희들이 친구이니 오늘 용장성으로 강시바를 데리고 오너라."

"시바는 안 되는디요. 맨날 해남으로 도망가야 한다고 하는디요."

권단은 고개를 저었다. 그때 동백이 나섰다.

"제가 오늘 저녁 시바 만나 설득 할랍니다. 엄니도 쫌 만나 뵙고요."

"그래. 잘 설득해서 꼭 데려오너라."

이달석은 동백의 어깨를 툭 치며 권단이를 바라보았다.

"저, 저는 아닙니다요. 달리기도 못합니다요."

권단이는 손사래를 쳤다.

"너는 쌈터에 나가지 말고 우리 부대로 와서 밥 짓는 병사가 되면 좋을 것이야."

이달석이 말했다. 권단은 고개를 숙이고 입을 다물었다.

이달석은 국밥 한 그릇을 비우고 평상에서 일어났다.

벽파 앞바다를 향해 들어오는 함선이 있었다. 마량포에서 청자를 싣고 오는 함선이었다.

"배가 들어옵니다."

"그렇구나. 귀한 도자기들이 들어오는구나."

이달석과 동백은 일어섰다.

"권단아, 저녁 때 마을로 내가 갈텐께, 시바 데리고 우리 집 와 있거라."

동백은 권단이에게 일방적으로 약속 정해 놓고 이달석 뒤를 따라 함선이 들어오고 있는 해안으로 갔다.

그날 해질녘이었다.

동백은 빠른 걸음으로 오류 마을 집으로 향했다. 오류 마을에 있는 집으로 가는 길목에 수백그루의 버드나무가 집단으로 늘어 서 있었다. 달밤에 늘어져 있는 버드나무를 보면 처녀귀신이 머리를 풀고 있는 형상이어서 밤중에 어린아이들은 그 길목을 피해 다녔다. 동백도 어린 날에는 그랬었다.

늦가을로 접어드는 계절이어서 버드나무 잎이 바람에 날렸다. 바람이 조금이라도 거칠게 불면 침엽의 버들잎은 우수수수 소리를 내며 휘날렸다.

동백은 버드나무 숲길을 지나 마을 입구로 들어섰다. 달빛도 없었다. 동백은 고개를 젖히고 하늘을 올려다보았다. 별이 총총했다. 별들이 한데 모아져서 가는 길을 비추고 있었다.

동백은 별빛 길잡이로 마을 돌담을 돌아 그녀의 집 앞 얕은 싸리나무 울타리 앞에 섰다. 안에서 두런거리는 사람의 말소리가 들렸다. 동백은 조심스럽게 싸리문을 밀고 마당으로 들어섰다.

권단이와 시바, 동백 모가 초롱불 아래 무슨 말인가를 주고받고 있었다. 동백은 어머니 목소리를 들으니 눈시울이 시큰했다.

'뵙지 못한 지 어언 넉 달이 넘었구나.'

동백은 눈물이 흐를 것만 같아서 눈꺼풀을 질끈 감았다가 떴다. 눈물이라면 없애야 했다. 어머니 앞에 약한 모습은 아니 된다. 동백은 굵은 남자 목소리로 어머니를 불렀다.

"엄니."

"오매, 오매. 누구냐? 나를 부른 이 누구냐?"

동백 모가 먼저 방문을 열었다. 갑자기 문을 여는 바람에 초롱불이 획, 꺼져버렸다.

"동백이냐?"

시바가 쪽마루를 내려섰다. 동백 모도 맨발로 마당으로 내려왔다. 동백 모는 어둠 속에서 동백을 와락 끌어안았다. 귄단은 그새 꺼져버린 초롱불을 밝혔다.

"아이고 내 새끼, 어디보자. 축난 데는 없냐?"

"축나기는요. 보시오. 더 건강해졌습니다요."

동백은 여전히 사내 목소리를 냈다.

동백 모는 동백이 삼별초군으로 자원해 가고 나서 그 자신을 질책했다. 걸핏하면 '사내로 태어났으면 니 아부지 기상 닮아 천하를 호령할텐디……' 하며 넋두리했던 그녀였다.

남편은 첨찰산 원뚝골 깊은 계곡에서 호랑이를 만났었다. 호랑이를 만나면 도망쳐야 할 터인데 그놈 호랑이와 맞대결하다가 다리 한쪽을 호랑에게 물어뜯기면서 호랑이 밥이 된 남편이었다. 그때 동백 나이 일곱 살이었다. 동백 모는 남편을 잃고 동백을 아들처럼 의지하여 살았다.

그런 동백이가 삼별초 병사로 자원해 가고 난 후, 동백 모는 하루도 마음 편할 날이 없었다. 원망스러운 것이 섬으로 들어 온 왕과 장군들이었다.

그들이 섬으로 오지 않았으면 농사짓고 고기잡이 하면서 편안한 세월을 노랫가락에 얹어 살았을 섬 사람들이었다.

"그래도 병사복장을 하니 꼭 예전 느그 아부지 모습이구나."

동백 모는 동백의 그럴듯한 병사복장을 툴툴 털며 한마디 했다.

"엄니가 웃으니 힘이 더 나는구먼."

"그래라. 이왕지사 나라를 위한다고 나갔으니 힘내라."

동백 모는 말하고 샛문을 열고 부엌으로 나갔다. 가마솥에서 따뜻한 김이 올라오고 고구마 익는 냄새가 났다. 동백 모는 동백이 온다는 말에 미리 고구마를 찌고 있었다. 동백 모가 부엌으로 나간 사이 동백은 시바에게 말했다.

"시바야, 함께 힘을 보태야헌다."

"나는 죽기 싫단말이다. 우리가 누구 좋으라고 목숨을 버린다냐? 그러지 말고 동백이 니가 그 곳을 나와라."

시바는 강경했다. 귄단이와 함께 동백이네 집에 온 것은 동백을 삼별초 병사에서 끌어내야했다.

"죽기는 왜 죽어. 오랑캐 놈들이 우리 섬으로까지 들어오면 그놈들한테 우리가 죽을 수도 있은께 병사들을 모아 오랑캐를 막아내자는 것이란 말이다."

"무어라고 해도 나는 싫구먼."

시바는 완강했다.

"시바야, 너는 쌈터에 나가지 않아. 너는 달리기 잘하니까 우리 마을 설매봉이나 그런 곳에서 망을 보다가 적의 낌새를 포착허면 벽파 막사로 뛰어가서 알리기만 허면 돼."

"아니. 그러다 적에게 들키면 그 자리에서."

시바는 손으로 자기 목을 치는 시늉을 했다.

"야! 시바 니가 그래도 사내냐? 어릴 적부터 함께 자란 동무여서 한 가닥 희망을 품고 왔는디."

동백은 버럭 소리를 질렀다. 곁에서 듣기만 하던 귄단이가 끼어들었다.

"동백이 너는 으째서 시바를 데려 갈라고 그러냐? 니는 장군인가 뭔가한테 빠져서 쌈터로 갔지만 우리는 아니어야. 기냥 놔둬. 나는 시바랑 시바 외가가 있는 해남으로 갈 것인께."

"뭐야? 풀 먹을 소도 없는디 풀 뜯고 자빠졌네."

권단의 말에 이번에는 시바가 소리를 지르고 자리에서 일어났다. 동백 모가 찐고구마를 들고 들어오다가 돌아서는 시바와 부딪쳤다. 권단이도 일어섰다.

"으째들 이러냐?"

"안녕히 기시오."

시바는 방문을 열고 밖으로 나갔다. 권단이가 뒤 따랐다.

"너는 나 따라다니지 말어."

시바는 권단이에게 화풀이를 했다.

"시바야, 니가 사내라면 생각을 바꿔."

동백은 밖으로 나간 시바에게 큰소리로 말했다. 시바는 싸리문을 열고 나가다가 흘낏 소리 나는 쪽을 돌아다보았다.

'니가 사내라면……'

동백의 말이 귓가에서 쟁쟁 울렸다.

백성을 도탄에 빠뜨리는 고려를 위하여 목숨을 버리라는 것인가? 내가 일구어 사는 이 땅이 고려 것이란 말인가? 오랑캐가 이 땅을 뺏고 백성들을 다 죽이는 것인가?

시바는 동백의 말끝에 많은 의문이 낚시바늘처럼 갈고리가 되어 그의 뇌리에 박혔다.

고려식 군함을 만들라

고려정부를 개경 환도 시킨 쿠빌라이의 야심이 드러나기 시작했다. 세조의 보다 큰 야욕은 일본 침공이었다.

"송나라 정벌도 끝났으니 이제 우리의 목표는 일본이다. 몽고대제국은 일본을 침략할 것이니 너희 고려는 모든 것을 협조하여라."

여기서 세조 쿠빌라이의 '모든 것'은 고려인의 피와 땀을 말했다. 전함과 병사와 군량미와 말과 병사들의 사기를 북돋을 여자들을 말하는 것이었다.

세조 쿠빌라이는 강조했다.

그는 명령서를 작성했다.

일본 침략에 대비하여 1,000척의 전함을 만들어라.
적의 침공에 쉽게 깨지지 않는 탄탄한 배를 만들어라.
너의 식, 고려식 배를 만들어라.

세조 쿠빌라이는 이 명령서를 개경으로 떠나는 인편에 쥐어주었다.

명령서를 받아 든 병사는 말에 채찍을 가하여 초원을 달려 강을 건너고 산을 넘어 개경에 닿았다.

그는 고려궁으로 들어가서 원종에게 건넸다.

"황제의 명이오."

병사는 노상 큰 소리로 그렇게 외쳤다. 세조 쿠빌라이가 보낸 병사의 목소리를 들으면 원종은 오금이 저렸다.

'이번에는 또 무엇을 요구하는가?'

원종은 건네받은 명령서를 펴서 읽지 못하고 이장용에게 건넸다. 이장용은 원종이 준 서찰을 큰 소리로 읽어 내렸다.

"1,000척의 함선을?"

원종은 양미간을 찌푸렸다. 이장용은 명령서를 읽고 난 후, 긴 한숨만 내 품을 뿐이었다.

"김방경 장군을 부르시오."

김방경은 원종이 내미는 쿠빌라이의 서찰을 읽었다. 김방경도 아무 말 없이 한숨을 내쉬었다.

"일본을 침략하기 위해 우리 고려에서 함선 1,000척을 만들라는 명령입니까?"

김방경은 번연히 알면서도 원종에게 되물었다.

"그리하라 하는구나."

원종도 푹푹 한 숨 뿐이었다.

김방경은 원종이 하달하는 세조의 명령을 받들어야 했다.

"네에."

김방경은 마지못한 듯 대답하고 원종 앞에서 물러났다.

남쪽 해안에서 배를 만들기로 했다. 고려의 산 곳곳에서 아름드리 소나무를 자빠뜨려 껍질은 벗기고 바닷물에 던져 넣었다.

삼면이 바다로 둘러싸인 고려는 일찍부터 바다를 정복하고 개척하기 위한 사업이 힘 있게 진행되었다. 또한 이 시기에 물고기 잡이와 무역활동, 외적의 침략으로부터 나라를 지키는 해상활동이 활발히 벌어져 배 만드는 기술과 항해 기술이 크게 발달했다.

김방경은 서해 변산반도 부안 곰소로 내려갔다. 김방경은 배 만드는 기술자들을 모아 놓고 말했다.

"고려식 배를 만들어라."

김방경은 고려식 함대를 1,000척을 빠른 시일 내에 만들어 내라고 명했다. 선박을 건조하는 100여 명의 기술자들은 그 명을 받아 곧 작업에 착수했다.

고려식 배의 기본 구조는 바닥이 평평하고 배의 앞 면은 유선형이다.

배는 먼저 뗏목처럼 통나무를 이어 붙여 만든다. 바닥을 평평하게 하는 것이다. 옆면은 두꺼운 판자를 대서 튼튼하게 세우고 배 내부에 가로막을 쳐서 배의 골격을 유지시킨다. 돛대는 앞 뒤 두 개를 세우고 판자로 갑판을 씌운 후, 배 난간에 방패와 창을 빈틈없이 꽂고 앞면에 철로 뿔을 만들어서 적의 배를 맞받아 부수도록 했다.

당시 고려식 함선의 특징 하나 인 쇠뿔은, 적선을 들이 받는 충격전법이다. 뿔이 달린 고려의 군함은 돌진하면서 적의 배 옆구리를 부시고 침몰시킨다.

또 하나의 특징은 긴 대나무 막대에 손잡이가 달려있는 대나무 펌푸를 만든 것이었다. 펌푸는 배 밑바닥에 닿아 있는데 당시 고려 배는 일부러 배 바닥에 틈새를 두었다. 틈새를 두는 것은 충격이나 압력에 잘 견디게 하는 이치였다. 그리고 그 틈새로 들어 와 고인 물을 빼내기 위해서 대나무 펌푸를 사용했다.

펌푸의 원리는 피스톤의 원리와 같았다. 손잡이를 열면 뚜껑이 열리면서 물이 위로 올라온다. 이 상태에서 다시 손잡이를 당기면 물의 압력에 의해서 뚜껑이 닫히고 위로 올라왔던 물이 밖으로 빠져나간다. 이렇게 손잡이를 당겼다 밀었다 하면서 밑바닥에 있던 물이 바다 쪽으로 빠져나가게 만든 것이다.

또 하나는 거센 파도와 강풍에 쉽게 침몰하지 않는 비결이 배의 밑바닥에 있다. 고려의 배는 처음 건조 할 때 밑바닥에 돌을 채워 놓는다. 이 돌은 높은 파도가 치고 강풍이 불어도 배가 심하게 기울지 않도록, 충격 받지 않도록 무게 중심을 잡아 준다. 배가 가벼우면 쉽게 침몰하지만 돌을 이용해서 15도 각도로 기울였다가 다시 원상태로 돌아 올 수 있도록 배의 무게 중심을 잡는 이치다.

다음은 병사 모집이었다.

원종은 늙어 병들어 있는 이장용에게 또 명했다.

"쿠빌라이의 명이오. 병사 3만을 모집하시오."

"벼 병사라니요? 삼별초를 치는 벼, 병사입니까?"

이장용은 더듬거렸다. 말이 잇새로 빠져 나와 알아들을 수 없을 정도였다.

"삼별초보다 이번에는 일본 침략의 병사 모집이오."

"일본을 침략하는데 왜 우리 고려병사들이 희생해야 합니까?"

이장용의 물음에 원종은 말문이 막혔다.

"……"

삼별초로부터 그들 자신의 안녕을 위하여 몽고의 명을 따르며 도와달라고 청원을 했던 원종은 묵묵부답이었다. 이장용도 원종의 심정을 알고 있다. 어쩌면 그 자신도 몽고에 고개를 숙였던 장본인이 아니겠는가?

몽고가 원하는 병사들의 숫자를 채우기 위해, 또 다시 충청도와 경상도 강원도의 남자들을 모두 소집했다. 원하는 숫자를 채우기 위하여 병든 자와 10세 미만의 남자를 빼고, 잡아들였다.

군량미도 턱없이 많은 분량을 거둬들였다. 백성들은 씨앗으로 남긴 곡식마저도 빼앗길 지경이었다. 경상도에 진을 치고 있던 홍다구는 마을을 들쑤시며 곡식을 찾아다녔다.

"곡식 숨긴 자들을 은밀히 고발하면 상을 내리겠다."

홍다구의 감언이설에 속은 몽매한 사람들은 정겹게 살고 있던 이웃을 고발했다. 심지어는 땅을 파고 몰래 묻어 둔 씨앗까지 일러바쳤다.

"이것이 무슨 날벼락이냐? 풀뿌리로 연명하더라도 씨앗은 남겨두어야 헌다."

마을 노인은 씨앗을 빼앗는 홍다구의 발목을 잡고 늘어졌다.

"씨앗이 있어야 농사 지어 내년 군량미를 만들 것이 아니겠냐?"

노인은 씨앗 봉지를 두 팔로 움켜쥐며 안간힘을 썼다. 그러자 홍다구는 칼을 뽑더니 노인의 팔을 겨냥해서 힘껏 내리쳤다. 노인의 손목이 싹둑 잘려서 땅바닥에 굴러 떨어졌다. 노인의 팔이 뎅그르르 구르자 품에 안고 있던 곡식 자루가 떨어졌다. 홍다구는 손목을 발길로 차

버리고 곡식자루를 집어 들었다.

"숨겨 놓은 자들이 또 있다면 이렇게 손목을 다 잘라버리겠다."

홍다구는 으름장을 놓았다.

마을 사람들은 말 한마디 못하고 벌벌 떨어야 했다.

말을 키우는 말 농장에서도 몽고군의 행패는 말로 다 할 수 없었다. 그러나 그것들 보다 더한 치욕은 고려의 아녀자들을 모두 잡아가는 몽고군의 노략질이었다.

그것도 숫자가 정해졌다.

'아녀자 1만 명을 모집하라.'

그 명이 떨어지자마자 고려의 여인들은 아비규환이었다.

고려의 연인들은 순전히 전장에 나가 싸우는 병사들의 사기를 돋운다는 명분의 위로물품이었다. 위로물품에 속하지 않으려는 고려 아녀자들의 안감힘을 다했다.

열 살이 넘은 여아를 결혼시켰다. 한 남자가 둘 셋의 여자를 아내로 맞이하기도 했다. 그러나 그것도 헛일이었다. 아녀자들 색출에 나선 고려 조정에서는 그 낌새를 알아차리고 조강지처를 제외한 여자들은 가차 없이 잡아들였다.

그래도 숫자가 채워지지 않으면 부하의 아내까지 강제로 잡아다가 숫자를 채우기도 했다.

몽고는 오직 일본 침략을 목표로 이미 몽고의 속국이 되어버린 고려백성들의 등골을 빼냈다.

원종이 거느린 고려 백성들의 원성이 산천초목을 흔들었다.

이와 때를 같이 하여 또 여러 곳에서 백성들의 봉기가 터졌다. 그들은 함께 힘을 합쳐 진도고려정부로 가서 살기를 원하는 자들이었다. 노비 문서를 태워버리고 백성의 자유평등을 말하는 정책을 편다는 소문도 개경정부에 반기를 드는 중요한 요인이었다.

원종은 일본 침략에 온통 신경을 쏟는 세조 쿠빌라이의 정책에 대하여 우려를 표하는 서찰을 써야겠다고 생각했다. 원종은 다시 늙고 병든 이장용을 불렀다.

"몽고황제는 우리 백성들을 들볶으며 군수물자를 마련하라고 하고 있소. 그것은 일본 침략을 위한 목적이 아니겠소?"

"그러하온 줄 압니다."

"그런데 보시오. 개경은 물론 전국적으로 반기를 들고 삼별초에 합세하고자 하는 백성들이 다시 일어나지 않소이까?"

"그러하온 줄 압니다."

"그러니 몽고 황제에게 먼저 진도의 삼별초를 없앤 다음에 일본 정벌을 착수하라고 말해야 하지 않겠소? 그래야 우리 고려가 군수물자를 대겠노라고, 서찰을 써 주시오."

"몽고 황제에게 청을 넣어 우리 백성을 죽이는 것은 누구를 위한 것입니까? 단지 개경고려의 평온과 안일을 위해서 아닙니까?"

이장용은 모처럼 원종에게 대들었다. 이장용의 뜻하지 않은 질문에 원종은 이장용을 직시하며 말했다.

"누구의 신하요?"

"……"

"몽고의 힘을 빌려 역적 놈들을 없애자는 것이 잘못입니까?"

원종은 노기를 띠었다. 이장용은 입을 다물었다. 그는 '어서 죽어야지'라고 혼잣소리로 중얼거리면서 마지못해 몽고 세조 쿠빌라이에게 보내는 서찰을 썼다. 예전과 거의 비슷한 내용의 서찰이었다.

……삼별초가 아직, 전국에서 들쑤시고 일어나고 있으니 하루 빨리 삼별초의 씨를 말려 주십시오. 또한 삼별초 진도 정부는 일본에 함께 공조하여 몽고를 치자는 외교 문서를 보내서 공격 준비를 하고 있으니, 싹이 트기 전에 없애야 합니다. 통찰하여 주십시오. 명령 기다리고 있겠습니다. 그리고 황제께서 명령한 모든 것은 준비 과정에 있사오니 염려하지 마십시오.

이장용이 쓴 서찰을 태자 심이 들고 몽고 황제한테 갔다.
심은 서찰을 들고 간 뒤 몽고에 머물렀다. 심은 고려국 보다 몽고에 머무는 기간이 더 길었다.
심의 서찰을 받은 쿠빌라이는 노발대발이었다.
연합군을 결성하여 공격할 준비를 하고 있는데 또 채근하는 원종이었다.
"이런 놈들이. 이제 나의 정벌 대상은 고려국이 아니라 일본국이다. 진도 삼별초가 일본으로 가는 목구멍을 막고 있으니 겨울이 지나고 총공세에 들어 갈 것이다."
"황공하옵니다."
심은 세조 쿠빌라이에게 엎드려 절하고 그가 건네주는 서찰을 받았다. 심은 심복 부하에게 서찰을 주면서 개경으로 급히 떠나라 일렀다.
"쉬지 말고 달려 개경으로 가라."
"네이."
부하는 말에 올라타고 채찍을 휘둘렀다.

갑자기 세게 얻어맞은 말은 앞다리를 들고 크게 울었다. 백성을 죽이면서 왕과 귀족의 안위를 강요하는 채찍질이었다.

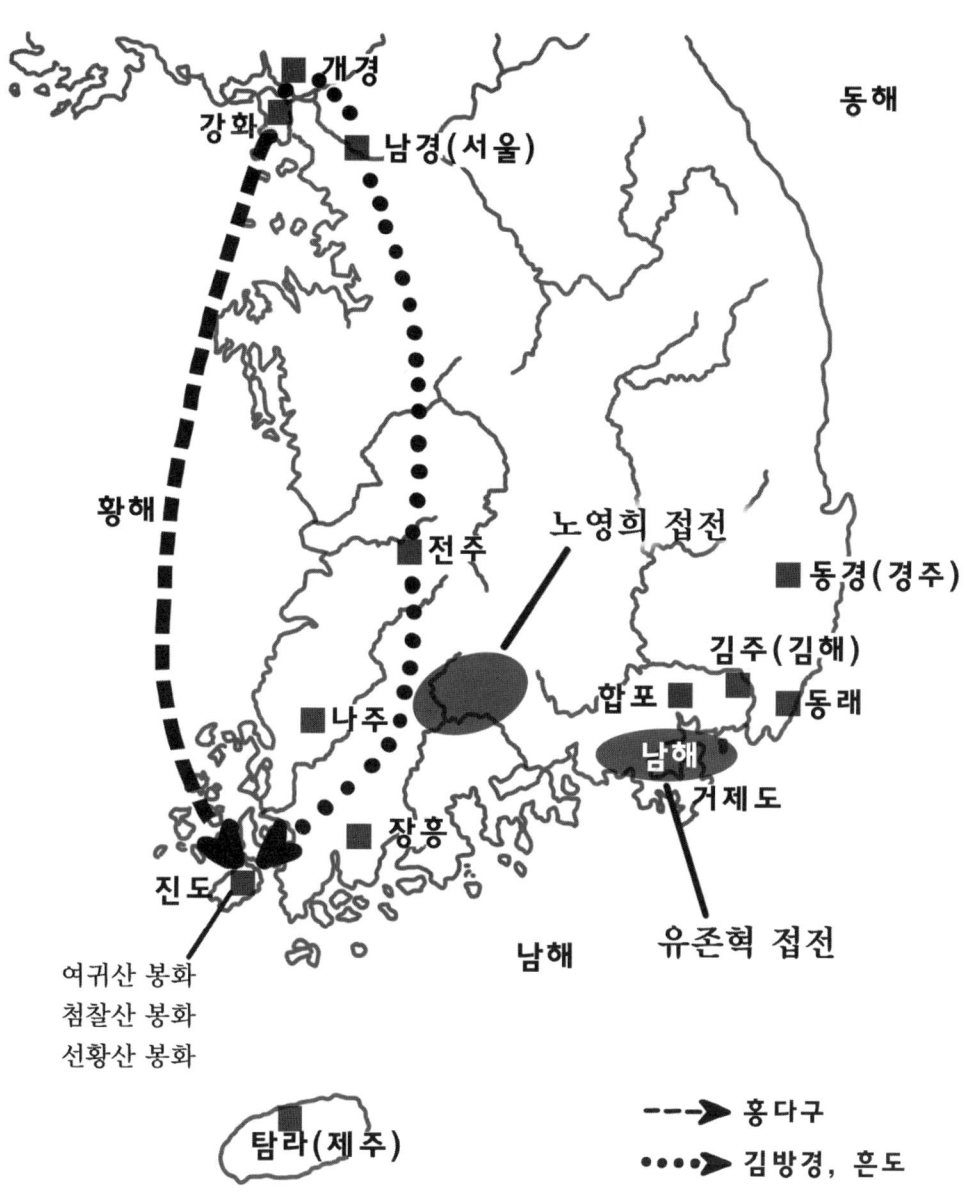

여몽연합군 결성 진도 총 공격

1271년 4월 10일

여몽연합군을 결성하여 진도 총공격을 준비하고 있던 세조 쿠빌라이는 명했다.

"몽고와 고려의 연합군은 내일 새벽 일제히 남으로 진격하라."

여몽연합군은, 곧 육지와 바다를 통해 남으로 진격하기 시작했다.

여몽연합군의 총사령관 흔도와 김방경이 이끄는 본영 중군, 홍다구와 영녕공 준의 두 아들이 맡고 있는 좌군, 대장군 김석과 고을마가 이끄는 우군은, 일사천리로 남으로 향했다.

김석과 홍다구가 몽고로 귀화했으니 연합군의 사령관은 김방경을 제외한 모두가 몽고인이었다.

아귀처럼 고려인을 괴롭히는 몽고군의 틈에서 김방경의 심적 갈등은 심했다. 동족을 치기 위해 몽고군과 합세하여 출정하는 김방경의 심사는 착잡할 수밖에 없었다.

연합군이 개경을 지날 때, 원종은 궁궐 밖으로 나가 출정하는 군사들을 전송했다. 왕위를 넘보는 역적군을 진압하기 위해 떠나는 군사들이었다. 또한 원종 자신이 예를 다하는 세조 쿠빌라이의 명을 받아 출동하는 군사들이었다.

"이기고 돌아오라."

원종은 진심을 다해 전송했다.

거개의 군사들이 떠난 개경은 텅 비어서 적막하기 이를 데 없었다. 왕은 처소에서 문밖으로 출입을 하지 않았다. 비단 옷을 입은 채 긴 의자에 비스듬히 누워서 역적 삼별초가 전멸되기를 간절히 바라고 있었다.

4월 중순으로 접어들었다.

개경의 산야는 온통 초록으로 덮였다. 싱그러운 기류가 개경의 거리에 출렁였다. 골목마다 득실거리던 몽고병들이 모두 진도로 향했다. 꼴이 다른 몽고인병들이 사라지자 이제 개경의 거리엔 고려인들이 활발하게 걷고 있었다.

고려인들은 먹 거리, 입을 거리, 농기구들을 즐비하게 펼쳐놓은 장이 섰다. 고려인들은 자유롭게 물건을 흥정하고 서로 바꾸기도 했다. 닭 한 마리를 들고 나온 사람은 감자 한 자루와 맞바꾸었다.

골목에서는 아이의 울음소리가 들리고 끼리끼리 장난치며 까르르, 깔깔거리는 웃음소리도 들렸다. 비록 차림새는 추래하고 누더기 옷을 입었지만 그들의 표정엔 웃음기가 배어있었다. 평화로운 풍경은 오래 전에 잃어버렸던 고려국의 모습이었다.

몽고군은 물론 몽고인들도 거리에 드물었다.

어쩌다 아래 위가 달린 헐렁한 옷에 허리띠를 두르고 알록달록한 모자를 쓰고 모자 밑으로 길게 땋아 내린 머리가 보이는 남자들이 거리를 활보하기는 했다. 고려인과 확연히 다른 복장의 몽고인들은 장터에서 물품을 흥정하다가 고려인들이 흘끔거리자 서둘러 그 자리를 떠났다.

몽고군이 없는 개경 거리에서 몽고인들은 기가 죽었다. 그들이 흥정하던 물건을 놓고 자리를 뜨면 고려인들 끼리 서로 쳐다보며 웃음을 날리기도 했다. 모처럼 진짜 주인이 주인 행세를 하고 있었다.

얼마 전까지만 해도 몽고군에 잡혀가지 않으려고 집안에 숨어있던 젊은 처자들의 모습도 눈에 띄었다. 얼마 만에 보는 평온한 풍경인가.

근심에 싸인 표정이 아니라 맑고 환했다.

그 무렵 개경에는 소문이 돌아다녔다.

"삼별초를 쳐부수러 간 몽고군이 모두 바다에 수장되었다네."

"진도 섬에서 삼별초군이 이겼다네."

"오랑캐 놈들 몰아내고 우리 끼리 산다네."

소문은 꼬리를 물고 이어졌다.

삼별초군이 흔도와 홍다구가 거느리고 간 부대를 부셔버렸다는 소문이었다. 또는 흔도와 홍다구가 진도 바다에 빠져 죽었다는 소문도 들려왔다. 소문은 궁궐로까지 번졌다. 궁녀들은 입단속하면서도 끼리끼리 모이면 숙덕거렸다. 그들의 얼굴엔 숨기는 듯, 그러나 엷은 미소가 번졌다.

여몽연합군이 삼별초 병사들에게 일망타진 당했다는 소문은 백성이 행복한 나라를 원하는 것이었다. 왕과 몇몇 대신들과 관리들만 비단 옷을 입고 잘 사는 나라가 아니라 백성들이 잘 사는 나라를 원하고 있었다.

　세조 쿠빌라이의 힘에 의존하고 있던 원종과 대신들의 표정엔 불안한 기색이 역력했다.

적이다, 봉홧불을 올려라

그러나,

여몽연합군은 수많은 병사들은 화포 등 신무기를 들고 5월 초 진도 앞바다로 다가가고 있었다.

흔도와 김방경이 진두지휘하는 중군이 맨 먼저 벽파를 향해서 진격해 들어왔다.

해질녘, 벽파 앞바다에 펼쳐진 광경은 뜻밖이었다.

벽파 뒷산인 선황산, 철전산 봉화대에서 망을 보고 있던 망군들은 자신의 눈을 의심했다. 붉은 깃발을 펄럭이며 벽파 앞바다에 밀고 들어오는 수 많은 전함들이 오고 있었다.

망군들은 황급히 봉홧불을 피어 올렸다. 적이 침범했다는 신호였다. 용장산성과 금골산의 봉홧대에서 봉홧불을 이어 받았다. 용장산성 봉홧대의 발 빠른 망군이 용장성으로 뛰어 내려갔다. 망군은 진도민 병사들 중 최고 사령관인 이달석의 막사로 뛰어들었다.

"대장님."

망군은 숨을 헐떡이며 무릎을 꿇었다.

"벽파 앞바다에 수 십 척의 전함이 들어오고 있습니다."

"무엇이라고?"

이달석은 귀가 번쩍 열렸다. 그러지 않아도 먼 서해 바다쪽에서 이상한 물체가 감지되었다는 보고가 첨찰산과 여귀산 봉화대에서 연락이 왔었다.

"적입니다."

그때였다. 첨찰산에서 피어올린 봉홧불은 용장성과 가까이에 있는 설매봉에 전달되었다. 설매봉을 지키고 있던 자는 시바였다.

시바는 동백에게 '니가 사내냐?'라는 질책을 받은 뒤, 생각에 생각을 거듭하다가 이달석을 찾아가서 병사되기를 청했었다.

"받아 주십시오."

시바를 기다렸던 이달석은 쌍수로 환영했다. 이달석은 강시바를 설매봉 망군으로 투입시켰다. 시바는 그 근처 지리를 속속들이 알고 있었다. 발 빠른 시바는 적의 움직임을 제일 먼저 알릴 것이라 믿었다.

"적의 배들이 들어오고 있습니다. 벽파 남쪽으로 밀려옵니다."

시바는 두 주먹을 불끈 쥐고 이달석을 바라보았다.

"벽파 선착장으로 군사들이 올라옵니다."

"무엇이라고? 느닷없이 무슨 일이냐?"

이달석은 철렁했다.

그동안 몇 차례의 몽고군 침략이 있었지만 그때마다 많은 적을 바다에 수장시키고 승리를 거두었던 진도 삼별초군이었다.

"상황이 급박하게 진행되고 있습니다. 저는 다시 설매봉으로 올라가겠습니다."

시바는 뒤돌아서 곧장 뛰었다.

"알았다. 수고했구나. 다음 상황을 주시하여 알려라."

"네입."

시바는 뛰면서 소리쳤다. 마을 골목을 어슬렁대면서 장군들을 비난했던 시바가 아니었다. 그는 스스로 무엇인가를 하고 있다는 것에 자긍심이 일었다. 생각이 바뀐 것이었다.

이달석은 각처에서 들어 온 망군들의 말을 수합해서 배중손 막사로 뛰어갔다.

"장군님, 적의 침략이요."

저녁 식사를 마친 배중손은 갑옷을 벗고 휴식하려던 참이었다. 배중손은 적의 침략이라는 말에 반사적으로 튕기듯 일어서며 큰 탁자 위에 놓았던 칼을 집어 들고 되물었다.

"적의 침략이라고? 어느 쪽이더냐? 육지냐? 바다냐?"

"벽파 쪽입니다. 몽고병사와 고려병사들이 섞였습니다."

이달석은 망군들이 보고한 사항을 배중손에게 전했다.

이달석의 다급한 말이 끝나기도 전에 울돌목을 지키고 있던 유정탁이 숨을 헐떡이며 막사로 뛰어 들어왔다. 김통정도 배중손 막사로 달려왔다.

"보고 받으셨습니까?"

김통정의 질문이었다. 김통정의 질문 뒤로 유정탁이 나섰다.

"장군님, 울돌목 쪽 망금산에서 온 유정탁입니다. 망금산의 척후병이 아뢰기를 오류리 앞바다에서 큰 함선이 침몰되었다고 합니다. 적의 것인 듯한 큰 전함에서 화포를 쏘아댔는데 얼마지 않아 벽파 쪽으로 다가가던 화물선이 침몰 되었답니다. 강진 마량포에서 위쪽 송나라 등지로 가는 화물선인 듯합니다."

유정탁을 숨을 몰아쉬며 보고했다.

"도자기를 실은 화물선이구나."

배중손은 얼굴 빛이 어두워졌다. 그와 동시에 박칠복이 뛰어 들어왔다. 박칠복은 군지기미 쪽을 맡고 있던 망군 대장이었다.

"적군이 벽파 앞 감부섬을 에워싸고 있습니다."

배중손은 김통정을 바라보았다. 두 장군은 눈이 마주치자 동시에 어금니를 물었다.

"장군, 일이 터졌소. 어서 김통정 장군을 불러 대책을 논의 합시다."

장군들은 배중손 막사로 모였다.

이달석, 유정탁, 박칠복, 배중손, 노영희와 김통정 등이었다. 그들은 한꺼번에 밀고 들어올 줄 몰랐다며 서로에게 난색을 표했다.

"세력 확장을 위하여 남해 각처로 분산시킨 병력이 문제요. 그들이 이쪽으로 모이려면 시간이 걸릴 터이니."

배중손은 세력 확장과 세수를 거두어들일 목적으로 멀리 거제도, 경상도까지 병력을 분산시키고 최소한의 병력만 벽파진영에 둔 것을 후회했다.

"배 장군, 지시를 내리시오."

김통정이 말했다.

"남해에 가 있는 유존혁 장군에게 연락을 취하도록 합시다."

"그쪽으로 가는 길목, 남해 일대 해상은 적군의 전함이 좍 깔렸다합니다."

"…… 우리가 너무 방심했소이다."

배중손은 큰 칼을 칼집에서 빼내어 탁자 위에 꽂았다. 날카로운 끝이 탁자 위에 박힌 채 칼은 흔들렸다. 배중손은 명했다.

"전 군은 전투태세를 갖추라 하시오. 노영희 장군은 병사를 거느리고 울돌목 쪽으로 가시오. 나는 이쪽 장수들과 함께 오류리와 벽파로 들어오는 적을 막겠소이다."

"넵."

노영희는 배중손의 명령이 떨어지자 급히 뛰어 나갔다.

"남해에 나가 있는 유존혁 장군에게는 육지를 통해 달려가서 이곳의 상황을 알리시오."

배중손은 서둘렀다. 상황이 급박하게 돌아가고 있었다.

"장군, 남해 유존혁 장군을 위시하여 흩어져서 해상을 맡고 있는 전함을 모두 이곳 벽파로 불러들여야 하는 것 아닙니까?"

김통정이 말했다.

"아니오. 그러자면 너무 시간이 지체됩니다. 우선 가까운 곳에 있는 함선들만 벽파로 들어오게 합시다."

배중손은 생각하는 바가 있었다. 적의 전술을 파악하지 못하고 있는 상태에서 아군의 함선들이 한군데로 모여든다면 전투태세를 갖추고 있는 적함에 의해 나포되기 십상일 터였다.

그런 중에도 망군들이 속속 배중손 막사로 모여들었다.

"군지기미 쪽으로 밀어닥친 전함에서 병사들이 쏟아져 내립니다.

용장성 후미를 겨냥하고 있습니다."

"장군님. 용장성 동문 쪽으로 적군이 달려오고 있습니다."

그들은 숨을 헐떡거리며 적군의 동태를 빠르게 알렸다. 배중손은 뒷통수를 둔기로 세게 맞은 기분이었다. 앞이 깜깜했다. 정신을 바짝 차리지 않으면 큰일이라는 생각이 뇌리를 스쳤다.

"김통정 장군은 궁으로 가서 황제와 그 일가를 보필하시오."

"네. 그리하겠습니다."

김통정도 상황의 긴박함 때문에 급히 뛰어나갔다.

진도 삼별초 정부의 절대 위기였다.

적의 침공이 조금 느슨해지자 방심하여 삼별초 세력 확장에만 너무 치중했다. 특히 나라의 경제를 탄탄히 하기 위하여 각 지방에 세수를 거두어들이는 일을 우선으로 했었다.

몽고와 개경정부에서 몇 차례 회유작전을 위해 진도에 들락거렸던 것도 방심의 큰 원인이었다. 그들의 술수였다. 몽고와 개경정부가 연합하여 인해전술을 펼 것을 염두에 두지 않았던 것이 최악의 실수였다.

전선이 확대되고 적의 공격이 치열해졌다.

연합군은 진도를 에워싸고 목을 조였다. 진도 주위에 배치되어 있던 전함들이 벽파를 향해 들어오다가 먼저 요지를 장악하고 있던 연합군의 전함과 맞닥치며 전투가 벌어졌다. 삼별초군의 열세였다.

때를 같이하여 홍다구와 영녕공 준의 두 아들이 이끄는 좌군이 치고 들어왔다. 또한 김석과 고을마를 사령관으로 하는 부대가, 화포를 장착한 전함을 끌고 압박해 들어왔다.

진도의 동북쪽 남서쪽으로 밀려들어오는 선박은 700여 척이나 되는 대 선단 이었다. 연합군의 대 선단을 막아내기엔 역부족이었다.

연합군의 전함에서는 불을 내뿜는 화포가 터지고 있었다.

바다는 적군의 화포로 불바다가 되었다. 군량미를 실은 화물선과 강진 마량포에서 청자를 싣고 오던 화물선이 속속 침몰되었다.

삼별초군은 밀리기 시작했다.

중군은 벽파를 치고 들어왔고, 좌군은 노루목으로 들어와서 용장성 후미를 공격했다. 또한 우군은 군지기미로 상륙하여 용장성의 동문을 공격해 들어왔다.

이달석과 배중손이 이끄는 병사들은 벽파로 나가서 연합군의 상륙을 막았다. 배중손은 큰 칼을 들고 전함에서 내리는 연합군들을 내리쳤다. 이달석은 긴 창으로 적의 심장을 찔렀다. 이달석 부대의 병사인 시바와 동백이 벽파정의 큰 돌바위에서 적을 향해 활을 쏘아댔다.

그러나 배중손 부대는 밀리기 시작했다. 숫자의 열세였다. 배중손이 큰 소리로 외쳤다.

"후퇴하라! 용장성을 사수하라!"

배중손의 명이 떨어지자 삼별초군은 벽파를 포기하고 용장성으로 달렸다. 흔도와 김방경이 이끄는 연합군이 용장성 가까이 접근해 있었다. 삼별초군은 지름길로 달려 용장성으로 들어가는 길목을 막아섰다. 흔도는 소리 지르며 몽고군을 독려했다.

"용장성으로 들어가라."

흔도의 명령이 떨어지자 적군은 일제히 용장성으로 진격했다. 성 위에서 활을 쏘았지만 몇 명이 쓰러지면 다시 뒤에서 물밀듯이 많은 적군이 쳐들어왔다. 선두에 서 있던 적군은 그들의 몸으로 화살을 막았다.

그렇더라도 적군은 큰 함성을 지르며 앞으로 앞으로 진격해 들어왔다. 앞에 서 있는 석상은 김방경이었다.

"김방경."

배중손은 강도에서 몇 번 김방경을 만난 적이 있었다. 김방경은 무인으로서 그의 지략은 뛰어났고 그의 충성심은 곧았다.

배중손은 고려 장수 중에서 김방경만은 함께 항몽의 대열에 서 주었으면 하고 바랐었다. 또한 직접 손을 잡자고 한 적도 있었다.

"항몽의 의지는 알겠으나 고려 왕을 향한 반역은 할 수 없소이다."

김방경은 한마디로 거절했었다.

배중손은 김방경을 알고 있었다. 그는 원종의 충실한 신하였다. 몽고의 세조 쿠빌라이를 증오하면서도 원종의 명령을 따라 움직이는 장군이었다.

배중손이 이끄는 삼별초는 반역으로 난을 일으킨 집단이라는 생각을 버리지 않았다.

김방경은 성문 안쪽 높은 곳에 있는 배중손을 올려다보았다. 고려의 두 장군은 눈이 마주쳤다. 배중손은 김방경에게 눈으로 말했다.

'한 민족, 한 핏줄인 우리가 어찌 창을 겨누어야 한단 말이요.'

추격하던 김방경 부대는 김방경의 누르는 손짓에 의하여 잠시 주춤했다.

동족을 죽이는 칼을 들었다

나는 김방경
무엇을 살리려고 이 백성을 죽이는가?
우리는 한 핏줄 우리는 한 민족
형제끼리 칼을 들었다

김방경의 소리였다.
배중손이 김방경의 소리에 답했다.

우리는 한 민족 한 핏줄
어찌 형제끼리 칼을 들었는가?
나는 배중손
오랑캐를 몰아내려 긴 칼을 들었도다
그대가 나를 반역자라 하지만
나는 구국의 항몽으로 죽음을 불사한다.
들어라 김방경
누군가 말하리라. 구국의 전사, 삼별초라고.
후세의 누군가 말해주리라

김방경과 배중손이 맞서서 소리 없는 말을 주고받는 사이 흔도가 이끄는 부대가 들이닥쳤다.

"돌격. 성문을 때려 부숴라."

흔도는 주춤거리는 김방경 앞에 서서 창을 휘두르며 불호령을 내렸다. 흔도의 호령에 김방경 부대도 움직였다.

배중손도 손짓으로 명했다. 배중손의 신호가 떨어지자 삼별초군은 흔도를 향해 연속적으로 화살을 날렸다. 흔도는 긴 창으로 날렵하게 화살을 거두어냈다.

화살은 적군의 숫자를 감당해 내지 못했다. 그 틈에 김방경이 이끄는 부대와 흔도의 부대가 합세하여 성문을 타고 올랐다.

큰 통나무를 실은 마차는 성문을 향해 돌진했다. 곧 성문이 깨질 것이었다.

배중손은 손짓했다.

배중손의 손짓 신호에 따라 성문 위에서 큰 돌을 굴렸다. 뜨거운 물을 끼얹었다. 긴 사다리에 매달려 올라오는 몽골군에게 화살을 쏘아댔다. 여러 명의 병사가 힘을 모아 사다리를 밀었다.

그러나 역부족이었다. 몇 놈이 사다리에서 떨어지자 곧 수 십 명이 사다리에 매달렸다. 끓는 물도 부족했고 바위덩이도 턱없이 부족했다. 성문 안의 삼별초군이 맥없이 쓰러지기 시작했다. 사다리 꼭대기까지 올라 온 몽고군은 삼별초군의 멱살을 잡아끌어서 산성 아래로 내동댕이쳤다.

삼별초군은 밀렸다. 뒤쪽으로 몰려갔다.

홍다구 부대는 성벽 맨 위에서 용장궁을 바라보고 있었다. 그는 회심의 미소를 지었다. 김방경과 흔도의 부대가 화살받이 하고 있을 때 용장궁 뒤쪽에서 일제히 공격을 퍼부을 것을 염두에 두고 있었다.

'독안에 든 쥐 꼴 일 터. 흐흐으'

때를 같이하여 홍다구가 이끄는 부대는 용장산성 쪽에서 용장궁을 향해 달렸다. 산성 맨 위에서 큰 소리를 내지르며, 불화살을 쏘아대며 왕궁으로 밀고 내려왔다. 앞뒤에서 일제히 쳐들어오는 연합군의 기세에 왕궁에 있던 모든 대신들과 궁녀, 신하들은 우왕좌왕했다. 사면초

가였다.

"김통정 장군, 늦었소이다. 어서 황제를 모시고 궁을 빠져 나가시오."

"장군, 일단은 함께 후퇴합시다."

"아니오. 나는 이곳에 남아 적을 교란시킬 터이니 황제와 함께 금갑포 쪽으로 피신하시오. 황제를 안전한 곳으로 안내하시오. 곧 따라 가겠소이다."

배중손은 명령했다.

"장군, 명 받들겠소이다."

김통정은 급히 궁으로 들어가서 황제와 비빈과 대신들과 궁녀들을 데리고 피신 길로 접어들었다.

배중손은 그들이 온전히 피신할 수 있도록 연합군을 반대 방향으로 유인했다. 배중손이 이끄는 삼별초군과 이달석이 이끄는 의병군은 용장성 밖에서 연합군과 맞닥쳤다. 일대격전을 벌였다.

동백과 시바가 한 조가 되어 이달석의 지휘를 따랐다.

그러나 연합군의 숫자가 수 만 여명인데 비해 배중손의 병사들은 턱없이 부족했다. 연합군은 노도와 같이 밀려왔다.

"모두 이쪽으로!"

배중손의 지휘 아래 병사들이 모였다.

"자아, 김통정 장군이 빠져 나갈 때까지 혼신의 힘을 다해 적군과 싸운다."

"네엡."

병사들이 큰 소리로 사기를 북돋을 때, 한 떼의 백성들이 낫과 곡괭이를 들고 배중손 앞으로 달려왔다.

"장군님, 저희들도 싸우겠습니다."

삼지창을 들고 맨 앞에 서 있는 자는 귄단이었다. 그녀는 시바와 동백이 지원군을 자처하여 삼별초 병사가 된 후 외톨이가 되어 있었다.

그런데 기회가 왔다. 적군이 몰려오고 있을 때, 귄단이는 이때다 싶어서 군민들을 독려했다. 창, 칼, 화살 대신 낫, 호미, 곡괭이 들고 일어나자고 골목을 돌며 외치고 다녔다.

낫 들고 일어나라 호미 들고 일어나라
벌떼 같은 뙤놈들 우리가 물리치자
올 테면 와라 괭이 들고 손 봐주마
기름진 문전옥답 우리가 지키련다

이리 같은 오랑캐 우리가 물리친다
올 테면 와라 호미 들고 손 봐주마
싱싱한 바다고기 우리가 지키련다

귄단이가 삼지창을 휘두르며 선창하자 이달석과 백성들이 합세했다.

번뜩이는 오랑캐의 창검이 보이도다
듣거라
충직한 고려의 군사들이여
따르거라
이 땅의 참 주인 선량한 백성들이여

말 하소서 이르소서 분연히 따르리다

목숨 바쳐 따르리라
벌떼 같은 오랑캐 우리 손으로 무찌르자
우리는 한 민족 한 백성
자아 힘을 합치자
자, 불사불멸의 정신으로 나가자

배중손은 의병으로 모인 지원군을 보자 힘이 솟았다.

"결코 죽음을 겁내지 말라."

"네엡."

"고려! 불사불멸."

배중손은 외쳤다. 삼별초군의 구호였다. 고려는 없어지지도 않고 죽지도 않는다는 삼별초의 구호였다.

"와아, 불사불멸!"

"오랑캐 타도!"

자원군과 병사들의 구호는 하늘을 찌를 듯 우렁찼다.

비록 적은 숫자이지만 용장성에 크게 울려 퍼졌다.

황제와 귀족들이 김통정 호위 아래 용장성을 떠난 후, 배중손이 이끄는 병사들은 용장궁으로 밀고 들어오는 적을 맞아 대 격전을 펼쳤다. 무기가 없는 자들은 몸을 탄환 삼아 적진으로 돌진했다. 육탄공격이었다.

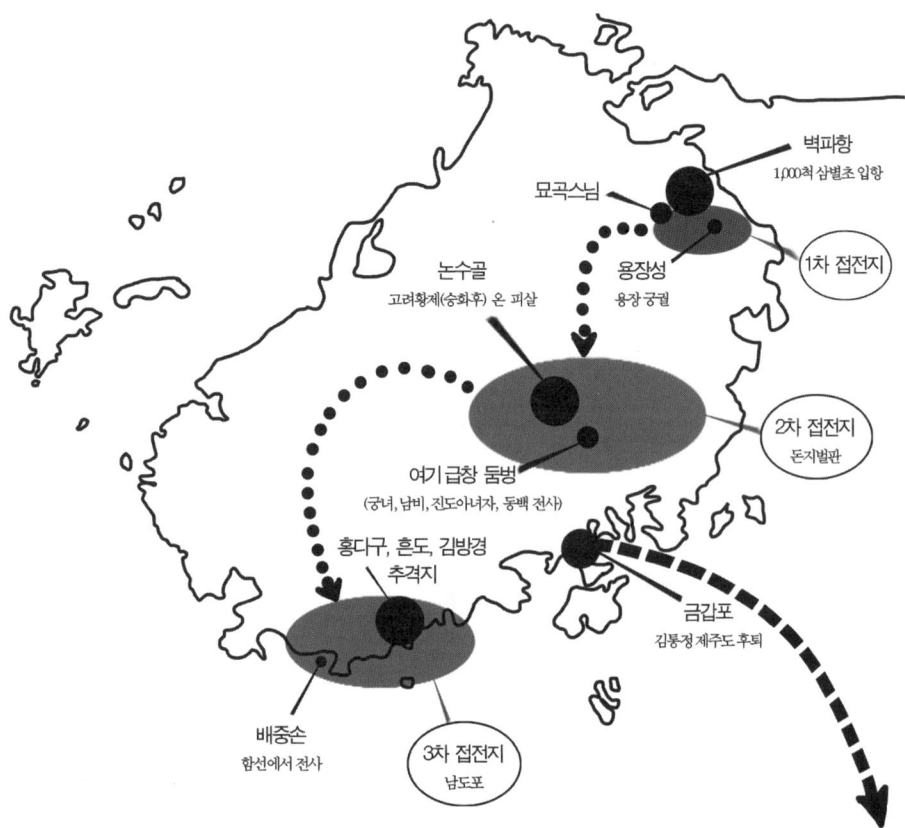

불타는 진도 궁성

"장군님 불입니다. 불."

그때였다. 사찰 쪽에 있던 시바가 소리치며 쏜살같이 달려왔다.

"궁이 타고 있습니다. 용장사도 타기 시작했습니다."

배중손은 돌아다보았다. 용장사와 용장성 동쪽에서 불길이 솟고 있었다.

"이럴 수가."

배중손은 칼을 곧추세워 들고 분통해했다.

"불이야, 불."

사방에서 아우성이었다. 성벽을 타고 넘은 높새바람이 불길을 거세게 일으켰다. 아름드리 기둥이 불길에 넘어지는 소리는 우레였다. 큰 기둥이 넘어지면서 왕궁의 지붕 기왓장이 와르르 쏟아져 내렸다.

그때 용장사의 범종이 크게 울렸다. 사찰도량은 이미 불길에 덮였다. 불길에 싸인 도량 가운데서 묘곡이 범종을 치고 있었다.

범종이 울릴 때마다 들리는 소리 있었다. 인명을 구하고자 하는 묘곡의 염원이었다.

어서 피하라 몸을 피하라

이 종소리 울려 퍼져
부처님의 지혜를 얻으라
이 종소리 울려 퍼져
부처님의 지혜 얻으라

어서 피하라 몸을 피하라

배중손은 묘곡의 범종소리를 들었다. 불길 속에서 묘곡은 부처님의 구원을 기원하며 당목을 놓지 않았다.
묘곡의 장삼자락에 불꽃이 피기 시작했다. 그래도 묘곡은 묵묵히 범종을 치고 있었다. 들고 있는 당목과 소맷자락에도 불꽃이 피기 시작했다. 묘곡은 불꽃 속에 스러졌다. 불꽃은 묘곡을 품었다.
궁이 타고 있었다. 불길은 거셌다. 강도의 궁이 탈 때보다 더 큰 불기둥이 솟았다.
"퇴각하라. 퇴각하라."
배중손의 소리가 들렸다. 불꽃 속에서 배중손의 소리가 치솟았다.
병사들을 살려야 했다. 배중손의 퇴각 명령에 따라 일제히 한곳으로 모였다. 흩어지지 말고 한데 모여 퇴각로를 찾아야 했다.
'어찌 세운 궁궐인가?'

배중손은 불타고 있는 용장성을 바라다보았다. 용장사의 서까래가 우지직 소리를 내며 내려앉았다.

'황제는 무사한가?'

배중손은 김통정의 호위를 받으며 먼저 떠나보낸 온왕을 걱정하며, 적이 짐작하지 못할 험한 계곡을 택하여 병사들을 인도하여 산을 넘었다.

깊은 계곡으로 들어섰다. 어둠이 내리기 시작했다.

삼별초 병사들은 높고 깊은 산을 넘느라 기진맥진이었다. 배중손은 말 고삐를 잡아당겨 말을 세웠다.

"이 계곡에서 쉰다. 눈을 붙여라. 내일 새벽에 움직인다."

배중손은 병사들을 숲이 우거진 계곡에 한군데 모이게 하여 잠을 청하라 일렀다. 지친 병사들은 풀숲이 우거진 냇가에 엎드려 흐르는 물을 마셨다. 허기를 면했다. 그리고 곧 여기저기 고꾸라졌.

다행인 것은 계절이 여름으로 달리고 있어서 추위를 걱정하지 않았다.

병사들을 한군데 모으고 이달석, 박칠복, 유정탁이 보초를 섰다.

배중손은 큰 바위에 서서 전체 병사들을 일별했다. 그 밤 보초는 배중손의 몫이었다. 그가 보초병이었다.

배중손이 서 있는 바위 아래쪽에는 동백이 있었다. 동백은 하나 둘 별이 돋기 시작하는 하늘을 올려다보았다.

별은 아득히 너무 멀리 있어서 반딧불처럼 작아보였다.

'이리 허망하게 패하는가.'

'고려는 어디로 가는가.'

동백은 혼잣소리로 중얼거렸다.

"동백아, 너 거기 있느냐?"

뜻밖이었다. 동백이 아래쪽에 있는 것을 배중손은 알고 있었다. 화살 통을 등에 짊어진 채 배중손을 지키고 있던 동백은 깜짝 놀랐다.

"네, 장군님."

"눈을 붙여야지……"

"아니옵니다."

"괜찮다. 보초는 내가 선다. 내일을 위하여 한 잠 자두어야 한다."

"…… 네."

동백은 배중손의 말을 거역할 수 없었다. 동백은 그 자리에 모로 누웠다. 그러나 잠들 수는 없었다. 숨소리를 죽이며 잠든 척 했다.

배중손은 동백이 풀숲에 눕자 그녀를 돌아다보았다. 배중손이 서 있는 바위 바로 아래 동백은 모로 누워 있었다.

'고려의 모든 백성들이 가엾다…… 그리고 너 동백이……'

배중손은 길게 숨을 뱉었다. 이대로 이 백성들을 죽일 순 없다, 몽고의 밥이 되게 할 수는 없다, 는 생각으로 하늘을 향해 소리 질렀다.

"하늘이시여, 불쌍한 백성 보살피소서."

하늘이시여,
이 땅 고려 보살피소서
하늘이시여,
불쌍한 백성 보살피소서
백성의 피, 백성의 고통.
이제 그만 멈추게 하소서

용장성 쪽으로 귀를 열고 배중손은 밤을 새웠다. 간발적으로 포음이 들렸다. 바위 아래 묶여 있던 배중손의 말이 포음소리에 맞춰 휘잉 울었다. 병사들의 잠을 깨우는 듯 했다.

어느 순간 목섬 앞바다가 불그스레 물들기 시작했다. 바위 위에 올라 밤새 보초를 섰던 배중손이 소리쳤다.

"기상하라."

"와아."

그의 명령에 따라 일제히 소리 지르며 병사들이 일어났다. 배중손은 말 위에 올라탔다.

"동이 트자 적의 움직임이 빨라졌다. 퇴각하라."

배중손은 앞장섰다. 병사들을 모아서 적의 눈에 띄지 않는 산길로 길을 잡았다. 배중손은 남도포에 정박해둔 함선을 목표로 적지를 빠져나가려는 속셈이었다.

슬프다, 들판의 황제여

그날 아침, 김통정은 수리봉을 지나 큰 재를 넘고 있었다.

온왕과 비빈 왕족들은 장수들에게 둘러싸인 채 호위를 받으며 길을 재촉했다.

김통정 부대가 재를 막 올라 설 때였다.

하늘에서 휘융, 휘융 하는 큰 바람소리가 연속적으로 났다. 빗발치는 화살이었다. 앞서 가던 병사들이 픽픽 고꾸라졌다. 화살은 계속 빗발치는데 큰 칼과 창을 든 몽고병사들이 괴성을 지르며 언덕 위에서 내려왔다.

김통정의 병사들은 우왕좌왕이었다. 김통정은 달려드는 적군을 향해 칼을 휘둘렀다. 그의 칼은 날쌨다. 적군의 목을 가볍게 잘라냈다. 김통정을 에워 싼 적병은 50여 명이었다. 10명씩 다섯 겹으로 덤볐다.

연합군이 김통정과 겨루고 있는 틈을 타서 홍다구는 삼별초 병사들에게 에워싸여 있는 온왕에게 달려갔다.

삼별초군 100명을 죽이는 것보다 온왕의 목을 들고 달려가서 세조 쿠빌라이에게 칭송 받고 싶었다. 칭송과 함께 곧 큰 벼슬이 내려질 것이며 금은보화가 그 앞에 쏟아질 것이었다.

"흐흐으으."

홍다구는 온왕이 탄 말 앞에 우뚝 서서 최고의 먹이를 발견한 후에, 흡족한 듯이 웃는 웃음이었다. 천하고 용렬했다.

말 위에 올라탄 온왕은 겁에 질려 있었다. 그러나 칼을 빼 들었다.

"칼을 빼면 어쩌겠다고?"

홍다구는 눈 꼬리를 찢어 날카롭게 소리치며 칼을 높이 올렸다. 그때였다. 영녕공 준의 아들 희와 옹이 다가서며 다급히 말했다.

"장군, 목숨만 살려주십시오."

"왜?"

홍다구는 연합군에 소속되어 삼별초를 치러 내려 온 영녕공 준의 두 아들을 노려보았다.

"고려의 왕족이십니다. 목숨은 살려 체포합시다."

영녕공 준의 큰 아들 희가 말했다.

영녕공 준은 승화후 온의 아우로서 왕명에 따라 몽고에 볼모로 갔다. 그 후 몽고에 충성을 다하여 순간의 안일과 복락을 취한 고려 왕족이었다.

"흥, 아니 될 말씀. 참수하여 목을 가지고 가겠다."

"장군님. 그분은 고려 왕족이십니다. 살려주십시오."

"왕족이니 어쩌란 거냐? 역적이 아니더냐? 역적을 살렸다간 어떤 화근이 될지 모르니 참수하는 게 나의 법이다."

홍다구는 말이 끝나기도 전에 온왕의 목을 쳤다. 온왕은 말 위에서 떨어졌다. 목 따로 몸통 따로 두 동강이었다. 홍다구는 겁에 질려 있는 온왕의 아들 환의 목도 내리쳤다. 누구도 손 쓸 틈이 없었다.

"목을 자루에 담아서 내 말 잔등에 실어라."

홍다구가 앞가슴을 쫙 펴며 자랑하듯 소리쳤다.

홍다구의 말이 떨어지자 병사들이 온왕과 환의 목을 자루에 담았다. 희와 옹은 두 눈을 질끈 감았다. 아버지인 영녕공 준은 몽고에 충성하여 부귀를 누리고 같은 왕족 온왕은 역적의 누명을 쓰고 참수당한 것이었다.

몽고 병에게 다섯 겹으로 둘러 싸여 있던 김통정이 그들을 물리치고 온왕 쪽으로 달려갔다. 그러나 이미 온왕의 목이 홍다구의 말 잔등에 실린 후였다.

"이이, 홍다구노옴."

김통정은 홍다구가 탄 말을 향해 칼을 휘둘렀다. 그러나 홍다구의 말은 홍다구의 채찍을 맞으며 달리고 있었다. 홍다구는 온왕의 목을 빼앗기지 않으려고 냅다 달렸다. 희와 옹도 그들의 뒤를 따랐다.

김통정은 그 자리에서 주저앉았다. 머리가 없는 온왕의 비단 옷자락이 들판에서 펄럭였다. 김통정 뒤로 적군의 화살이 빗발쳤다.

"장군님, 어서 피해야 합니다."

김통정의 부하들이 그를 부축하여 일으켰다.

"그래. 가자. 전세를 가다듬어 꼭 이 원수를 갚아야 하느니."

김통정은 온왕과 환의 시체를 언덕에 그냥 두고 달렸다. 병사들도 김통정의 뒤를 따랐다.

온왕을 따르던 궁인들, 비빈, 하인들이 김통정을 따라가지 않고 언덕 뒤편 나무 숲에 몸을 숨겼다. 연합군은 모두 김통정 뒤를 쫓았다.

그들이 사라지자 궁인들은 급히 땅을 파기 시작했다. 야트막하지만 구멍이 생겼다. 궁인들은 온왕과 아들 환의 목 없는 시체를 땅속에 묻었다. 온왕의 말도 온왕 옆에 묻었다. 그리고 그 자리에 주저앉아 통곡하기 시작했다.

"갑시다."

누군가가 소리쳤다.

"황제가 돌아가셨는데 이제 우린 누굴 따르란 말이오."

"여기 있다가는 오랑캐 놈들에게 붙잡히고 말 것이오. 놈들의 밥이 되느니……"

늙은 궁녀가 소리쳤다. 그러자 함께 울고 있던 비빈과 궁인들 모두 벌떡 일어섰다.

"놈들에게 잡혀 먹히면 안 돼."

그들은 김통정의 부대가 갔던 방향으로 달렸다.

돈지벌에 억수 비가 내리다

돈지벌이었다.

배중손과 김통정의 부대가 돈지벌로 합세했다. 김통정은 배중손 앞에 고개를 떨구었다.

"황제께서 홍다구의 칼에……"

"첨찰산을 넘어오는 길에 들었소이다."

배중손은 말에서 내렸다. 온왕이 홍다구에 의해 참수당한 논수골 쪽을 바라보았다. 김통정도 말에서 내렸다. 그와 동시 기마병들이 모두 말에서 내렸다. 배중손은 칼을 두 손으로 잡고 고개를 떨구었다. 돈지벌에 모인 삼별초 병사들은 일제히 땅바닥에 엎드렸다. 배중손을 바짝 따르던 시바는 오열했다. 슬픔이 한꺼번에 기어 올라왔다.

그때 덕신산 망군이 숨을 몰아쉬며 뛰어 들어왔다.

"장군, 적군이 넘어 오고 있습니다. 진밀산 쪽으로 오는 부대와 영매산을 넘어 오는 부대가 있습니다. 앞장 선 기병대의 수가 어마어마

합니다."

배중손은 망군의 말이 떨어지기도 전에 고개를 번쩍 들고 말 위에 올라탔다. 그리고 손짓 신호를 보냈다. 그러자 김통정과 이달석도 후다닥 말을 탔다. 기마병들도 말위에 올라탔고 엎드려 있던 병사들도 일제히 일어섰다.

온왕의 죽음을 슬퍼할 시간이 없었다.

"자, 전열을 가다듬자. 적의 심장을 찌르자."

배중손의 비장한 한마디였다.

"항몽! 항몽!"

병사들은 소리 맞춰 일제히 외쳤다.

"이달석 장군은 기동타격대를 이끌고 논수골을 넘어오는 홍다구 부대를 맡으시오."

"명, 따르겠습니다."

"그리고 김통정 장군."

김통정을 부르는 배중손의 목소리는 무거웠다.

"네."

"장군과 나는 돈지벌 좌우로 밀려들어오는 적을 맡아 싸웁시다."

"네."

그때였다. 첨찰산을 넘어오는 먹구름이 빠른 속도로 돈지벌을 덮고 있었다.

이달석이 소리쳤다.

"먹구름입니다. 아닙니다. 오랑캐가 몰려오고 있습니다."

먹구름을 이고 비바람이 불기 시작했다. 동시에 사방에서 오랑캐떼가 벌집을 터트린 것처럼 윙윙거리는 소리를 내며 밀려왔다.

"비가 오면 우리가 불리하다."

삼별초군의 최대 무기는 화살이 대부분이었다. 화살은 비바람이 불면 정확히 날아가지 않는다. 배중손은 난감했다. 창과 화포가 있는 연합군과 대적하면 패할 것이 틀림없다. 배중손은 터져 나오는 한숨을 삼켰다.

우르르쾅.

천둥소리였다. 먹구름이 찢어지면서 비가 쏟아졌다. 천둥소리는 또한 연합군이 쏘아대는 대포소리였다. 삼별초군은 우왕좌왕 두리번거렸다. 어느 쪽에서 적군이 밀려오는지 감을 잡을 수 없었다. 그러나 한 놈이라도 처치해야 했다.

배중손과 김통정 등 기마병들은 달려오는 놈들을 향해 창을 휘둘렀다. 이달석은 말 등 위에서 활을 쏘아댔다. 적의 화살은 굵은 빗줄기를 타고 빠르게 날아왔다. 배중손을 날쌔게 몸을 돌리며 화살을 걷어냈다. 적군은 배중손을 겨냥하여 집중 공격을 퍼부었다.

가까운 지점에서 화살이 빠르게 배중손의 심장을 향하여 날아갔다. 그때였다. 창을 들고 싸우던 시바가 배중손의 심장이 과녁인 듯 날아가는 화살을 향하여 몸을 날렸다. 화살은 처음 목표한 과녁이 아니라 시바의 가슴에 깊이 박혔다.

"쏴라. 나를 향해 쏴라."

시바는 배중손을 빙빙 돌며 앞 뒤에서 연달아 날아오는 화살을 몸으로 받았다. 시바의 오른쪽 가슴에 적의 화살 세 대가 박혔다. 배중손이 몸을 돌렸다.

"너는!"

배중손은 앞으로 고꾸라지는 시바를 받아 안았다. 시바는 배중손을 구하기 위한 화살받이였다.

'씨발, 으째 우리 섬에 들어왔소? 논밭 갈고 물괴기 잡아서 평화롭게 사는 우리 섬에 으째 왔다요?'

평화로운 섬에 들어 온 무뢰한이라고 배중손에게 욕지거리하던 시바였다. 시바는 배중손을 바라보았다.

"죽지 마시오. 오랑캐를 섬에서 꼭 몰아 내 주시오. 새 세상을 만드으……"

시바는 말을 맺지 못했다.

또 하나의 화살이 날아왔다. 배중손은 시바를 바닥에 누이고 날아오는 화살을 칼끝으로 쳐냈다.

"어리석은 나를……"

말을 맺지 못하고 시바의 손이 아래로 축 늘어졌다. 눈을 뜬 채 시바는 죽었다. 배중손은 시바의 눈을 손으로 감겨주었다.

"장군님, 한 발 후퇴 한 뒤 다시 적과 싸워야 합니다."

이달석이 말했다. 배중손은 묵묵부답이었다.

"장군님, 전멸 당하기 전에 퇴각 명령을 내려주십시오."

이달석이 비장한 어투로 배중손에게 거듭 채근했다. 배중손은 땅바닥에 던져진 시바의 시체를 바라보며 고개를 끄덕였다. 특단의 조치를 취해야 했다.

"장군은 여차하면 병사들을 이끌고 함대가 있는 금갑포로 가시오. 나는 남도포로 갈 것이오. 전세를 가다듬어 제주로 피신합니다."

배중손은 한발 떨어져서 칼을 휘두르고 있는 김통정 곁으로 바짝 다가가서 그렇게 말했다.

"일단 그리해야 할 것 같습니다."

"남해 유존혁장군도 제주에서 합세하자고 했지요?"

"그러하옵니다."

"김통정 장군 먼저 떠나시오."

배중손은 김통정에게 말했다.

"아니옵니다. 배장군이 먼저 떠나시오. 내가 놈들을 유인하려하오."

"그러면 동시에 갈라섭시다. 그들의 힘을 분산 시키는 것입니다."

"동시에 퇴각 신호를 보냅시다."

배중손은 고개를 끄덕이고 병사들을 향해 동시에 소리쳤다.

"항몽抗蒙! 항몽!"

그것은 퇴각 명령 신호였다. 삼별초 병사들은 퇴각 신호를 받자 일제히 와와~ 소리 지르며 달렸다. 일단 창포 강을 건너야 했다. 삼별초 군은 서둘러 다리를 건넜다. 소나무를 엮어서 강을 가로 질러 만든 다리였다.

"병사들이 모두 다리를 건넌 후, 재빨리 다리를 끊어라."

배중손이 명했다. 칡넝쿨을 여러 겹으로 꼬아서 튼튼한 줄을 만들고 그 줄로 소나무를 엮어서 만든 창포강 다리를 끊어버리라는 명령이었다.

"줄을 다 자르지 말고 한 겹은 남겨두어라."

배중손이 말했다.

"넵!"

이달석은 병사들과 소나무를 엮은 칡넝쿨 한 줄을 남기고 모두 칼로 잘라버렸다. 다리는 위태롭게 건들거렸다. 이달석은 병사들과 함께 다리에서 멀어졌다. 적군이 다리위로 몰려들면 놈들의 무게가 버거워서 줄이 끊어질 것이기 때문이었다.

나무다리를 엮은 칡넝쿨 줄을 끊은 후, 삼별초 병사들은 뒤도 돌아보지 않고 앞으로 달려 나갔다.

배중손은 창포강을 거슬러 올라서 굴포 방향으로 길을 잡았고 김통정은 거룡재를 넘어 금갑포로 방향을 잡았다. 그곳 포구에 아군 전함이 숨겨져 있었다.

"후퇴하는 적을 한 놈도 남기지 말고 싹 쓸어버려라."

패주하는 삼별초군의 뒤쪽에서 홍다구의 괴성이 들렸다.

"와~ 와~"

적군은 한꺼번에 다리 위로 올랐다. 홍다구와 흔도, 기마병이 앞장섰다. 그들은 패주하는 병사들을 쫓는 재미에 취한 듯 의기양양했다.

그러나 나무다리 중간을 막 지나자 서로 엮었던 줄이 끊어지면서 강으로 가라앉기 시작했다. 기마병들이 강으로 빠져들었다. 말이 허우적거리고, 몽고병들도 아우성이었다. 뒤를 쫓아 달리던 군사들이 모두 강으로 빠졌다.

창포다리는 수많은 병사들을 싣고 순식간에 강 깊이 가라앉더니 이내 나무 조각만 둥둥 떠올랐다. 강을 건너지 못한 김방경 부대는 빗줄기와 함께 점점 불어나는 강물을 바라보았다.

홍다구가 나무 조각을 붙들고 살려달라고 소리쳤다.

강 건너에서 바라보고 있던 김방경의 부하가 홍다구를 향해 밧줄을 던졌다. 홍다구는 가까스로 밧줄을 잡았다.

홍다구가 잡고 있는 밧줄에 병사들이 달려들었다. 죽기를 거부한 개구리 떼 였다. 수 십 명이 매달린 밧줄은 힘에 부쳤다. 그러자 홍다구는 밧줄에 매달린 병사들을 칼로 쳐냈다. 홍다구의 칼을 맞은 몽고 병들은 비명을 지르며 밧줄에서 떨어져 나갔다. 밧줄은 가볍게 끌렸고 홍다구는 김방경 부대에 의해 구출되었다.

"에잇, 싹 쓸어버릴 수 있었는데."

가까스로 목숨을 구한 홍다구는 분통을 터뜨렸다.

"놈들이 숨겨둔 함대를 타고 도망가려 한다. 강을 돌아서 놈들의 뒤를 쫓아라."

홍다구는 고려의 장군 김방경에게 명했다. 김방경은 천방지축 날뛰는 홍다구가 가슴에 얹혀있었다.

'너도 고려인이거늘……'

김방경은 전투에 임하면서도 수시로 회의에 빠지곤 했다. 동족끼리 죽이고 죽어야 하는 현실이 안타까웠다.

연합군은 돈지벌로 되돌아갔다.

한 편은 만길 방향으로 또 한 편은 거룡 방향으로 잡아서 삼별초군을 뒤쫓기로 했다. 삼별초군의 도피로가 함대가 있는 포구라는 것을 염탐꾼의 보고로 알고 있었다.

그리운 님,
아름다운 그 노래는 어디갔는가

비는 계속이었다.

그 시각 온왕을 묻고 산길로 돌아 온 궁인들과 비빈, 섬의 아녀자들이 삼별초군을 찾아 뒤늦게 돈지벌로 왔다. 돈지벌에 아군의 시체만 즐비하게 쓰러져 있었다. 궁인들과 아녀자들은 망연자실이었다.

"아이고, 이것이 먼 날벼락이여. 우덜 편이 다 죽었다제?"

"장군들도 다 죽었는가?"

아녀자들은 돈지벌에 쓰러져 있는 시체를 보며 두리번거렸다.

그런 중에 시체를 하나하나 살피는 아녀자들이 있었다. 남편과 아버지, 오빠를 찾는 것이었다.

"엄니, 울 아버지 여기 있네. 아버지이~"

여인은 목청을 다해 아버지를 불렀다. 여기저기서 울음소리가 들렸다. 그녀들 틈에 권단이가 보였다. 권단이는 널부러져 있는 시체를 찬찬히 살폈다. 그녀는 시바가 그 시체들 속에 있지 않을까, 하고 찾는 것이었다.

권단은 가슴에 화살 세 개가 꽂힌 시체 앞에 우뚝 섰다. 시바였다. 시바를 확인한 권단은 시바 곁에 꿇어앉았다.

"시바야, 이 놈아, 이 염병할 놈아. 끝까지 숨어다니제…… 참말로 시바 너 뒈졌냐?"

권단이는 실성한 사람처럼 시바의 시체를 잡아 흔들었다.

"염병할 놈, 뒈졌구나 으으흑."

권단이 울부짖는 곁으로 어미의 팔을 잡고 동백이 다가왔.

동백은 계곡에서 하룻밤을 새우고 새벽에 퇴각하는 부대를 따라가지 않았다. 동백은 말을 몰아 동백 모를 데리러 마을로 갔었다.

"시바구나?"

동백은 시바의 시체를 보고 깜짝 놀랐다. 그렇다면 배중손은 어디 있는가. 시바가 배중손 부대로 들어가지 않았는가? 동백은 벌떡 일어났다.

"으째 일어나냐? 장군님 시체 찾을라고?"

권단이 싸늘한 목소리로 물었다.

"음."

동백은 고개를 끄덕였다.

"장군님 시체는 버리지 않는다고 허드라. 그 놈들이 소금을 뿌려서 가지고 간다더라. 그래야 상을 받는다더구먼."

권단은 배중손의 시체는 이곳에 없으니 헛수고 말라는 어투였다. 동백은 권단의 말을 뒤로 실성한 듯 시체를 밟고 터벅터벅 걸었다.

그때 창포 강에서 겨우 목숨을 건진 홍다구의 부대가 궁인들과 아녀자들이 모여 있는 돈지벌로 들어섰다.

"저것들은 뭔가?"

홍다구가 한데 엉켜서 울고 있는 아녀자들을 가리키며 물었다.

"아마도 피난 가던 아녀자들인 줄 아옵니다."

"피난 가던 아녀자들? 저기 비단 옷을 입은 여자도 있지 않는가?"

홍다구는 궁인들과 비빈의 비단 옷을 가리켰다.

"그렇습니다."

"가서 모두 잡아라."

홍다구의 명이 떨어지자 한 부대가 아녀자들이 있는 쪽으로 달려갔다.

"저놈들이 이쪽으로 달려오고 있습니다. 어서 피해야 합니다."

궁에서 잔심부름을 하던 어린 여자가 손가락으로 몽고군을 가리키며 말했다. 모두 그녀의 손가락이 가리키는 방향을 바라보았다. 한 떼거리가 달려오고 있었다.

여기저기서 아녀자들이 웅성거렸다.

"이대로 당한단 말이여?"

"우리가 곡괭이 호미들고 오랑캐의 화포를 이길 수 있겠소?"

늙은 남정네가 혀를 차면서 말했다.

"그럼, 영낙 없이 저놈들 손에 죽는 것이구먼요?"

"차라리 죽이면 몸이나 깨끗하지요. 저 놈들한테 잡혀가면 몸 더럽히고…… 으으으흑"

"인자 다 틀렸어. 오매 쩌그, 그 오랑캐 놈들이 이쪽으로 오는구먼요."

동백은 뒤돌아보았다. 창포강의 다리가 끊어져서 거룡으로 돌아가려는 몽고군이 깃발을 휘날리며 달려오고 있었다.

동백은 귄단이가 시바 시체를 부둥켜안고 울고 있는 땅바닥에 털썩 주저앉았다. 귄단이 말처럼 장군은 죽었고 장군의 시체는 놈들이 가져갔다. 끝이었다. 빗줄기는 여전했다.

동백은 마음으로 흥얼거렸다.

어쩔끄나 어쩔끄나 이 노릇을 어쩔끄나
정들자 이별이 웬수로다
애별리고(愛別離苦) 이 말이 참말인가
오직 하나 임의 얼굴 보고지고 살잤는디
님의 모습 간데없고 허허벌판에
으흐흐 나만 홀로 남았구나

동백은 자리에서 일어났다. 그때, 몽고군이 동백을 잡았다.
"이거 놓지 못해!"
동백은 사내다운 기백으로 몽고병사를 뿌리쳤다.
"이 이놈이, 나를."
몽고병사는 동백을 향하여 긴 칼을 휘두르며 동백을 끌어안았다. 놈을 피하여 동백은 땅에 뒹굴었다.
"이놈, 여자 아닌가."
몽고병사는 눈을 휘번득거렸다. 그때 홍다구가 말 위에서 동백을 바라보았다.
"계집이 남장을 했는데도 이쁘군."

"네. 계집입니다."

"일으켜서 말에 태워."

홍다구는 동백을 끌고 갈 폼이었다. 몽고병은 동백의 긴 머리채를 잡아끌었다.

"이놈, 이것 놓아라."

동백은 몽고 병사의 손을 뿌리쳤다.

"으ㅎㅎㅎ"

홍다구는 동백과 몽고병사와 실강이 하는 것을 보며 입이 찢어질 듯 웃었다.

"놓아라."

"이리 끌고 와."

홍다구가 말 위에서 소리쳤다.

그러자 몽고 병이 동백의 긴 머리채를 잡아서 홍다구 손에 쥐어주었다. 동백은 허리춤에 달고 있던 단검을 빼들었다. 홍다구는 동백의 머리채를 잡아서 말 위에 태우려고 끌었다. 동백은 들고 있던 단검으로 그녀의 머리채를 싹둑 잘랐다. 동백은 홍다구의 말 아래 넘어졌다. 동백은 넘어지면서 홍다구가 타고 있는 말의 뒷다리 허벅지를 깊이 찔렀다.

순간, 홍다구를 태우고 있던 말은 앞 발을 높이 쳐들며 버둥거렸다.

동백은 냅다 뛰었다. 댕기머리가 잘려나가고, 머리는 봉두난발 함부로 휘날렸다. 여기저기서 붙잡힌 아녀자들이 끌려가지 않으려고 발버둥 쳤다. 동백은 뛰면서 큰 소리로 말했다.

"갑시다. 둠벙으로 모두 갑시다. 오랑캐 놈들의 노리개가 되고 싶지 않으면 둠벙으로 갑시다, 모두."

"그래, 옳다. 그 말이 옳아."

동백은 아녀자들을 앞으로 몰면서 달렸다. 창포강 윗 줄기에 크나큰 둠벙이 있었다. 그곳에 돌을 던지면 어찌나 깊던지 굴러굴러 바다로 간다고 어른들이 말했다.

둠벙 앞에 모여들었다. 몽고 병은 뒤를 쫓았다. 끌려가는 아녀자도 있었다. 홍다구의 쇳소리가 동백 뒤를 따라잡았다.

"그년을 잡아라."

동백은 둠벙 앞에 섰다.

'올 테면 와라.'

동백은 이를 으드득 갈았다. 둠벙의 물은 가득 했다. 둠벙에 떨어지는 빗줄기는 큰 원을 그리고 있었다. 하늘을 향하여 두 손을 모았다.

비나이다 비나이다 천지신령께 비나이다
오랑캐의 말발굽 소리 멈추게 하소서
승냥이들 한테 뜯기고 있는 백성들을 구 하소서
부디 부디 이 나라를 살리소서 이 땅을 구 하소서
한이 맺혀 비나이다 천지지신 일월성신
이 백성을 살리소서 이 백성을 살리소서

동백의 소리에 맞춰 아녀자들과 궁인들, 왕족들은 모두 손을 모았다. 뒤쪽에서는 더 많은 몽고군이 떼로 몰려오고 있었다. 그녀는 소리를 끝내고 큰절을 올렸다. 둠벙 앞에서 잠깐 뒤 돌아보았다. 그 순간 몽고병이 동백을 나꿔챘다. 동백은 둠벙으로 몸을 던졌다. 동백이 뛰어들자 그 자리에 있던 아녀자들과 왕족이 차례로 뛰어들었다.

텀벙 텀벙 텀벙……

처음엔 순서를 지키듯이 한 명 한 명 뛰어들더니, 이내 한꺼번에 우르르 뛰어들었다. 동백이 그녀를 잡고 있던 몽고병과 함께 둠벙으로 뛰어 든 것을 본 귄단이는 입가에 실웃음을 흘렸다.

'그래, 나도 한 놈 죽이고 죽을란다.'

귄단이는 치맛단에 낫을 숨겨 쥐고 있었다. 귄단이는 다가오는 놈을 향해 힘껏 낫을 던졌다.

"죽어라. 이 오랑캐."

귄단이가 던진 낫은 놈의 이마에 박혔다. 놈은 괴성을 질렀다. 피가 튀었다. 귄단은 입술 꼬리를 올려 크게 웃었다. 그리고 뒤돌아서 급히 둠벙으로 뛰어들었다.

'웬 먹이냐.' 하며 아녀자들을 잡으려는 생각에 희색이 넘쳤던 몽고군은 멍한 표정으로 둠벙을 내려다보았다. 잦아들었던 빗줄기가 거세졌다.

많은 아녀자와 궁인들을 삼킨 둠벙엔 거친 빗줄기 사이사이로 붉은 빛 안개가 피어올랐다. 붉은 빛 안개는 뭉게뭉게 돈지벌을 떠다녔다.

그리운 님 아름다운 그 노래는 어디 갔는가
가슴 속에 젖어 있던 님의 소리 어디 갔는가
긴긴 밤 설레이던 님의 노래 어디 갔나
이제 다시 못 보겠네 못 듣겠네

절절이 가슴 울리던 님의 노래 어디 갔나

가시 밭에 홀로 누워 백성 걱정에 잠 못들던
그 가슴에 찾아와서 포근히 감싸주던
님의 노래 어디 갔나

바람 가고 훈풍 불 때 님도 안아 보련마는
그 꽃을 피지도 못하고 동백으로 떨어졌네
가슴 속 꿈이 새긴 그 사랑이 떨어졌네
그리운 님 아름다운 그 노래는 어디갔는가

둠벙 안에서 동백의 소리, 붉은 안개 타고 올라오는데 수많은 아녀자들을 집어 삼킨 후, 빗줄기가 잦아들고 있었다.

빗줄기 잦아들자 어느 곳에서 날아오는지 알 수 없는 까마귀 떼, 하늘을 시커멓게 덮기 시작했다.

제주로 향하여 항몽을 계속하라

비는 잦아들었다.

김통정이 이끌었던 병사들은 창포강을 건너서 큰 재를 넘어 금갑포에 당도했다. 포구 어귀에 10여 척의 함선이 정박해 있었다.

"병사들이여, 나누어 모두 함선에 올라타라."

김통정은 명령했다. 김통정의 전략은 퇴각할 때는 미련 두지 않고 재빠르게 움직여 재정비를 하는 것이었다. 김통정이 명에 따라 병사들은 함선에 올라탔다. 부상병들이 먼저 올라탔다. 김통정은 마지막 함대에 올라탔다.

"가자."

김통정이 이끄는 함대는 금갑포를 떠났다. 뱃머리는 제주로 향하고 있었다. 지친 병사들은 여기저기 쓰러졌다. 김통정은 선미에 서서 포구를 바라보았다. 멀리 김통정의 뒤를 쫓던 홍다구의 기마부대가 달려오고 있었다.

김통정은 금갑포를 통해 섬을 탈출하는데 성공했다.

'어디 쯤에 계시오, 장군.'

배중손은 김통정 부대를 먼저 떠나보내기 위해 흔도와 김방경이 이 끄는 연합군과 맞대결하고 있을 터였다.

김통정은 울었다. 소리 없이 울고 또 울었다.

김통정이 무사히 섬을 탈출할 즈음 배중손은 밀리는 듯, 쫓기면서 멀리 달아나고 있었다.

김방경이 이끄는 연합군이 배중손의 뒤를 쫓았다.

배중손은 굴포 앞바다까지 밀렸다. 그곳에 숨겨둔 함선이 여러 척 있었다.

배중손은 유정탁에게 명했다.

"여기 있는 함선을 모두 이끌고 남도포로 오라. 그곳에 있는 함선과 합세하여 병사들을 태우고 제주로 가야한다."

"장군님은요."

"여기서 놈들을 맞아 시간을 벌 것이다."

"그러다 무슨 일이 있으면……"

"내가 오늘 밤까지 남도포로 가지 않으면 병사들을 이끌고 이 섬을 떠나라."

"장군, 함께 섬을 탈출하시는 것이."

유정탁은 배중손에게 함께 행동하자고 권했다. 박칠복이 끼어들었 다.

"장군님의 말씀대로 합시다. 나와 이달석 대장이 장군님을 보필하여 적과 대적할 것이니 어서 장군님의 명을 따르시오."

"어서 움직여라. 놈들이 다가오는 소리가 난다."

"네입."

유정탁은 굴포 앞바다에 정빅해 있던 함선에 올라탔다. 함선을 움직이는 병사들은 유정탁의 지시에 따라 물살을 갈랐다. 함대가 움직이자 배중손은 병사들을 이끌고 굴포 앞 언덕에 올라가서 매복했다.

배중손과 삼별초 병사들을 치기 위하여 광분해 있는 연합군이 밀어닥쳤다. 흔도가 이끄는 연합군이 먼저였다. 흔도와 병사들은 멀어지는 함선들을 바라보았다.

"한 발 늦었군."

"급히 고을마 부대에 연락해 삼별초를 쫓으라 하라."

흔도가 소리쳤다. 흔도의 명령에 따라 기마대가 재빠르게 달려 나갔다. 그들의 함대를 움직이려 하는 것이었다.

그때였다. 배중손은 손으로 신호를 보냈다. 매복해 있던 병사들이 일시에 함성을 지르며 연합군을 향해 달렸다.

김방경과 흔도가 이끄는 연합군과 삼별초군이 맞붙었다. 배중손은 곧 후퇴 명령을 내렸다.

"퇴각하라."

배중손은 상황이 불리한 터에 무리한 전투를 하지 않았다. 한 명이라도 병사들을 살려야 했다. 위기를 돌파하여 또 다른 기회를 포착하는 것이었다.

배중손의 부대는 퇴각 명령과 함께 남도포로 향했다.

"쫓아라. 우두머리의 머리통을 가지고 오는 자는 황제가 포상할 것이다."

흔도는 퇴각하는 부대를 쫓으라고 명했다.

"김방경 장군, 이번에는 일망타진하여 올라갑시다."

흔도는 도망가는 삼별초군을 소극적으로 대처하는 김방경을 못마땅하게 생각하고 있던 터였다. 그래서 큰소리로 명했다.

실상 한꺼번에 일망타진 하지 못하고 매번 도망가는 삼별초군의 뒤를 쫓기만 하는 꼴이었다. 흔도는 열세에 몰려 섬을 탈출하려는 삼별초군을 여기서 죽이지 못하면 다시는 기회가 없을 것이라 생각했다.

김방경은 감히 명령하는 흔도에게 대꾸하지 않고 퇴각하는 삼별초군을 뒤쫓았다.

남도포로 향하던 삼별초군 앞에 연합군의 기마대가 버티고 서 있었다. 배중손 부대는 주춤했다. 뒤에서 쫓고 앞에서 막아선 꼴이었다. 그러나 배중손은 눈도 깜짝하지 않았다. 죽기를 각오한 터에 두려울 것이 없었다.

배중손은 말을 타고 있는 이달석과 박칠복에게 손짓했다. 함께 기마대에 맞서자는 신호였다.

배중손, 이달석, 박칠복이 적의 기마부대를 향해 돌진했다. 그들은 말 위에서 활을 쏘아댔다. 여귀산과 첨찰산을 뛰면서 날아가는 독수리를 향해 활을 당겼던 고수들이었다. 100여 명의 기마부대쯤 대적해 볼만했다. 그들이 쏘는 화살은 자유자재로 날아다녔다. 연합군 기마병들은 정확히 심장에 박히는 화살을 맞고 말에서 떨어져 굴렀다.

"기마부대를 전멸 시키라."

배중손이 소리쳤다. 달려오던 기마부대는 거개가 고꾸라지고 뒤쪽에 있던 몇 명뿐이었다.

삼별초군은 앞이 뚫리자 남도포를 향해 달려 나갔다.

"저 언덕만 넘으면 된다. 죽기로 달려라."

배중손이 명령했다. 그리고 뒤돌아보았다. 그 순간, 흔도가 던진 칼이 배중손의 어깨죽지에 꽂혔다. 배중손은 중심을 못 잡고 말에서 떨어졌다. 이달석이 달려갔다.

"장군."

"괜찮다. 어서 남도포로 가라."

"안 됩니다. 장군."

이달석은 배중손의 어깨죽지에 박힌 칼을 빼냈다. 피가 콸콸 쏟아졌다. 이달석은 갑옷을 벗기고 삼별초 깃발을 찢어 배중손의 어깨죽지를 묶었다. 솟구치던 피가 멈췄다. 이달석은 배중손의 갑옷을 입었다. 그리고 배중손의 투구를 벗겨 썼다.

"아서라."

배중손이 손사레를 치며 말렸다. 그때 박칠복이 말을 끌고 뛰어왔다.

"박대장 장군님을 모시고 남도포로 가시오."

"이대장은?"

"장군님은 살려야하오. 여기서 죽으면 삼별초군의 사기가 땅에 떨어집니다."

"아, 알겠습니다."

이달석은 박칠복의 지시에 따랐다. 이달석이 옳았다. 박칠복은 배중손을 말 위에 태웠다.

"어서 가시오."

박칠복은 배중손을 붙잡고 말을 몰았다.

"이대장, 내 목숨을 걸고 배장군을 살리겠오."

박칠복의 말이 허공에서 흩어졌다. 이달석은 장군 투구를 쓰고 일어섰다. 그는 배중손의 품으로 흑마에 올라탔다.

"오라. 이 오랑캐 놈들, 나에게 오라."

이달석은 소리 질렀다. 흔도가 배중손의 흑마를 향해 달려왔다.

"여기다. 역적 배중손이 여기 있다."

흔도의 말이 떨어지자 배중손의 목이 탐나는 모든 병사들이 일제히 달려들었다. 이달석은 투구를 눌러썼다. 그는 긴 창을 뽑아들었다. 달려드는 연합군을 한 놈 한 놈 처치했다. 이달석의 긴 창 앞에 순식간에 10여 명이 고꾸라졌다. 이달석을 에워싸고 있던 연합군이 흔도의 손 신호에 의하여 뒷걸음질했다. 창을 들고 있는 이달석을 그들이 칼로 해 볼 수 없다는 것을 알고 흔도는 화살을 쏘라고 손짓했다.

흔도의 손 신호에 의하여 수 십 발의 화살이 한꺼번에 날았다. 포물선을 그리며 나르는 화살은 수억 마리의 벌떼였다. 이달석의 큰 몸뚱이는 물론 흑마의 등과 다리에 촘촘히 화살이 박혔다. 온몸에 화살을 박은 이달석은 큰 고슴도치였다. 그는 말에서 떨어졌다.

"역적 배중손이 죽었다."

"우리가 죽였다."

흔도는 긴 칼을 들고 있는 몽고병에게 고개 짓을 했다. 배중손의 목을 자르라는 신호였다. 명령을 받은 몽고병은 그에게 주어진 특권이라고 두 손을 높이 들었다가 내리며 이달석의 목을 쳤다. 단칼에 이달석의 목은 떨어졌다.

흔도가 떨어져 뒹구는 이달석의 목을 그의 칼로 찔러서 높이 쳐들었다. 머리통에서 피가 뚝뚝 떨어졌다.

"으으흐흐흐"

흔도는 너털웃음을 터뜨렸다.

"이것이 승리다. 승리의 맛이란 이런 것이다. 흐흐으흐"

흔도는 뚝뚝 떨어지는 핏물을 손으로 받으며 웃어젖혔다.

김방경이 한발 떨어져서 그 광경을 바라보고 있었다. 흔도가 들고 있는 이달석의 목을 바라보았다.

'배중손이 아니다……'

김방경은 알고 있었다. 그러나 그는 아무 말도 하지 않았다.

연합군은 승리의 깃발을 흔들며 멀어져갔다. 흔도는 아직 피가 떨어지는 목을 치켜들고 맨 앞장서서 걸었다. 의기양양하게.

김방경은 긴 숨을 내쉬었다.

이 나라를 구하소서, 백성들을 구하소서

패주하던 삼별초군은 남도포로 향했다.

뒤쫓던 연합군의 소리가 들리지 않았다. 박칠복은 이달석의 죽음을 알았다. 흔도 부대가 배중손의 목을 얻어낸 턱에 더 이상 쫓아오지 않았다.

배중손은 박칠복의 말위에 축 늘어져있었다. 기진한 듯 했다.

남도포구에 유정탁이 패잔병들을 기다리고 있었다. 박칠복을 보자 그에게 달렸다.

"박대장 어쩐 일이시오?"

박칠복은 아무 말 없이 말에서 내렸다. 그는 배중손을 안아서 포구로 걸어갔다.

"장군님이……"

박칠복은 유정탁을 보며 고개를 흔들었다. 아무 말도 하지 말라는 신호였다. 유정탁은 고개를 끄덕였다.

그들은 장군이 맨 처음 타고 왔던 1호 함선에 올라타서 갑판 밑으로 들어갔다. 작은 방이 있었다. 그곳에 배중손을 눕혔다. 숨소리가 가늘었다.

"이달석은 왜 오지 않았소?"

"……"

"잘 못 돼었오?"

박칠복은 고개를 끄덕였다. 배중손은 눈을 감았다. 이달석의 죽음을 알았다. 그러나 배중손은 갑자기 눈을 번쩍 뜨고 소리쳤다.

"함대를 움직이라 명하시오. 김통정 장군이 떠난 제주도로 뱃머리를 향하도록 하시오."

"그리하리다."

유정탁은 재빠르게 움직였다. 삼별초군은 모두 함선에 나누어 탔다. 일단 섬을 탈출하는 것이 목표였다. 50여 척의 함선이 천천히 움직였다. 바람을 타고 섬을 벗어나 줄 것이었다.

그 순간, 선실 안에서 박칠복은 창호지에 둘둘 말린 자색 뿌리를 안주머니에서 꺼냈다. 지초뿌리였다.

지초는 열을 내리고 독을 풀며 염증을 없애주는 약초다. 섬 사람들은 지초뿌리를 보관해 두었다가 비상약으로 썼는데, 만병에 좋다고 했다. 박칠복은 지초를 품고 다녔다.

박칠복은 배중손의 어깨에 맨 깃발을 풀었다. 삼별초 깃발은 배중손의 피가 홍건히 적셔졌다.

박칠복은 배중손 곁에 앉아 지초 뿌리를 이로 잘근잘근 씹었다. 그리고 배중손의 상처에 씹은 약초를 얹었다.

'장군님, 머지않아 독이 풀리고 열이 내릴 것입니다. 상처가 덧나지 않게 할 것입니다.'

박칠복은 오래 전에 그가 몽고병사의 꼬임에 빠져 배신행위를 했을 때 배중손의 너그러움이 떠올랐다.

새벽녘,
밤새 끙끙 앓는 소리를 내던 배중손이 깨어났다.
"장군님."
배중손 깨어나기를 기다리고 머리맡에서 지키고 있던 박칠복과 유정탁이 동시에 배중손을 불렀다.
"다, 달석은? 이달석은?"
배중손은 눈을 뜨자마자 이달석을 찾았다. 배중손은 밤새 이달석의 품에 안겨서 오랑캐와 싸웠다.
'꿈이었구나.'
"이 대장은 죽었습니다. 흔도의 칼에 맞아서."
"아."
배중손은 다시 눈을 감았다.
"……"
그때 병사가 좁은 선실로 뛰어 들어왔다.
"장군님, 구름이 용트림합니다."
배중손은 자리에서 일어났다. 어깨죽지를 움직여보았다. 예전 같지는 않았지만 움직여 주었다.
"구름이?"

"네. 태풍이 오고 있습니다."

녹진 갯가에 사는 망군의 말이었다. 망군은 섬의 기후 변화를 꿰뚫어 보고 있었다.

"어서 돛을 올려라."

배중손의 말이 떨어지자 여기저기서 외치는 소리가 들렸다.

"돛을 올려라."

함대가 일제히 움직였다. 폭풍이 바다 가운데서 용트림하기 전에 안전한 곳에 정박해야 했다.

'김통정은 무사히 제주에 닿았는가? 유존혁은 남해에서 제주까지 갔는가?'

배중손은 생각이 많았다. 맨 앞장선 함선의 돛대 중간 지점에 매달려 멀리 감찰하고 있던 망군이 소리쳤다.

"장군님, 쩌그 바다 위에 무엇이 떠내려 오고 있습니다."

"무엇이냐? 잘 보아라."

"사, 사람입니다. 한 두명이 아닙니다."

"분명 사람이냐?"

배중손이 물었다. 박칠복이 그쪽으로 손차양을 하여 바라보았다. 대여섯 명의 사람들이 작은 뗏목에 타고 손을 흔들고 있었다.

"사람은 분명합니다. 그러나 적군일지도."

박칠복이 배중손에게 말했다.

"가까이 가라."

"장군님, 혹 적이면요?"

"적이면 포로로 잡을 것이고 우리 병사면 따뜻이 맞아야 한다."

배중손의 지시대로 뗏목 쪽으로 방향을 틀었다. 가까이에서 본 표류자들은 고려인이었다. 그들은 웃옷을 벗어들고 손을 흔들었다.

"사……"

기진한 목소리가 건너왔다. 살려달라는 것이었다.

"어찌 된 거요?"

유정탁이 소리 질렀다.

"고려인이다. 묻지 말고 어서 구출해라."

배중손은 뱃전에 기대어 서서 지시했다. 함선에서 밧줄을 던졌다.

"한사람씩 매달리시오."

"…… 고맙습니다."

뗏목에 있던 사람들은 7명이었다. 그들은 뱃전에 올라오자 그대로 갑판 위에 자빠졌다.

"살았구먼."

한숨을 토하면서 그들 중에 가장 어른인 듯한 자가 말문을 열었다.

"우리는 삼일 전에 강진에서 도자기를 싣고 용장왕궁으로 가던 중이었습니다."

그들은 마량포구에서 왕궁에 상납할 도자기류를 싣고 가던 중 뜻밖의 공격을 받았다고 했다. 공격자들은 몽고군이었다. 도자기 실은 배는 두 조각이 나고, 그들은 갑판을 떼어 그 위에서 며칠을 버텼다고 말했다.

"이 어르신은 강진 제일가는 도공이옵니다. 이참 가마에서 뛰어난 청자가 나와서 황제 폐하께 직접 올리겠다고 저희들과 같이 배를 타셨습니다. 그런데……"

도자기 배의 선장인 듯한 젊은이가 말했다. 배중손은 도공이라는 어른의 손을 잡았다.

"고생이 많으셨습니다."

"아이고 그란께 황제 폐하 뵈오려다가 용왕 먼저 볼 뻔 했습니다."

"이제 걱정 마십시오. 저희와 같이 제주로 갑니다."

"어지께 제주로 향하는 함대를 만났는데 밤인데다가 워낙 먼 거리에 있어서 우리를 발견하지 못했는지 소리 지르고 흰 옷을 찢어서 흔들었는데도 그냥 지나가버렸습니다."

선장의 말이었다. 배중손은 김통정이 몰고 제주로 가는 함대일 것이라 생각했다.

뗏목에서 구출된 사람들에게 물과 먹을거리를 주었다. 이틀을 꼬박 물 한 모금 마시지 않았던 사람들은 허겁지겁 먹었다.

"목구멍으로 급히 넘기면 탈난다."

도공이 말했다. 그들은 안도의 한숨을 내쉬며 얼굴빛이 바뀌었다.

바람의 세기가 변했다.

물살이 빠르고 물너울이 가팔랐다. 파도가 일기 시작했다. 유정탁은 하늘을 올려다보았다.

'태풍이 오려나?'

박칠복은 중얼거렸다. 물너울이 보다 빠르게 뱃전을 쳤다. 함선은 앞뒷질로 움직였다. 야청빛 어둠이 깔리면서 거대한 먹구름이 하늘을 덮었다.

"배장군, 심상치 않습니다."

"나도 그리 생각하고 있소."

"큰 태풍일 것 같은데 날은 어두워지고, 어찌해야 합니까?"

"일단 돛을 접으라고 명해야 겠습니다. 배장군님은 선실로 들어가십시오."

박칠복은 어깨죽지가 온전치 않은 배중손에게 선실로 들어가라고 말했다.

"아니, 나는 괜찮소이다. 상처의 통증이 없으니……"

"피를 워낙 많이 흘리셨는데……"

박칠복은 걱정의 말을 남기고 각 함선의 제일 큰 닻을 내리라고 지시했다. 박칠복의 지시에 따라 함선의 닻이 반폭으로 내려왔다.

역풍이 불었다. 거슬러 부는 앞바람은 돛폭을 찢을 것처럼 거세게 몰아쳤다.

바람의 방향을 따라 순풍에 흘러가던 함선들은 파도 위에 뜬 나뭇잎처럼 까불거렸다.

"바람의 세기가 녹록허지 않습니다."

박칠복의 말이었다.

박칠복의 말이 끝나기도 전에 굵은 빗줄기가 사선으로 쏟아졌다. 파도가 뱃전을 후려쳤다. 파도는 뱃전을 넘어 갑판 위를 덮었다.

바람의 방향을 맞추기 위하여 돛에 매어 둔 아딧줄과 활대가 끊어질 것 같았다. 돛은 삐걱소리를 내며 좌우로 심하게 흔들렸다.

"모두 선실로 들어가라. 서로 부딪히지 않도록 함선의 간격을 떨어뜨려라."

배중손이 소리쳤다. 함대가 함부로 흔들렸다. 이제 인간의 힘으로 어찌 해 볼 수 없는 상황이었다. 신에게 맡기고 태풍이 지나가기를 기다려야했다. 요동치는 파도를 타고 함선은 여기저기로 밀렸다.

바닷물에 잠기는 함선들이 보였다. 선미나 후미가 큰 파도에게 두들겨 맞고 기우뚱했다. 그 순간 산더미만한 파도가 구르르쾅, 하는 소리를 내며 함선을 때렸다. 선미가 바다 깊이 파묻혔다. 뱃전에 있던 병사들이 우르르 밀려 바다 속으로 떨어졌다. 병사들은 어둠 속에서 아우성 쳤다. 바다 속으로 떨어지지 않은 병사들은 온몸에 파도를 뒤집어쓰고 우왕좌왕했다.

"침착하라. 함선에 있는 것들을 붙들고 기다리는 거다. 태풍이 지나가길……"

배중손은 그 말 밖에 해줄 수 없음에 가슴이 막막했다.

함선은 누구의 손길을 받지 않고 혼자서 흔들렸다.

삼별초 병사들은 여기저기 널부러져 있었다. 갑판 위를 기어 다니며 사경을 헤매는 자들도 있었다.

배중손은 선두 함선 갑판 위에 앉아있었다. 바람소리가 끊기고 빗줄기도 가늘어졌다. 배중손의 귓가에 소리가 들렸다.

님이시여 일어나소서
자주 독립 부르짖던 님이시여 일어나소서
가소서 일어나소서 오랑캐를 물리치소서

사랑 사랑 내 님이여 거친 들녘 어둠 속에
더 빛나던 님이시여 큰 칼 높이 들고 일어나소서
이 나라를 구하소서 백성들을 구하소서

배중손의 귓가에 내려앉은 소리는 반복해서 들렸다.

'님이시여, 일어나소서. 일어나소서.'

배중손은 눈을 떴다. 희붐하게 새벽이 열리고 있었다. 배중손은 뱃전에 쓰러져 있는 수 많은 병사들을 바라보았다.

'나의 병사들.'

배중손은 벌떡 일어났다. 사태가 짐작되었다. 태풍을 만났고, 그 자신 기진했었다.

배중손은 뱃전에 서서 휘 둘러보았다. 많은 함선들이 보였다. 또 몇 척의 함선들은 바다 물에 곤두박혀 있었다.

언제 그토록 심한 태풍이 지나갔나, 할 만큼 바다는 고요했다.

배중손은 멀리 더 멀리 시선을 주었다. 저만큼 멀리 희미한 물체가 보였다. 배중손은 손차양을 해서 보다 유심히 바라보았다.

바다 가운데 붉은 띠가 드러났다. 붉은 띠는 점점 넓고, 크게 그려졌다. 그러더니 이내 붉은 햇덩이 원을 만들며 솟아올랐다. 불끈 솟았다. 햇덩이는 벌겋게 탔다. 활활 탔다.

"아 아~ 묘곡스니임."

묘곡이 보였다. 묘곡은 장삼 자락에 불붙이고 당목을 두 손으로 쥐고 범종을 힘껏 치고 있었다.

깨어라, 병사들이여
병사들이여, 깨어라
백성들을 구하라
이 나라를 구하라

범종은 소리를 토했다. 아니, 묘곡이었다. 묘곡은 소리를 토해냈다. 온몸을 불에 태워 그 빛으로 어둠을 밝히면서 묘곡은 범종을 쳤다.

배중손은 두 손을 쫙 폈다. 저기 묘곡이 기다리고 있었다.

배중손은 소리 질렀다.

"깨어나라, 나의 병사들이여~~"

배중손은 묘곡이 했던 소리를 따라했다. 어떤 감격으로 불같은 핏덩이가 올라왔다.

섬이 보였다. 섬들이 떠밀려오고 있었다. 섬이 아니었다. 몽고 깃발을 펄럭이며 수 많은 함대가 밀려오고 있었다.

"전투태세!!"

배중손은 소리쳤다. 배중손의 함성소리를 들은 병사들은 일제히 칼을 쥐고 일어섰다.

"와! 와!"

병사들이 깨어 일어났다.

그들은 일어나면서 저만큼 붉게 떠오르는 아침 햇살을 바라보았다. 며칠 전, 천지를 한꺼번에 죽일 듯이 회호리바람 일으키던 태풍의 굵은 빗줄기는, 흔적도 없었다. 다만 아침을 여는 햇살이 온통 바다 위에 펼쳐졌다.

그런데,

그 아침 햇살을 받으며 백여 대의 함선이 빠르게 달려오고 있었다.

"적이다. 몽고군의 함대다."

망대에 올라 멀리 바라보던 병사가 소리쳤다.

"침착하라. 목숨을 버릴 각오로 싸우라!"

배중손은 함선 선두에 서서 긴 칼을 높이 쳐들고 명령했다. 배중손의 명령 뒤로 여기저기서 함성이 터졌다.

"죽을 힘을 다해!"

"목숨을 버려라!"

"죽기를 각오한다."

병사들의 함성 끝에 불화살이 날아왔다. 적의 불화살은 수천의 불꽃처럼 피어올랐다. 불꽃이 피어오르자 그것을 신호탄으로 적의 함선들이 빠르게 다가왔다.

"오너라! 내가 기다린다."

배중손은 비장한 어투로 명했다.

"적의 불화살을 잡아 밧줄에 묶어라. 그 밧줄을 던져 적선의 돛에 걸어라. 그런 다음 힘을 합쳐 적선을 끌어당겨라."

배중손은 그 나름의 전술을 부하들에게 명했다.

"와, 와."

배중손의 명령에 따라 창던지기를 잘하는 병사들이 함선의 선두 갑판 위에 섰다. 날아오는 불화살을 긴 칼로 쳐서, 그 불화살을 밧줄에 묶었다. 밧줄을 손에 쥔 병사들은 적군의 함선이 다가오기를 기다렸다. 적군의 함선은 저항하지 않고 정지해 있는 배중손의 함선 쪽으로 거침없이 다가들었다. 놈들의 함선이 100여미터 가까이 다가왔다.

때를 같이하여 배중손이 명령했다.

"던져라!"

배중손의 명에 의하여 선두 갑판 위에 서서 침묵하고 있던 밧줄 던지기 병사들이 일제히 적선을 향해 밧줄을 던졌다.

휘융, 휘융~

밧줄은 바람을 가르고 빠르게 날아 적선의 돛에 걸렸다. 병사들은 힘을 합쳐 적선을 끌어당겼다. 적선은 좌우로 흔들리며 끌려왔다.

"자아, 공격이다."

칼을 쥔 배중손이 적선으로 뛰어 올랐다. 창과 칼을 든 병사들도 적선으로 올랐다. 배중손은 눈에 보이는 대로 적의 심장을 칼로 찔렀다. 병사들도 적의 칼에 찔렸다. 가슴에 칼을 맞고도 적의 심장을 향해 돌진했다.

"내 몸이 창이다!"

"1:3이다."

병사들은 거의 악다구니를 했다. 그것은 내 하나가 죽음으로서 적군 세 명을 죽인다는 전술이었다. 크나큰 태풍도 이겨낸 삼별초 병사들이다. 바다를 두려워하지 않는 삼별초 병사들이다.

'유목민 오랑캐 놈들쯤 이 남도포 앞바다에 수장시킬 수 있다.'

용기가 솟았다.

배중손은 두 놈을 감당했다. 지난 전투에서 부상당한 어깨죽지가 시원치 않았다. 그러나 적이 눈앞에 있기에 그의 통증은 무감각이었다. 심장을 찌르고 목을 베었다. 그런 중에 배중손의 목에서 피가 콸콸 솟구쳤다.

박칠복이 배중손의 위기를 보았다. 배중손은 고개를 좌우로 한번 흔들었다.

'조용하라!'

배중손은 비틀거리면서 바다로 떨어지는 찰라, 적군 한 놈의 다리

4부 불타는 진도 궁성

를 움켜쥐고 바다로 뛰어들었다. 적 한 놈을 끌고 갔다.

박칠복은 배중손의 죽음을 목격했다. 입술을 깨물었다. 억장 무너지지만, 말 못하는 심정을 적을 향해 돌진했다.

함선이 적군과 아군의 함선은 뒤엉켜서 한쪽으로 기울기도 하고 후미가 깨지기도 했다.

남도포 앞바다는 아수라장이었다. 적군과 아군을 구별할 수 없었다. 거개가 바다로 수장되었다.

'병사들의 피가 바다를 덮고 있구나. 나의 병사들……'

바닷속 깊이에서 울려 퍼지는 소리였다.

배중손의 소리였다.

후기

어디선가 들리는 함성

순수의 유년을 놓아 둔 채 집시되어 떠돌았던 거대한 도시 서울을 뒤로 하고,

'나 고향으로 간다' 는 말 남기며 태 심은 땅에 뼈 심을 작정으로 귀향, 진도가 낳은 문인화의 큰 화가 소치의 삶과 예술 혼을 따라가는 소설 〈꿈이로다, 화연일세〉를 문화일보에 연재하던 중에, 내 안에서 줄곧 또 다른 무엇이 꿈틀대고 있었다.

그 무렵 해질녘이면 느닷없이 몰려온 지독한 답답증 떨치기 위해 낡은 지프를 몰고 달려, 용장산성 빈 터에 차를 멈추고, 무작정 궁터로 올라갔다.

왕궁 터 위쪽 계단에 서서 나는 두 팔을 쫙 폈다.

그러면 어디선가 우~ 우~ 우~ 하는 큰 함성이 들렸다.

내가 딛고 서 있는 왕궁 터 땅 속에서 어떤 탄생을 위한 진통의 소리가 들렸다.

배중손, 삼별초, 백성, 구국의 고려 전사들.

그 날 이후, 수천의 혼령들이 나를 짓누르며 '말하라! 말하라!'고 소리쳤다.

나는 가위눌림 당하여 외마디를 토하면서 벌떡 일어나, 컴퓨터 앞에 멍하니 앉아 있곤 했다. 다음날, 모니터엔 '삼별초' '구국의 혼' '역적누명 벗기기' '진도에 또 하나의 고려' '역사탄생'이라 찍혀 있었다.

용장산성에서 만났던 혼령들은 나를 채근했다. 나는 삼별초에 집착하기 시작했다.

진정 미치지 않고는 이 일을 할 수 없었다.

갯가 언덕 마당에서 도깨비들과 춤을 추며 놀기도 했다.

뒷골이 쪼개질 듯한, 심장이 파열될 듯한, 격한 진통이 오면 흙 밭에서 뒹굴었다.

그러나 거친 바람 앞에서도 무언가 보이지 않는 힘으로 버틸 수 있었다.

갯바람은 어디서 부는가, 콩새는 어느 숲에서 노래하는가?
내 침침한 영원을 흔들며, 소리 나게 흔들며 나를 깨웠다.
남겨두었다가 고향이 준 것 또 다른 생명……

그러므로 나는 아직 젊어 있다.

2013년 3월
바다를 향한 자운필봉 산자락에 사는 자운은 쓰고……

◆ 이 글은 800여 년 전의 역사를 바탕에 깔고 소설이라는 장르로 엮었음을 밝힌다.

곽의진 역사장편소설

장군 배중손

초판 1쇄 인쇄일	2013년 7월 31일
초판 1쇄 발행일	2013년 8월 1일

지은이	곽의진
펴낸이	정구형
편집이사	박지연
편집 / 디자인	정유진 이하나 신수빈 윤지영 이가람
마케팅	정찬용 권준기
영업관리	심소영 김소연 차용원 전소희
인쇄처	미래프린팅
펴낸곳	북치는마을
	등록일 2006 11 02 제2007-12호
	서울시 강동구 성내동 447-11 현영빌딩 2층
	Tel 442-4623 Fax 442-4625
	www.kookhak.co.kr
	kookhak2001@hanmail.net
ISBN	978-89-93047-55-4 *03800
가격	15,000원

* 저자와의 협의하에 인지는 생략합니다.
북치는마을은 국학자료원과 새미의 자회사입니다.
잘못된 책은 구입하신 곳에서 교환하여 드립니다.